異世界料理道
VOLUME 33
Cooking with wild game.
「こいつは駒の追いかけっこじゃなく、
駒で合戦をするんだよ。相手の兵士を
なぎ倒して、大将首を取ったほうが
勝ちってことだな」
「なるほど。少なくとも、
運に左右されることはなさそうだな」
アイ＝ファと盤上遊戯

「お待たせー！
いーっぱい食べてねー！」

「あ、あの、菓子を
配ってもよろしいでしょうか？」

「……ファの家の行いに異を
唱える家長があれば、立ち上がり、
その理由を申し述べてもらいたい」
俺はなんだか、
居ても立っても
いられないような心地であった。
すると――膝の上にのせた俺の手に、
アイ＝ファの手が重ねられてきた。

Presented by

EDA

口絵・本文イラスト　こちも

登場人物紹介

～森辺の民～

津留見明日太／アスタ

日本生まれの見習い料理人。火災の事故で生命を落としたと記憶しているが、不可思議な力で異世界に導かれる。

アイ＝ファ

森辺の集落でただ一人の女狩人。一見は沈着だが、その内に熱い気性を隠している。アスタをファの家の家人として受け入れる。

ドンダ＝ルウ

ルウ本家の家長にして、森辺の三族長の一人。卓越した力を持つ狩人。森の主との戦いで右肩を負傷するが、無事に復調する。

ダルム＝ルウ

ルウ本家の次兄。ぶっきらぼうで粗暴な面もあるが、情には厚い。シーラ＝ルウと婚儀を挙げて、分家の家長となる。

レイナ＝ルウ

ルウ本家の次姉。卓越した料理の腕を持ち、シーラ＝ルウとともにルウ家の屋台の責任者をつとめている。

リミ＝ルウ

ルウ本家の末妹。無邪気な性格。アイ＝ファとターラのことが大好き。菓子作りを得意にする。

ラウ＝レイ

レイ本家の家長。繊細な容姿と勇猛な気性をあわせ持つ狩人。ルウの血族の勇者の一人。

ヤミル＝レイ

かつてのスン本家の長姉。現在はレイ本家の家人。妖艶な美貌と明晰な頭脳の持ち主。

ガズラン＝ルティム

ルティム本家の家長。沈着な気性と明晰な頭脳の持ち主。アスタの無二の友人。ルウの血族の勇者の一人。

ダン＝ルティム

ルティム本家の先代家長。ガズラン＝ルティムの父親。豪放な気性で、狩人としては類い稀な力量を有する。

ツヴァイ＝ルティム

かつてのスン本家の末妹。現在はルティム本家の家人。偏屈な気性だが、家族への情は厚い。卓越した計算能力を持つ。

モルン＝ルティム

ルティム本家の末妹。ふくよかな体格で、温和な気性。ディック＝ドムに嫁入りを願い、ドムの集落で暮らしている。

ギラン＝リリン

ルウの眷族であるリリン本家の家長。熟練の狩人。明朗な気性で、町の人間や生活に適度な好奇心を抱いている。

トゥール＝ディン

出自はスンの分家。内向的な性格だが、アスタの仕事を懸命に手伝っている。菓子作りにおいて才能を開花させる。

シュミラル

シムの商団《銀の壺》の元団長。ヴィナ＝ルウへの婿入りを願い、リリン家の氏なき家人となる。

ゼイ＝ディン

出自はスンの分家。娘のトゥール＝ディンとともにディンの家人となる。合同収穫祭で棒引きの勇者となる。

グラフ＝ザザ
ザザ本家の家長にして、森辺の三族長の一人。勇猛な気性。古き時代からの習わしを重んじている。

スフィラ＝ザザ
ザザ本家の末妹。厳格な気性。騎士レイリスとのかなわぬ恋を乗り越えて、森辺の民としてより正しく生きると誓う。

ディック＝ドム
ドム本家の家長。アスタと同い年だが、若年とは思えない迫力を有する。気性は沈着。ドンダ＝ルウに匹敵する力量と見なされている。

レム＝ドム
ドム本家の家人。ディック＝ドムの妹。勇猛な気性。アイ＝ファに強い憧憬の気持ちを抱き、狩人を志す。

ダリ＝サウティ
サウティ本家の家長にして、三族長の一人。若年だが、沈着さと大らかさをあわせ持っている。

ラッド＝リッド
リッド本家の家長。大柄な体格で、豪放な気性。合同収穫祭で荷運びの勇者となる。

モガ＝サウティ
サウティの長老。柔和な気性。森辺の集落では屈指の老齢。

ユン＝スドラ
スドラ本家の家人。誠実で善良な性格。アスタに強い憧憬の念を覚えている。

ライエルファム＝スドラ
スドラ本家の家長。短身痩躯で、子猿のような風貌。非常に理知的で信義に厚く、早い時期からファの家に行いに賛同を示す。

チム＝スドラ
スドラ分家の家長。若年で、小柄な体格。誠実な気性。護衛役の仕事を通じて、アスタと縁を深める。フォウの家から伴侶を迎える。

ジョウ＝ラン
ラン分家の長兄。十六歳の若年だが、卓越した狩人の力を持つ。アイ＝ファに懸想して嫁取りを願うが、断られる。

バードゥ＝フォウ
フォウ本家の家長。長身痩躯で、沈着な気性。スン家の没落後、ファの家と絆を結びなおす。

フェイ＝ベイム
ベイム本家の末妹。生真面目で頑固な気性。アスタの行いが正しいものであるか見定めるために、屋台の商売を手伝う。

デイ＝ラヴィッツ
ラヴィッツ本家の家長。髪も眉もない異相の持ち主。偏屈な気性。ファの家の行いにきわめて懐疑的な目を向けている。

ギル＝ファ
故人。アイ＝ファの父親。卓越した力を持つ狩人。森辺の習わしに背いて、アイ＝ファを狩人として育てる。アイ＝ファが十五歳の頃に死没する。

メイ＝ファ
故人。アイ＝ファの母親。アイ＝ファとよく似た秀麗な容姿の持ち主。アイ＝ファが十三歳の頃に死没する。

～町の民～

ユーミ
宿場町の宿屋《西風亭》の娘。気さくで陽気な、十七歳の少女。森辺の民を忌避していた父親とアスタの架け橋となる。

テリア＝マス
宿場町の宿屋《キミュスの尻尾亭》の娘。内向的な性格だったが、森辺の民との交流を経て心を開き始める。宿屋の娘としてユーミとも交流を深める。

サムス
宿場町の宿屋《西風亭》の主人。ユーミの父親。偏屈な気性。かつては荒くれものの傭兵で、森辺の民に仲間を害された経験がある。

シル
サムスの伴侶。ユーミの母親。大らかな気性。余所の領地から移り住んだサムスを婿に迎えて、ともに宿屋を経営している。

～聖域の民～

ティア
モルガの山で暮らす聖域の民。通称は、赤き野人。純真な気性。アスタに対する罪を贖うため、ファの家で暮らしている。右足を骨折している。

第一章★★★宿場町の交流会

1

ルウ家で行われた親睦の祝宴の後も、俺たちは平和な日々を過ごすことができていた。

親睦の祝宴の三日前に収穫祭を行ったファの家と近在の五氏族は、狩人がギバ狩りの仕事を休む休息の期間であったのだ。前回の休息の期間には遠方に住まう氏族に血抜きや調理の手ほどきをするために男衆も女衆ものきなみ慌ただしく日々を過ごすことになっていたものであるが、このたびは思うぞんぶん家族との情愛を育むことがかなったのである。

特にスドラの家などは、ようやく生後一ヶ月となる双子の赤ん坊たちのおかげで毎日が幸福でたまらないのだという話を、俺はユン＝スドラから伝え聞いていた。なおかつ、チム＝スドラはイーア・フォウ＝スドラを嫁に迎えたばかりであるし、さらに婚儀の約定を交わしているフォウの男衆とランの女衆も頻繁に招いたりして、スドラの家はかつてないほど華やいでいるのだというもっぱらの評判であった。

いっぽう、ファの家には赤き民のティアという闖入者がまぎれ込んでいたものの、この頃には彼女もすっかりファの家の生活に溶け込むことができていた。俺とアイ＝ファ、トトスのギルル、猟犬のブレイブ、番犬のジルベ、そしてティアを加えた六名の、騒がしくも平和な日々である。宿場町での商売を終えてファの家に戻ると、アイ＝ファたちが総出で出迎えてくれて、俺は常と異なる幸福感にひたることができた。

アイ＝ファが家に残っているので、この時期はティアもルウ家には預けられず、ずっとファの家で過ごしている。アイ＝ファが鍛錬に励んだり、ブレイブやジルベとたわむれたりするさまなどを、ずっと楽しげに眺めているのだそうだ。時にはティアも両腕と左足だけで木によじ登ったりして身体がなまらないように心がけているようであるが、アイ＝ファが行っていた狩人の鍛錬に比べれば実にささやかなリハビリであるという話であった。やっぱり右足の骨が繋がるまでは、安静にするのが一番の薬である。

「しかし、やはり赤き民というのは、凄まじい力を有しているようだ。町の人間から見れば、同じ人間とは思えぬほどであろうな」

アイ＝ファは、そのように述べていた。まあ、ティアは片足だけで自分の身長よりも高い位置まで跳躍できるような身体能力であるのだから、それももっともな話であった。

それにティアは、弓の腕も巧みであったのだ。アイ＝ファの許しを得て自分のための弓をこしらえたティアは、ひまさえあればそれで的当てを行っていた。そして、その力量はアイ＝ファと互角かそれ以上のものであったのだった。

「今日はアイ＝ファよりも、たくさん的に当てることができたぞ。アイ＝ファのように優れた弓使いを負かすことができて、ティアはとても誇らしい」

とある日にはそのような発言をして、アイ＝ファの闘争心に油を注いでいたティアであった。
だけどまあ、アイ＝ファにとってはよい刺激になった部分もあるのだろう。何かと言い合いになる場面も多い両者ではあるが、俺から見ればそれも微笑ましい光景であった。

ちなみに、ジバ婆さんが祝宴の夜に語っていた話については、翌日ドンダ＝ルウにも告げられていた。あの、森辺の民の祖である『白き女王の一族』というのは赤き民の血族なのではないかという、驚くべき考察である。しかし、ドンダ＝ルウはそのような話を告げられてもまったく心を乱してはいなかったと、俺たちは人伝てに聞かされていた。

「何も証のある話ではないし、証があったところで、今の森辺の民にとっては関係のない話だ」

ドンダ＝ルウは、果断にそう言い切っていたらしい。

もちろん、俺とアイ＝ファも同じ心情である。たとえ森辺の民のルーツが赤き民と同一であったとしても、それはもう何百年も昔の話だ。シムの領土から流れてきたガゼの一族を受け入れて、名もなき大神への信仰を捨てた時点で、すでに道は分かたれている。現在の森辺の民はモルガの森を母として、西方神セルヴァを父とする、れっきとした西の王国の民であるのだった。

その後、ジバ婆さんの考察はティアにも伝えられることになったが、そちらでも俺たちの決意を揺るがすような発言はなかった。やっぱり赤き民たるティアにとっても、大神ではなく西方神セルヴァを父とした森辺の民は同胞として迎えることのできない存在である、という話であったのだ。

「でも、ジバ＝ルウの考えは正しいのかもしれない。ティアは最初から、森辺の民は赤き民に似ていると思っていたのだ」

　ティアは、そのように語っていたものである。

「だけどやっぱり、森辺の民は外界の民だ。大神ならぬ神を崇めて、鋼の道具を使っている。たとえ以前は同胞であったとしても、赤き民の族長たちが今の森辺の民を同胞として迎え入れることはないだろう」

　ティアがそのように言い切ってくれたのは、ある意味では幸いなのかもしれなかった。俺やアイ＝ファやドンダ＝ルウやジバ婆さんは今の生活こそが正しいのだと信ずることができたものの、すべての氏族の人間がそのように考えるかどうかはわからないのだ。町の人々との交流が薄ければ薄いほど、赤き民のありようというのは魅力的に思えるはずであった。

（もしも一年以上前に、アイ＝ファやドンダ＝ルウやジバ婆さんがティアと出会っていたら……赤き民の生活を羨ましいと感じてしまったんじゃないだろうか）

　その上で赤き民に拒絶されてしまったら、それはもう悲劇である。どうして愚劣なる貴族を君主とし、自分たちを蛮族と蔑む町の人間を同胞として扱わなければならないのか――かつてのザッツ＝スンさながらに、そんな思いにとらわれて、果てしのない煩悶と葛藤を抱え込んでいたかもしれない。何せ当時はサイクレウスが領主の代理人として調停役をつとめており、森辺の民と町の人々との関係性も最悪な状態であったのだから、そのように考えるのが当然であるようにすら思えてしまった。

だけど今の森辺の民はサイクレウスとの悪縁を断ち切って、貴族とも町の人々とも正常な関係性を構築しつつある。まだそれを実感できているのは一部の氏族だけであるものの、時間さえかければすべての氏族が同じ思いに至ってくれるはずだと、俺たちはそのように信じているのだった。

そうして平和に時間は過ぎ去っていき——青の月の四日のことである。

親睦の祝宴から三日が過ぎて、その日にはちょっとしたイベントが開催されることになっていた。今度は森辺の若い衆が、宿場町に招待されることになったのだ。

とはいえ、それほど大がかりな話ではない。さしあたって、そのイベントに参加する森辺の民は荷車一台の定員である六名のみと定められていた。特筆するべきは、その中に俺が含まれていないという点であろうか。そのイベントは、親睦の祝宴の夜にジョウ＝ランとユーミの対話の中から生まれることになったのだった。

「……そろそろジョウ＝ランたちが、宿場町に下りてくる頃ですね」

隣の屋台で『ギバ肉とナナールのカルボナーラ』を受け持っていたユン＝スドラが、溜息混じりにそうつぶやいた。

「本当に、おかしな騒ぎになったりはしないでしょうか？　わたしは、いささか心配になってしまいます」

「うん、まあ、大丈夫じゃないかなあ。復活祭のときにだって、森辺の民は町の人たちと楽しく過ごすことができていたからさ」

「でも、あのときはアスタやルウ家の人々が間を取り持ってくれたでしょう？　それほど町の人間と交流のないジョウ＝ランたちだけで、無事に過ごすことができるのかどうか……やっぱりわたしは、不安です」

「大丈夫だよ。そこのところは、きっとユーミたちが上手く取り持ってくれるさ」

俺がそのように答えると、ユン＝スドラは何とも言えない面持ちで眉尻を下げてしまった。

「わたしもユーミのことは好いていますし、信頼もしています。でも……ユーミというのは、時としてジェノスの法を犯すこともあるのでしょう？　祝宴のときに、ベンたちがそう言っていたはずです」

「ああ、ユーミがしょっちゅう衛兵にしょっぴかれてたって話ね。でもそれは無法者を返り討ちにしただとか、そういう話なんじゃないのかな。ユーミの働く《西風亭》には、無法者がわんさか集まるっていう話だしさ」

少なくとも、ユーミが自分の欲得のために罪を犯したりすることはない。それだけは、俺も信ずることができた。

「森辺の狩人がそばにいたら、そうそう無法者が近づいてきたりもしないはずだからね。仮に近づいてきたとしても、ジョウ＝ランたちだったら相手に手傷を負わせることなく取り押さえることもできるんじゃないかな」

もちろん俺も手放しで安心しているわけではなかったものの、それ以上にこのたびの出来事を喜ばしく感じていた。森辺の民と宿場町の民が俺の存在を抜きにして、このような交流のイベントを開催することになったのである。これもまた、森辺の民にとっては大きな一歩であるはずだった。

「やあ、アスタ！　ジョウ＝ランたちは、まだ来てないのかな？」

噂をすれば何とやらで、ユーミがひょこりと現れた。

ユン＝スドラは慌てて口をつぐみ、俺は「やあ」と笑い返す。

「そろそろ約束の時間かな？　ジョウ＝ランたちも、ゆとりをもって森辺を出たはずだよ」

「そっか。それじゃあ、ここで待たせてもらうね！」

ユーミの背後には、このイベントに参加する若者たちがずらりと立ち並んでいた。祝宴にも参加していた三人の若衆、ベンとレビとカーゴ。復活祭でユーミの屋台を手伝っていた少女、ルイア──それに、名前は知らないが顔はよく見知っている、ルイアと同じ年頃の女の子だ。彼らはみんなユーミの友人であり、俺たちにとっては屋台の常連客であった。

「他にも参加したいってやつはたくさんいたんだけど、あんまり大勢で屋台に押しかけたら迷惑になるかと思ってさ。そいつらは、後で合流することになったんだよ」

そのように述べてから、ユーミはにっと俺に笑いかけてきた。

「森辺の民とお近づきになれるって聞いて、みんな大喜びしてるよ。次の集まりでは、アスタもちゃんと参加してよね？」

「うん、もちろん。俺も楽しみにしているよ」

当初、このイベントには俺も勧誘されていたのである。しかし、俺はこれでもなかなか忙しい身であるのだ。下りの二の刻までは屋台の商売であるし、その後は翌日のための下ごしらえという仕事が待ちかまえている。ついこの間も収穫祭や勉強会の影響で、臨時に休業したり、料理の数を減らしたりしていたので、今期の五日間はきっちり仕事をこなしたいと考えていた。また、宿屋に料理を卸す仕事もファの家が受け持つ周期であったので、なおさら前日の下ごしらえを休むわけにもいかなかった。

せめて休業日の前日であれば屋台の商売の後に時間を作ることも可能であるのだが、次の休業日は青の月の八日であったのだ。それではあまりに期間が空きすぎるということで、まずは俺抜きでこのイベントは敢行されることに決定された。それで今日という日を無事に過ごすことができれば、青の月の七日に二回目の交流会が開かれることになっている。ランの家を含む六氏族の休息の期間は青の月の中旬までなので、その間に遊べるだけ遊んでやろうという目論見であるようだった。

「あの、ユーミ。今日は本当に、くれぐれもよろしくお願いします。ジョウ＝ランたちは、みんな宿場町の流儀というものをあまりわきまえていないはずですので……」

こらえかねたようにユン＝スドラが発言すると、ユーミは「んー？」と首を傾げた。

「ずいぶん心配そうなお顔だね。どうしてユン＝スドラが、そんな風に心配してるの？」

「それは、あの……今日、ユーミたちに招かれたのは、みんなスドラの血族ですので……」

「あー、そっかそっか！　ランやフォウっていうのは、スドラの血族なんだったね！　大丈夫だよ、絶対に衛兵を呼ばれるような真似はしないから！」

そのとき、ユーミの後ろにいたベンが「おっ」と声をあげた。この中では最年長の、いささか荒っぽいが気のいい若者だ。

「来たみたいだぜ。やっぱり森辺の民ってのは、遠くからでも目立つよな」

俺も目をやると、確かに森辺の民の一団が南の方角から近づいてきていた。先頭を歩いているのは、まぎれもなくジョウ＝ランだ。ジョウ＝ランはのどかな笑みを浮かべながら、こちらに手を振っていた。

「お待たせしました。少し遅れてしまったでしょうか？」

「いいよいいよ！　トトスと荷車は、きちんと預けられたんだね」

「はい。アスタに教えてもらった宿屋に預けてきました」

それはもちろん、《キミュスの尻尾亭》のことであった。宿場町でトトスと荷車を預けるとしたら、宿屋かトトス屋を利用するしかないのだ。

「うちで預かってもよかったんだけど、たまーに倉庫に忍び込もうとする馬鹿がいるからさ。大通りにある《キミュスの尻尾亭》だったら、安心だからね！」

「はい。宿屋にはテリア＝マスがいて、ユーミによろしくと言っていました」

「ああ、次の集まりではテリア＝マスも呼ぶつもりだよ！　他の連中は別の場所で待ってるから、まずはこの顔ぶれでよろしくね！」

そうして、おたがいの自己紹介である。森辺陣営は、すべてフォウを親筋とする血族で固められていた。俺が名前を知っているのは、ジョウ＝ランとチム＝スドラ、そしてチム＝スドラの伴侶であるイーア・フォウ＝スドラだ。残りの三名は、フォウの本家の次兄、フォウの分家の女衆、ランの本家の女衆であるとのことであった。

「この前の祝宴にいたのは、ジョウ＝ランとチム＝スドラだけだって話だよね。こっちはみんなあたしの仲間だから、仲良くしてやってよ」

初対面の相手にも、ユーミは屈託なく笑いかけている。それと相対する森辺の若き女衆は、みんなつつましやかにお辞儀をしていた。

「それじゃあ、まずは腹ごしらえからだね！　みんな、銅貨はもらってきた？」

「はい。バードゥ＝フォウから預かってきました」

このイベントは、俺たちの屋台で軽食を買うところから始まり、《西風亭》で晩餐を取ったところで終了する予定であった。森辺の民が宿場町で銅貨を出して食事をするというのは習わしにない行いであったが、親筋の家長たるバードゥ＝フォウから「交際費」として認められることになったのだ。

「アスタやユン＝スドラたちから銅貨で料理を買うというのは、何だかすごく奇妙な心地ですね。……でも、楽しくも感じます」

ジョウ＝ランはにこやかに笑いながら、そのように述べていた。

その隣からは、チム＝スドラが興味深そうに屋台を覗き込んでいる。

「しかし、どれも美味そうだ。何を買っていいものか、悩んでしまうな」

「だったら、ひと通りの料理を少しずつ買えばいいんじゃないのかな。それをみんなで分け合えば、すべての料理を楽しむことができるよ」

　森辺においては食事に関してもさまざまな習わしが存在するが、取り分け用の皿さえ準備すれば家族でなくとも同じ皿の料理を食べることは許される。俺の提案はすみやかに受け入れられて、六つの屋台から十二名分の料理が買われることになった。

「昼からこのように立派な料理を口にするというのも、普段ではないことです。つい食べすぎてしまいそうですね」

「晩餐までには時間もあるから、好きなだけ食べちゃえばいいよ！　夜には、あたしが腕をふるうからさ！」

　やはり、宿場町のメンバーを取り仕切るのはユーミで、森辺のメンバーを取り仕切るのはジョウ＝ランとなるようだ。祝宴で親交を結んだ両名は、とても打ち解けた様子で笑みを交わしている。

　それに、まだまだ森辺の民と親密な間柄ではないルイアともう一名の娘さんも、それほど怯んでいる様子はなかった。森辺の陣営の六名もきわめて和やかな雰囲気であったので、それがいい効果を生んでいるのだろう。

（それにやっぱり、ジョウ＝ランの影響が一番大きいんだろうな）

　ジョウ＝ランは俺よりも二歳年少で、きわめて見目のいい若者であるのだ。その体躯はいかにも森辺の民らしくすらりと引き締まっていたが、くせのない髪を長めに垂らしており、端整な顔にはいつも柔和な表情をたたえている。狩人特有の張り詰めた気配も希薄であるし、なんならベンたちよりも優しげに見えるぐらいであったのだった。

「よーし、こんなもんかな！　じゃ、アスタたちは仕事を頑張ってねー！」

そうして賑やかな一団がたくさんの料理を抱えて青空食堂のほうに立ち去っていくと、またユン＝スドラが深々と溜息をついた。

「本当に大丈夫なのでしょうか。わたしはどうしても、不安をぬぐいきれません」

「そうかい？　俺はそこまで心配にはならないけど……やっぱりユン＝スドラは、ジョウ＝ランのことをあまり信用できないのかな？」

ユン＝スドラはジョウ＝ランの森辺の民らしからぬ行いに悩まされた一人であるので、その点が気にかかっているのかもしれない。俺はそんな風に考えたが、ユン＝スドラは「いえ」と首を横に振った。

「ジョウ＝ランが無用の騒ぎを起こすと考えているわけではないのですが……どうしても、気にかかることがあるのです」

「へえ？　俺でよかったら、話を聞くけど」

ユン＝スドラはしばし逡巡してから、俺の耳に口を寄せてきた。

「では、どうか内密にお願いします。……あ、アイ＝ファに秘密を作ることはできないでしょうから、それはかまいませんけれど」

「お気づかいありがとう。それで、何がそんなに気にかかっているのかな？」

「はい。実は……さきほどのフォウとランの女衆は、どちらもジョウ＝ランに心を寄せていたようなのです」

意想外の言葉を聞かされて、俺は目をぱちくりとさせることになった。

「ジョウ＝ランは、森辺の若い娘さんたちに人気があるんだよね。でも、それでどうしてユン＝スドラが心配になってしまうのかな？」

「それは、彼女たちの心情を慮っているゆえです」

それでも俺には、ユン＝スドラが何を言おうとしているのかがわからなかった。ユン＝スドラは溜息を噛み殺しつつ、また口を寄せてくる。

「おわかりになりませんか？　彼女たちは、ジョウ＝ランとユーミの間に恋心が芽生えてしまうことを懸念しているのだと思います。だから、このたびの集まりに名乗りをあげることになったのでしょう」

「ええ？　ジョウ＝ランとユーミが？　だって二人は、この前の祝宴で初めて言葉を交わしたていどの仲なんだよ？」

「だけどユーミは、以前から森辺に嫁入りしたいと言っていたでしょう？　それでジョウ＝ランがあのように打ち解けた姿を見せているので、みんな心配になってしまったのだと思います」

しかし、彼女たちは親睦の祝宴に参加していないのだから、ジョウ＝ランとユーミが交流を結んでいる姿など目にしていないはずだ。俺がそのように告げてみると、ユン＝スドラは何度目かの溜息を振りしぼった。

「ジョウ＝ランは親睦の祝宴でいかにユーミたちと絆を深めることができたか、ランの家で嬉々として語っていたそうです。それでユーミとこのような集まりの話まで取りつけることになったのですから、彼女たちが心配してしまうのもしかたのないことなのでしょう」

「でも……ジョウ＝ランがユーミに恋心を抱くことなんて、ありえるのかなあ？　相手は、宿場町の民なんだよ？」

「……わたしにはジョウ＝ランがどのような気持ちを抱くかなんて、想像することさえ難しいです。ジョウ＝ランはあまりにも、森辺の民らしからぬ性根をしていますので……」

それは、俺も同じことだった。しかしジョウ＝ランは、いまだにアイ＝ファへの想いを断ち切ることができず、思い悩んでいた身であるのだ。その悩みを打ち明けることで、ユーミと縁を深めることになったのであろうから――そんなユーミを相手に恋心を抱くことなど、ありえるのだろうか？

（……うん、まあ確かに、ジョウ＝ランがどんな風に気持ちを動かすかなんて、俺にも想像はつかないいな）

とりあえず、各人の気持ちがどのように動いたとしても、どうか丸く収まりますように――俺としては、そんな風に祈ることしかできなかった。

2

宿場町での商売を終えた俺たちは、下りの二の刻に森辺へと帰還した。

ジョウ＝ランたちは青空食堂での食事を終えた後、ユーミの先導で宿場町の人混みに消えていった。この後は宿場町の流儀に従って、夜まで存分に遊び尽くすのだそうだ。

森辺の民にとっては、そもそも「遊ぶ」という概念が希薄である。それが許されるのは幼子までで、あとの人間はたいてい朝から晩まで働いている。ギバ狩りに励む男衆はもちろん、家を守る女衆でもそれは同様であるのだ。

休息の期間であれば、男衆も家の仕事を手伝い、それで空いた時間はのんびり過ごして家族間の情愛を育む。それは幸福で満ち足りた生活であると思えたが、やっぱり「遊ぶ」という行いが介在する余地はなかなかないように思われた。

しかしまた、トトスと荷車が導入されたことによって、森辺の生活にいくばくかのゆとりが生じたというのも確かな話である。これまでの森辺の女衆にとっては、宿場町への買い出しというのが日々の仕事の中でけっこうな比重を占めていたのだ。森辺の集落から宿場町まではけっこうな距離であるし、人力では運べる荷物にも限りがある。トトスと荷車を使用すれば、その時間と労力を大幅に削減することがかなうのだった。

逆に言えば、そうして生活にゆとりができたからこそ、料理の勉強会を開いたり、晩餐で凝った料理を作ったりすることもできるようになったのだと言えるだろう。以前の生活のままであれば、そのような時間を捻出することさえ難しかったはずであった。

ともあれ、森辺の民の生活には、以前にないゆとりというものが生じることになった。また、以前からファの商売に協力していたフォウの血族であれば経済的にもかなりの余裕が生じているので、ジョウ＝ランたちに「お小遣い」を与えることもできたのだろう。なおかつ、どれほどゆとりが生まれたところで、狩人たる男衆が一日を自由に過ごすことができるのは休息の期間のみである。だからバードゥ＝フォウもこれをいい機会だと考えて、ユーミからの提案を受け入れる英断を下すことに相成ったのだった。

　同じ西方神の子たる宿場町の民が、日々をどのように過ごしているのか。それを知るために、バードゥ＝フォウはユーミの申し出を受け入れたのである。森辺の族長たちも、その決断に異を唱えることはなかった。もちろんこれでユーミたちに愛想を尽かす結果になれば、宿場町で遊ぶという行いは禁じられることになってしまうのであろうが――それでも、試す前から頭ごなしに拒絶したりはしないという、森辺の民の心意気であった。

（だから俺も、この行いには大賛成だったんだけど……まさか、色恋の話がからんでくるとはなあ）

　ユン＝スドラから裏事情を打ち明けられた後は、俺もいささか懸念を抱え込むことになった。しかし、やっぱりそれでもこのたびの行いを否定する気持ちにはなれない。かつてはレイナ＝ルウやシン＝ルウなども城下町の貴族たちと色恋がらみでややこしい騒ぎに巻き込まれてしまったが、なんとか乗り越えてみせたのだ。外の人間と絆を深めるならば、そういう騒ぎもひとつのリスクとして受け入れた上で、随時対処するしかないように思われた。

「でも、彼らはいったい宿場町でどのように過ごすのでしょうね。昼から日没までといったら、ずいぶん長い時間になってしまいますけれど……」

ルウ家の人々に別れを告げて、ファの家へと荷車を走らせているさなか、そのように述べたのはトゥール＝ディンであった。

「うん。俺もそれは気になったんだけど、ユーミは教えてくれなかったんだよね。何も知らないほうが楽しみも増すだろうとか何とか言ってさ」

「復活祭などであれば旅芸人の芸を楽しんだりすることもできますが、今はそういう時期でもありませんし……わたしには、さっぱり見当もつきません」

トゥール＝ディンは、ちょっぴり不安そうな面持ちであった。次に交流会が開かれる際は、彼女も参加するように呼びかけられていたのである。

「だけどまあ、宿場町の人たちとじっくり言葉を交わすだけでも、十分に有意義なんじゃないのかな。商売の最中は、顔をあわせてもなかなかそんな時間は取れないからね」

俺がそのように答えたとき、ファの家へと至る横道が見えてきた。荷車の速度を落としてそちらに踏み込んでいくと、思わぬ喧騒が伝わってくる。ファの家の前に、ずいぶん大勢の人々が群れ集っているようだった。

「何でしょう？　女衆ばかりでなく、男衆も集まっているようですね」

トゥール＝ディンも、不思議そうに首を傾げる。荷車をそちらに近づけていくと、人垣を構成していた女衆の一人が「おや」と振り返った。

「お疲れさん。もうアスタたちが戻る時間だったんだね」

「はい、お疲れ様です。みなさんは、何をされているのですか？」

「狩人の鍛錬だよ。あたしらは、そいつを見物していたのさ」

御者台の上から人垣の向こうを透かし見てみると、確かに狩人たちはおのおの鍛錬に励んでいる様子であった。木の棒を引っ張り合っている者もいれば、取っ組み合っている者もいる。また、木の棒を刀の代わりにして打ち合っている者や、木登りに励んでいる者もいた。

そこに、おおっというどよめきが起こる。アイ＝ファと取っ組み合っていた大男――リッドの家長にして荷運びの勇者たるラッド＝リッドが、地面に投げ飛ばされたのだ。若い女衆は、きゃあきゃあと黄色い声援をあげていた。

「ううむ、まいった！　三回挑んで、一回も勝てぬとはな！　お前さんの力は大したものだぞ、アイ＝ファよ！」

豪快に笑うラッド＝リッドのかたわらで、アイ＝ファはぜいぜいと息をついている。アイ＝ファは両方の膝に手をついた格好で、その頬からは何筋もの汗を滴らせていた。

「よし。それでは次は、俺の番だ。次こそはアイ＝ファを地につかせてみせるぞ」

そのように述べながら進み出たのは、ラッド＝リッドの息子であるリッドの長兄であった。

アイ＝ファは身を起こし、額の汗をぬぐいながら「待て」と応じる。

「さすがに私も、いささか疲れた。しばし休ませてもらいたい」

「何？　勝ち逃げは許さんぞ！　俺たちは、いまだに一回もアイ＝ファに勝てていないのだからな！」

「しかし、これでもう二十回や三十回は連続で力比べをしているはずだ。これでは私も、本来の力を出すことは難しい」

人並み外れたスタミナを有しており、柔よく剛を制すの戦法を得意とするアイ＝ファでも、それではさすがに体力が尽きてしまうだろう。去りし日にはレム＝ドムを相手に何時間も取っ組み合っていたアイ＝ファであるが、この場に集まっているのはみんな歴戦の狩人たちであるのだ。ラッド＝リッドとその息子はちょっときょとんとした面持ちで顔を見合わせてから、ほとんど同時に「そうか」とうなずいた。

「言われてみれば、アイ＝ファは一度も休みを取っていなかったのだな。これは申し訳ないことをした」

「ああ。弱ったアイ＝ファを打ち負かしても、自慢にはならんからな。しばし呼吸を整えたのちに、お相手を願おう！」

「うむ」とうなずいてから、アイ＝ファが俺のほうを見やってくる。

俺はすみやかに荷車から降りて、アイ＝ファのほうに近づいていった。

「ただいま、アイ＝ファ。これはいったい、何の騒ぎなんだ？」

「ああ。リッドとディンの男衆が、ともに鍛錬に取り組もうと願い出てくれたのだ。一人では何かと不自由な面もあるので、私を思いやってくれたのだろう」

そのように述べるアイ＝ファは、全身が汗だくであった。顔にはりつく前髪をわずらわしそうにはねのけつつ、その青い瞳は力強く輝いている。

「次から次へと勝負を挑まれるので、すっかりくたびれ果ててしまった。……しかし、リッドやディンの狩人たちと手合わせを重ねれば、私もさらなる力をつけることができるだろう。心から、ありがたく思っている」

「そうだったのか。それはよかったな」

俺は心から嬉しく思い、にっこり笑ってみせた。アイ＝ファは不意を突かれた様子で身をのけぞらせてから、ほんのちょっぴり赤い顔をしつつ、俺のことをにらみつけてくる。

「……お前はかまどの仕事であろうが？　こちらのことは気にせずに、自分の仕事を果たすがいい」

「うん、了解。そういえば、ティアは――」

「アスタ、戻ったのか！」

と、頭上からティアの声が降ってくる。見上げると、ファの家の屋根の向こうからティアの笑顔が覗いていた。

「ああ、またそんなところに……危ない真似をしたら、駄目だってば」

「何も危なくはない。邪魔にならないよう、ここから皆の姿を眺めていたのだ」

ティアは前置きもなしに屋根から飛び降りると、左足と二本の腕で着地をして、何事もなかったかのように身を起こした。そんな真似をしたら右足の傷に響きそうなものであったが、ティアは着地の瞬間に膝と肘を深く曲げて、上手く衝撃を分散させたようだった。まさしく獣のごとき身のこなしである。

「アイ＝ファは汗まみれなので、受け止めてもらうのはやめておいた。アスタ、何も災厄には見舞われなかったか？」

「うん、こっちは大丈夫だよ。それじゃあ、仕事を始めるからね」

その場に集まった男衆に挨拶を返しつつ、家の裏手のかまど小屋に向かう。荷車はトゥール＝ディンが引いてくれており、鍛錬のさまを見物していた女衆もぞろぞろと追従してきた。彼女たちは、もともと下ごしらえと勉強会のために集まっていたメンバーであったのだ。

そうして母屋の横手に差しかかると、そちらでも棒引きの鍛錬をしている男衆の姿があった。その内の一人が自分の父親であることに気づいて、トゥール＝ディンが「あっ」と弾んだ声をあげる。

「ゼイ父さん。父さんも来てたんだね」

「うむ。今日もご苦労だったな、トゥール」

ゼイ＝ディンは、優しい眼差しでトゥール＝ディンへと笑いかけた。トゥール＝ディンもまた、嬉しそうに微笑んでいる。

「アイ＝ファは、休憩か？　よければまた、俺も手合わせを願いたい」

「うむ。のちほどな」

アイ＝ファもひっそりと、俺たちに同行していた。きっとかまど小屋の水瓶の水で咽喉を潤すつもりなのだろう。無事にかまど小屋に到着した俺は、そんなアイ＝ファにひとつ提案をしてみた。

「なあ。よかったら、チャッチの茶でもいれようか？　常温の水よりは、心地好く咽喉を潤すことができるだろう？」

「……しかし、仕事のさまたげになりはせぬか？」

「そんなに大した手間ではないさ。ディンとリッドの人たちにも配ってあげたいしさ」

「そうか」とアイ＝ファが微笑んだので、俺はさっそくチャッチ茶の準備を始める。晩餐でこの茶を飲む機会も増えたので、最近では以前よりも美味しくいれることができるようになったという自負があった。

他の人々には、下ごしらえの仕事を進めてもらう。明日の商売の下ごしらえと、数日置きに取り組んでいる乾燥パスタの作製である。今日も予定通りの人数が集まってくれたので、そちらの仕事も滞りなく進めてもらうことができた。

俺はみんなの邪魔にならないように、外のかまどでチャッチの皮を煮詰める作業に取り掛かる。ティアはぴったりと俺に寄り添っており、アイ＝ファは手ぬぐいで顔や手足の汗をぬぐっていた。そこに近づいてきたのは、さきほど別れたばかりのゼイ＝ディンである。

「アスタよ、フォウの血族の若衆は宿場町に下りたのだな？」

「はい。予定通り、宿場町の人たちと合流していましたよ」

「そうか。……それがどのような集まりであったかは、明日の内に教えてもらえるのだな？」

「ええ。今日の交流会の内容については、きちんとすべての氏族に伝達するという話でした。小規模ではありますが、これも今までの習わしにはなかった行いですからね」

「うむ……」とつぶやくゼイ＝ディンは、何やらもの思わしげな面持ちであった。

「どうしました？　何か気にかかることでも？」

「ああ。その集まりにはトゥールも招かれているので、いったいどのような集まりであるのかが気になってな。むろん、森辺の民に相応しからぬ集まりであった場合は取りやめられることになるのだから、何も心配をする必要はないのだろうが……」

「ええ。そこのところは、今日の集まりに参加した六名が見極めてくれるはずですよ」

その中には沈着冷静なるチム＝スドラやいかにも聡明そうなイーア・フォウ＝スドラも含まれているのだから、間違った情報が伝えられることもないだろう。彼らは町の人々と交流が薄かった分、客観的な意見を期待できるはずだった。

「自分の見知らぬ人間の集まる場に家族を送り出すというのは、不安なものであろう。しかし、次にその集まりが開かれる際は私も同行させてもらうので、何も案ずる必要はないぞ」

アイ＝ファがそのように口をはさむと、ゼイ＝ディンは「ああ」と口をほころばせた。

「チム＝スドラとジョウ＝ランにアイ＝ファまで加われば、何も案ずる必要はなかろうな。そのときは、どうかトゥールをお願いしたい」

「うむ。必ずトゥール＝ディンも無事に連れ帰ると約束しよう」

このたびの集まりはなるべく若い人間に参加させてほしいという要望が、ユーミから告げられていたのだ。いわく、ユーミの側にも若い人間しかいないので、年配の人間に楽しんでもらえるかどうかは心もとないとのことであった。

（バードゥ＝フォウも、なるべく若い人間が町の人たちと絆を深めるべきっていう考えらしいから、それはそれでちょうどよかったんだけど……送り出す親御さんとしては、確かに心配な面もあるだろうな）

ましてやトゥール＝ディンは、参加メンバーで最年少の十一歳なのである。森辺において一人前と見なされるのは婚儀の許される十五歳からであろうから、ゼイ＝ディンの心配もひとしおであろうと思われた。

「だけど俺は、トゥールが招かれたことを嬉しくも思っているのだ。宿場町ばかりか城下町にまで招かれるトゥールは、きっと俺の知らないさまざまなものを見聞きして、豊かな生を歩んでくれることだろう。時には苦難に見舞われることもあろうが……母なる森が正しく導いてくれることを、俺は信じている」

「うむ。私も同じように考えているぞ。……きっとドンダ＝ルウも、同じような気持ちであるのだろうな」

そう言って、アイ＝ファもやわらかく微笑んだ。アイ＝ファがこのように表情を動かすというのは、ゼイ＝ディンに対して心を開いている証であろう。

「宿場町の民というのは、ずいぶん森辺の民とはかけ離れた存在であるように思えるが……それを言ったら、城下町の貴族も同じことだ。貴族とも正しき縁を結ぶことのできたトゥール＝ディンを、信じてやるといい。あの小さな娘には、きっとそれだけの力が備わっているのだ」

「……アイ＝ファにそのように言ってもらえるのは、とても誇らしいことだ」

ゼイ＝ディンも、精悍な顔にやわらかい笑みをたたえている。ゼイ＝ディンはとても誠実かつ穏やかな人柄であるようなので、もともとアイ＝ファと相性がよかったのだろう。他ならぬトゥール＝ディンの父親とアイ＝ファがこうしてゆるやかに絆を深めていくさまは、俺を温かい気持ちにさせてやまなかった。

（あっちの集まりは、ようやく中盤戦に差しかかった頃か。いったい何をして楽しんでるんだろうな）

そんな風に考えながら、俺はほどよく煮えた鉄鍋をかまどから下ろすことにした。

◇

宿場町での交流会は、とても有意義な集まりであった——ファの家にその報が届けられたのは、翌日の朝方のことであった。

それを告げてくれたのは、朝方の下ごしらえに出向いてきたフォウの女衆である。昨日の夜遅くに戻ってきた家人たちは、みんな口をそろえて「楽しかった」と述べていたそうだ。

「チムとイーア・フォウも、同じように言っていました。何もジェノスの法を破ったりはしなかったし、無法者に襲われることもなかったそうです」

同じ時刻に集まったユン＝スドラも、そのように述べていた。ランの家の女衆も、つけ加える言葉はないようだ。

集まりに参加した六名全員が、同じ見解であったのである。これにて二回目の交流会が執り行われることも、無事に決定されたようだった。

「……それで、ジョウ＝ランとユーミに関しても大丈夫だったのかな？」

俺がこっそり尋ねてみると、ユン＝スドラはいくぶん不明瞭な面持ちで「はい」とうなずいた。

「わたしも心配だったので、イーア・フォウには気にかけてくれるようにお願いしておいたのですが……取り立てて、不穏な事態には至らなかったようです。ジョウ＝ランに想いを寄せているフォウとランの女衆も、ユーミやベンたちと正しく絆を深めているようだったとのことでした」

「そっか。それなら、よかったね」

俺はそのように答えたが、ユン＝スドラの表情は晴れないままであった。

「だけどわたしは、まだ安心できません。……何せ、ジョウ＝ランのことですので」

「あはは。やっぱりユン＝スドラは、ジョウ＝ランを信用しきれていないんだね」

「それは、しかたのないことです。だって、ジョウ＝ランなのですよ？」

そうして俺たちが作業を進めていると、かまど小屋の外からアイ＝ファがちょいちょいと手招きをしてきた。

「どうしたんだ？　昨日のことなら、アイ＝ファも聞いただろ？」

「うむ。ただ、ジョウ＝ランめの様子はどうだったのかと思ってな」

「やっぱり、アイ＝ファもか。うん、今のところ、おかしな動きはないようだよ」

ユン＝スドラの懸念については、昨晩の内に報告済みであったのだ。

アイ＝ファは「そうか」と述べながら、形のいい眉をひそめる。

「アイ＝ファもユン＝スドラも、心配が尽きないみたいだな。俺としては、出会ったばかりのジョウ＝ランとユーミがややこしい関係になることなんて、そうそうないように思えるんだけど」

「どうであろうな。ジョウ＝ランのやつめは、さして口をきいたこともない私に対してよからぬ思いを抱くことになったのだぞ？」

「それはだって、アイ＝ファぐらい魅力的な女衆だったら、しかたないさ」

アイ＝ファはうっすらと頬を染めながら、ゆっくり右腕を振りかぶった。

それが振りおろされないうちに、俺は「ごめんなさい」と謝罪を申しあげる。

「それに、ジョウ＝ランがことさら軽はずみなわけじゃないだろう？　かつてはガズやラッツの男衆だって、ほとんど交流のなかったアイ＝ファに婚儀の申し入れをしてきたぐらいなんだからさ」

今度はノーモーションで、頭をはたかれた。しかし俺としては多少のおしおきをされてでも、ジョウ＝ランのフォローをしておきたかったのだった。

「あいててて……とにかくさ、こればっかりは本人の気持ちを尊重するしかないんじゃないのかな。あの二人だって、そんな軽はずみに婚儀の話を持ち出したりはしないと思うぞ？」

「ふん。ユーミはともかく、ジョウ＝ランのことをそこまで信用できるのか？」

「信用したい、とは思ってるよ。ジョウ＝ランは本気でアイ＝ファに想いを寄せているようだったから、そんな簡単に目移りしないと思うんだ。だからこれで、ジョウ＝ランがユーミに想いを寄せるようだったら……それはもう、どうしようもないぐらい心をひかれたってことなんじゃないのかな」

　昨日の楽しげに笑い合っている二人の姿を思い出しながら、俺はそんな風に答えてみせた。それが男女の友情であるのか、色恋に発展する前段階であったのかは、神のみぞ知るところであったが――何にせよ、二人の気持ちがすれ違わずに、ぴたりと一致することだけを、俺は強く望んでいた。


「けっきょくアスタたちも、こーりゅーかいというものに加わることになったのか」

　ティアがそのように言い出したのは、その日の夜の晩餐の場においてであった。

　俺とアイ＝ファとティアの三名で食事を囲み、土間では猟犬のブレイブと番犬のジルベとトトスのギルルがくつろいでいる。ティアがファの家で暮らすようになってから、はや八日――赤く染めあげられたティアの小さな姿も、すっかりファの家の広間に馴染んだように思えてならなかった。

「もともと森辺の民は、町の人間というものを忌避していたのだろう？　どうしてわざわざそんな者たちと絆を深めなければならないのだ？」

「……お前こそ、どうしてそのような話を気にかけるのだ？」

アイ＝ファがうろんげにねめつけると、香草のきいたギバ・スープをすすっていたティアはあっけらかんとした顔で答えた。

「もちろん森辺の民の為すことに文句をつけるつもりはない。ただ、森辺の民の気が知れないのだ。確かに町の人間というのは、森辺の民とずいぶん掛け離れた存在であるようだからな」

「ずっと外界の人間と絆を断っていたお前が、ずいぶんわかったような口を叩くものだな」

「ティアはこの前の祝宴の日、町の人間とたっぷり語らうことになったからな。それに、ルウの集落にも町の人間の父娘が住まっているので、それで色々と察することができたのだ」

ティアが祝宴の日に語らうことになったのはカミュア＝ヨシュとレイトで、ルウの集落に住んでいる父娘というのはミケルとマイムのことであった。

「あと、バルシャとジーダという者も森辺の民ではないという話だったが、あれらは別の山で狩人として暮らしていた者たちなのだろう？　あの二人は、森辺の民とそれほど掛け離れていないように感じたが……他の者たちは、まるきり違っていた。あれだけ性根の違っている者たちと絆を深めようというのは、やっぱり苦労がつのるのだろうと思う」

「だからこそ、我々は絆を深めなければならないのだ。どれだけ異なる生活に身を置いていようとも、我々は同じジェノスの民であるのだからな」

「そうか。さっきも言ったが、森辺の民の行いに文句をつけるつもりはない。ただ、森辺の民が柔弱な存在に成り下がってしまわないように祈るだけだ」

ティアの言葉に、アイ＝ファは「柔弱、か」と眉をひそめた。

「お前の言うことは、わからなくもない。しかし、カミュア＝ヨシュなどはドンダ＝ルウに匹敵するほどの手練れであろうな」

「うむ。あの男は森辺の民とも町の人間とも掛け離れた存在であるように感じられる。だけどやっぱり、どちらに近いかと言えば町の人間なのだろう。……言ってみれば、あそこのジルベやブレイブのようなものなのだろうな」

「うむ？　ジルベとブレイブが、何だと言うのだ？」

「ジルベとブレイブも、強い力を持っているのだろうと思う。だけどやっぱり、ヴァルブの狼とは異なる存在であるのだ。それはきっと、魂のありようなのだろう。カミュア＝ヨシュたちがどれだけの力を持っていようとも、それはジルベやブレイブのようなものであり……森辺の民は非力な女子供であろうとも、それよりはヴァルブの狼に近しい存在であるように思えるのだ」

そう言って、ティアはほんの少しだけ眉を下げた。

「だからティアは肉体の力ではなく、心や魂の話をしている。森辺の民は赤き民に似ているところがあって、とても好ましく思えるので……それが町の人間のように変じてしまったら、残念に思う」

「ふん。文句をつけるつもりはないと言いながら、ずいぶん不平がましい物言いではないか」

ティアに対して厳しいアイ＝ファは、鋭い面持ちでそのように言い放った。

「しかし、無用の心配だな。我々はすでに何度となく、町の者たちと絆を深めようと試みている。おたがいの存在を尊重しながら手を携えられるように、大きな苦労を乗り越えてきたのだ。おたがいが心を律していれば、悪い影響を相手に与えることもあるまい」

「うむ。そうであればいいのだが……」

「それに、アスタとて出自は町の人間であるのだぞ。アスタが森辺で暮らし始めてからすでに一年が過ぎているが、悪い影響などはひとつとして生じていない」

アイ＝ファがそのように言い切ると、ティアはたちまち愁眉を開いた。

「そうか。そういえば、アスタも町の人間めいた気配を残している。それに、森辺の民とは比べ物にならないほど非力なようだが、とても好ましい人間だ」

「お前はいちいち、ひと言多いのだ」

アイ＝ファはぶっきらぼうに言い捨ててから、横目で俺のことをにらみつけてきた。

「……お前はお前で、何をそのように感じ入っているのだ？」

「いやあ、アイ＝ファの言葉が嬉しくってさ。もちろんそんな風に思ってくれていることはわかってたつもりだけど……やっぱり言葉で聞かされると、感慨もひとしおだよ」

俺が笑顔でそのように答えると、アイ＝ファはいくぶん頬を染めながら俺の頭を小突いてきた。

「交流会を終えたならば、家長会議が待ち受けているのだ。我々はその場で自らの正しさを証しだてなければならないのだから、お前も少しは気を引き締めるがいい」

「うん、わかってるよ。俺たちにとっては、運命の日だもんな」

しかし、それよりも先に、まずは宿場町での交流会である。

アイ＝ファとともにあれば、交流会も家長会議も無事に乗り越えられるだろう。もちろん俺もアイ＝ファに頼るばかりでなく、総身の力を振り絞るつもりである。

そうして俺たちはその夜も和やかに晩餐の場を過ごしながら、来たるべき二大イベントに向けて奮起の気持ちを新たにすることに相成ったのだった。

3

そうして日は過ぎ、青の月の七日――第二回交流会の当日である。

今回は前回よりも少し遅い時間、下りの一の刻の半が集合時間と定められていた。その時間にまた屋台で軽食を買い求め、青空食堂で食事をしながら、俺たちの仕事が終わるのを待とうという算段であったのだ。約束の刻限には、森辺のメンバーも宿場町のメンバーも全員が顔をそろえていた。

「やあ。今日も騒がしくしちゃってごめんね、アスタ」

そのように述べながら、ユーミは楽しげに笑っている。その背後に立ち並ぶ宿場町の若衆は、十名ぐらいに増えていた。前回の五名は全員顔をそろえており、さらにはテリア＝マスもひっそりと控えている。すでに顔なじみであるベンやレビにはさまれたテリア＝マスは、笑顔で俺たちにお辞儀をしてくれた。

「どうせ後で合流するんだから、大人しく待ってろって言ったんだけどね。けっきょくこんな人数になっちゃった」

「あはは。まったくかまわないよ。それじゃあ、これが集まりに参加する総勢なのかな？」

「まっさかー！　待ち合わせの場所には、この倍ぐらいの人数が待ち受けてるよ！」

ならば、総勢は三十名ぐらいにも及ぶことになる。ユーミの顔の広さにも脱帽であるが、それだけ大勢の人たちが森辺の民と交流したいと望んでくれるのはありがたい話であった。

それと相対する森辺のメンバーは、前回の六名にアイ＝ファとディンの長兄を含めた八名となる。これで屋台の商売を終えた後は、俺とユン＝スドラとトゥール＝ディンとフェイ＝ベイムを加えて、十二名になる計算であった。ガズやラッツの血族は参加を見合わせていたが、フェイ＝ベイムはファの家の行いを見届けるという名目で参加させてほしいと、ベイムの家長から申し出を受けたのだ。トゥール＝ディンの場合は順序が逆で、まずはユーミから個人的なお誘いがあり、それがグラフ＝ザザに認められたため、ならば男衆も一名参加させるべしと申し渡されたのだった。

ともあれ、挨拶を済ませた人々はまた大量のギバ料理を買いつけて、青空食堂に向かっていく。終業時間の差し迫ったこの時間帯にこれだけの団体客を迎えるというのは、なかなか常にはないことだった。しかも今回は、その中にアイ＝ファまで含まれているのだ。俺が作った料理をアイ＝ファが銅貨を出して買うという、これもまたけっこうな椿事であった。

「みんな、楽しそうだねー！　ルウも休息の期間になったら、ドンダ父さんにお願いしてみよーっと！」

ルウ家の屋台で働いていたリミ＝ルウは、そのように述べていた。当然そのときには、仲良しのターラがゲストとして迎えられることになるのだろう。

「今日はいったい、どこに連れていかれるのでしょうね。ユン＝スドラも詳しくは聞かされていないのですか？」

トゥール＝ディンが小声で尋ねると、ユン＝スドラは申し訳なさそうに「ええ」とうなずいた。

「家長は朝方にチムの家まで出向いて、ずいぶんこまかなところまで話を聞いたそうですが、それがわたしたちに語られることはありませんでした。とりあえず、危険なことは一切なかったそうですよ」

「そうですか。それなら、いいのですが……」

トゥール＝ディンは、何だかずいぶんと不安そうな面持ちであった。ユーミに対しては信頼を寄せているはずなので、宿場町の治安そのものに懸念を抱いているのだろうか。

「あ、もしかして、トゥール＝ディンはダバッグのことを思い出しちゃったのかな？」

俺がそのように尋ねると、トゥール＝ディンはほっそりとした身体をもじもじとさせた。

「は、はい。あれだけの狩人がいれば、何も心配はいらないとわかっているのですが……意気地がなくて、申し訳ありません……」

「そんなことないよ。あれは、なかなかの体験だったからね」

俺たちは隣町のダバッグまで旅行に行った際、宿泊した宿屋で無法者どもに襲撃されることになったのだ。アイ＝ファやダン＝ルティムたちの活躍で事なきを得たものの、幼いトゥール＝ディンにとってはトラウマものの体験であったに違いない。

「だけどまあ、このジェノスで森辺の民にちょっかいを出そうなんて考える人間は、そうそういないはずさ。シン＝ルウが闘技会で優勝したことによって、森辺の狩人の腕っ節についてはいっそう評判になったはずだしね」

「は、はい。そのように信じています。……森辺の民も、以前のように忌み嫌われているわけではありませんしね」

そう言って、トゥール＝ディンは自分を励ますように微笑んだ。

そうしてほどなく、屋台の料理は完売の運びとなる。時ならぬ団体客が大量の料理を購入したために、普段よりも少し早い時間に仕事を終えることができた。

「それでは申し訳ありませんが、屋台の返却をお願いします。ルウ家のみなさんも、また明後日に」

帰宅組の人々に別れを告げて、青空食堂へと足を向ける。食事を終えたユーミたちは、まだそこで楽しげに会話を繰り広げていた。

「お待たせしたね。こっちの仕事も無事に終了したよ。最初は、どこに連れていってくれるのかな？」

「あ、お疲れ様！　よーし、それじゃあ出発だね！」

　総勢二十名以上にふくれあがった一団が、ぞろぞろと列をなして街道を練り歩く。その先頭を進むのはユーミであり、かたわらにはジョウ＝ランの姿があった。他の人々も、適度に分散して交流をはかっている様子である。無事にアイ＝ファと合流した俺は、とりあえず馴染みの深いベンに声をかけることにした。

「今さらですけど、ここにいる人たちはみんな宿場町の民なんですよね？　やっぱり宿屋とか、商いをしている家の生まれが多いのでしょうか？」

「そりゃあ宿場町には畑なんてねえんだから、何かしらの商いをしないと生きていけねえだろ。商人じゃないとしたら、人足か衛兵だな」

「ああ、なるほど。衛兵の方々も、みんなジェノスで暮らしてるんですもんね」

「いや、余所の町から流れてきた傭兵くずれなんかが衛兵になることも多いらしいぜ。そういう連中は、ずっと兵舎で暮らしてるんだろうな。……ただ、どんな家に生まれついたって、仕事にあぶれるようだったら衛兵に志願するか、人足で日銭を稼ぐか、さもなきゃ人様の稼ぎをかすめ取る無法者に身を落とすしか道はねえってことだ」

　そう言って、ベンは悪ぶった笑みを浮かべた。いちおう彼は宿場町において、不良少年に分類される存在であるのだ。

「まあ、この場に集まった連中に関しては心配いらねえさ。この中で一番の悪たれは、俺やユーミだろうしな」

「なーに？　また何か余計なこと言ってるんじゃないだろうね？」

前方を歩いていたユーミがじろりとにらみつけてくると、ベンはへらへらと笑いながら「何でもねえよ」と言い返した。

森辺の民が十二名も含まれた集団であるので、道行く人々も不思議そうな眼差しを向けてきている。それが森辺の民のみで構成された集団であれば今さら不思議がられることもないのであろうが、宿場町の若衆と連れ立っているのが不思議なのだろう。俺としても、非常に新鮮な気持ちで石の街道を歩くことができた。

「あ、こっちだよ。道が少し細くなるけど、はぐれないようにね！」

と、ユーミが主街道から横道へと入っていく。俺が見知らぬ道である。というか、俺が足を踏み入れたことがあるのは《西風亭》に続く道と《玄翁亭》に続く道と、あとは肉の市が開かれる広場に続く道ぐらいであるのだ。

様相としては、《玄翁亭》のある住宅区域に近いかもしれない。古びた木造りの家がずらりと密集しており、足もとは土の地面が剥き出しで、道の幅は五メートルていどだ。ただ、それらの家屋の前には卓が出されて、こまごまとした日用品や雑貨などが販売されている様子であった。卓の後ろには椅子が置かれて、大体は年老いた人々が店番をつとめているようだ。

「へえ。裏通りでも商売をしている人は多いんですね」

「ああ。表通りに店を出すとなると、屋台の貸し出し料やら場所代やらがかかっちまうからな。こっちのはちょっとした小遣い稼ぎていどの店ばかりだけど、そんなに質が落ちることはないと思うぜ」

「なるほど。もう一年以上も商売をしているのに、こういう通りのことはまったく知りませんでした」

「ふふん。たいていの用事は、表通りで済んじまうからな。でも、あそこは商人と旅人の縄張りだから、俺らが悪さをするとしたらだいたいこっちの裏通りなんだ」

アイ＝ファが「悪さ？」と反問したので、ベンは苦笑を浮かべた。

「そいつは言葉のあやってもんだ。べつだん森辺の民が怒りだすような真似はしねえよ」

「うむ。私もそのように聞いている」

「森辺の民は、真面目だよな。祝宴では、あんな大騒ぎするのによ」

ベンがそのように言ったとき、先頭のユーミが大きく手を振ってきた。

「アスタにアイ＝ファ、こっちに来てくれる？　あと、この前の集まりにいなかったみんなもね」

俺とアイ＝ファは目を見交わしてから、ユーミのもとに馳せ参じた。別の場所からも、トゥール＝ディンやユン＝スドラたちが集まってくる。

先頭に立ったユーミのななめ前方に、ちょっと趣の異なる建物がそびえ立っていた。他の建物はみんな木造りであったのに、その建物だけは灰色の石造りであったのだ。大きさもなかなかのもので、敷地の面積は他の建物の倍以上はありそうなほどだった。

「これは立派な建物だね。衛兵の宿舎か何かかな？」

「いーや、ここはセルヴァの聖堂だよ。ジョウ＝ランたちが珍しがってたから、アスタたちにもきちんと見せておこうと思ってさ」

その言葉に、ユン＝スドラが「聖堂ですか」と目を丸くした。

「わたしたちは城下町の大聖堂という場所で、神を移す儀式に臨んだのです。これも、それと同じような場所であるわけですか」

「うん。あたしらは、城下町に足を踏み入れることなんて許されないからさ。宿場町やダレイムやトゥランで生まれた赤ん坊は、みんなここでセルヴァの祝福を授かるんだよ」

俺も新たな好奇心をかきたてられて、その建物を見上げることになった。言われてみれば、城下町で見た大聖堂と様式は似ているかもしれない。が、大きさなどは比較にもならないし、それほど荘厳な雰囲気も漂ってはいない。灰色の煉瓦などはところどころが新しいものに交換されており、そういう補修の跡がいっそう古びた印象を強めていた。

「森辺の民はもう全員が神を移す儀式を済ませたんだから、新しい子が生まれても、わざわざ城下町まで出向く必要はないでしょ？　だから、今後はこの場所で祝福を受けることになるんじゃない？」

「うん。きっとそうなんだろうね」

それはもうしばらくしたら、ガズラン＝ルティムとアマ・ミン＝ルティムの間に生まれる赤子によって証明されるはずだ。俺がそんな風に考えていると、ユーミがにっと笑いかけてきた。

「それじゃあ、ちょっとこっちに来てよ。中を覗かせてあげるからさ」

「え？　そんなことをして、叱られたりしないのかい？　ここは神聖な場所なんだろう？」

「覗かれて困るときは、窓に帳をかけてるもんだよ。この時間なら、大丈夫さ」

しかし、どうしてわざわざ覗き見をしなくてはならないのかがわからない。そんな俺たちの当惑も余所に、ユーミは聖堂の横手にずかずかと踏み込んでいった。

「ほら、こっちだよ。なるべくうるさくしないようにね」

俺がアイ＝ファやユン＝スドラと顔を見合わせていると、ジョウ＝ランが無邪気な表情で笑いかけてきた。

「一見の価値はあると思いますよ。俺が話したら、バードゥ＝フォウもずいぶん興味を引かれていたようですから」

「バードゥ＝フォウが？　それはいったい、どういうことなのかな？」

「それを俺が話したら、きっとユーミに叱られてしまいます」

アイ＝ファやユン＝スドラは不満げなお顔をしていたが、俺はジョウ＝ランの言葉に従うことにした。ユーミはユーミなりに、俺たちを楽しませようとしてくれているのだろう。これもきっと、サプライズの演出の一環であるのだ。それならば、つつしんでお受けするべきなのだろうと思われた。

そうして歩を進めていくと、ユーミはにこにこと笑いながら建物の壁を指し示してくる。そこには頭が入らないていどの大きさをした通気用の窓が、五つばかりも等間隔に並んでいた。

そこから屋内を覗き込んでみると――意想外の光景が広がっていた。けっこうな面積を有する石造りの広間が、幼い子供たちによってびっしりと埋め尽くされていたのだ。

「な、何だい、これは？　あの子供たちは、何をしてるのかな？」

「あれはみんな、ジェノスに住む子供たちだよ。修道士さんに、読み書きとかを教わってるのさ」

確かに幼子たちはいくつかのグループに分けられており、そこに一人ずつの修道士とやらが割り振られているようであった。大聖堂で見た神官ほど、格式張った服装はしていない。白い長衣に赤い肩掛けを羽織った、老人や老女たちだ。言葉の内容までは聞こえてこないが、その手に持った帳面を幼子たちのほうに向けながら、何やら語っている様子である。

「よっぽど裕福な家だったら、学舎ってところに預けられるんだけどね。そんなのは、まあひと握りの大商人だけさ。石塀の外で暮らしてる人間のほとんどは、数日置きにここに子供を預けてるはずだよ」

「なるほど……ジェノスの人たちは、ここで文字とかを習ってるのか」

しかし、ターラがこのような場所に通っているという話は聞いたことがない。俺が小声でそう尋ねてみると、ユーミは「ああ」と肩をすくめた。

「ダレイムで暮らしてるのは、みんな農民だからね。金勘定が必要になりそうな人間しか、読み書きを覚えさせる必要はないんじゃないのかな。きっとターラの兄貴たちは、ここに通わされてたと思うよ」

「そっか。すべての子供が集められるわけじゃないんだね」

「うん。やっぱり宿場町の人間が一番多いかな。もうちょっと北寄りに七小神の聖堂もあったりするから、トゥランの子供たちなんかはそっちに通ってるかもね」

そう言って、ユーミは白い歯をこぼした。

「あたしなんかはぎゃあぎゃあ騒いで、よく修道士さんに叱られたもんだよ。家の人間にしてみれば、商いの手伝いもできない子供をしばらく預かってもらえるだけで大助かりなんだろうね。人数には限りがあるから、数日にいっぺんしか預けることはできないんだけどさ」

そういえば、その場には十歳未満の小さな幼子しかいないようであった。ぎゃあぎゃあ騒いでいる幼子はいないようだが、退屈そうに身体をゆすったり、こっそり隣の友人とおしゃべりをしたりしている子供がちらほらと見受けられる。

（半分は、託児所の役割でもあるのかな。確かに商いをしている人たちにとっては、ありがたい施設なんだろう）

何気なく視線を巡らせた俺は、広間の奥にひっそりとたたずむ神像の姿を発見して、ハッと息を呑むことになった。四枚の翼を持ち、巨大な槍を掲げた、真っ赤な神像――西方神セルヴァの像である。大聖堂で見たものよりはずいぶん小さいが、それでもディック＝ドムぐらいの大きさはあるだろう。部屋の奥で本物の炎が燃えているかのような、鮮烈にして勇壮なる姿であった。

「さ、それじゃあ向こうに戻ろうか。子供たちがこっちに気づいたら、修道士さんに迷惑をかけちゃいそうだからね」

ユーミを先頭にして通りのほうに戻ると、笑顔で待ち受けていたジョウ＝ランが「どうでした？」と問うてきた。

「うん。なかなか驚かされたよ。……でも、バードゥ＝フォウは何に興味を引かれたんだろう？」

「それはほら、フォウの人間も肉を売る商売のために、読み書きや数の数え方などを学んでいる最中じゃないですか？　あれは年を食った人間ほど難渋するようなので、幼い内から学ばせるべきなのだろうかと言っていましたよ」

「ああ、なるほど……俺の故郷でも、子供は幼い内から色々な勉強をさせられていたよ」

なおかつ森辺の民は、指導者もないままに独学で読み書きと計算を学んでいるさなかなのである。もしも宿場町の人々と同じように修道士とやらのお世話になることができれば、町の人々と同じぐらいの学力を身につけることもできるはずだった。

（確かにこれは、一考に値する話だな。森辺の幼子たちには、ちょっとした試練になっちゃうかもしれないけれど）

ユーミは俺たちの姿を見回してから、「さて！」と元気に声をあげた。

「それじゃあ、あらためて出発だね。ヴァイラスの広場で、他の連中が待ってるからさ」

「ヴァイラスの広場？　ヴァイラスっていうのは、たしか火の神の名前だよね」

「うん。広場とか通りには、だいたい七小神の名前がつけられるもんなんだよ。厄災除けの、おまじないみたいなもんなんでしょ」

歩を再開させながら、ユーミはしなやかな腕で辺りを指し示す。

「ヴァイラスの広場に繋(つな)がるこの通りは、ヴァイラス通りって呼ばれてるよ。肉の市が開かれるほうの広場は、マドゥアルの広場ね」

「へえ。そんな名前があるとは知らなかったよ。それに、七小神っていうのも馴染みがないんだよね」

「七小神は、四大神の子供たちだよ。太陽神アリル、月神エイラ、豊穣(ほうじょう)神マドゥアル、火神ヴァイラス、水神ナーダ、運命神ミザ、冥神ギリ・グゥで、七小神ね。それじゃあ、ジェノスの守護神が太陽神アリルってことも知らなかったのかな？」

「うん、知らなかった。それじゃあジェノスは太陽神を信仰(しんこう)しているから、復活祭もあんなに大々的なのかな？」

　ユーミは笑いながら「違う違う」と手を振った。

「太陽神や火神は西方神セルヴァと縁(えん)が深いから、それを守護神にしてる町が多いってだけのことだと思うよ。ジャガルだろうとシムだろうと、太陽神の復活祭は大々的に祝われてるだろうしね」

「なるほど。そういえば、セルヴァだって火の神様なんだよね。それなのに、別の火神まで存在するんだね」

「火神ヴァイラスは、セルヴァの炎を人間たちに届けてくれる神様なんだよ。かまどの神様っていう扱(あつか)いでもあるんだから、アスタにとっては一番大事にしなきゃいけない神様なんじゃないの？」

それは知識が及ばずに、申し訳ない限りであった。俺にとって火神ヴァイラスとは、歌の題名や奇術の文言でしか耳にする機会のなかった存在なのである。

「町に住む人たちにとっては、そういう七小神も身近な存在であるのかな？」

「んー？　そりゃまあね。婚儀を挙げるときには月神エイラに供物を捧げたり、身近な人間が亡くなったときは冥神ギリ・グゥに供物を捧げたり……占い屋では運命神ミザを、農民の家では豊穣神マドゥアルを祀ったりとか、なんだかんだ人間の生活に関わることは多いだろうね」

　そのように述べてから、ユーミは愉快げに白い歯をこぼした。

「ま、そーゆー話も子供のときに、親とか修道士さんとかから教えてもらうんだよ。森辺の民も町の人間とのつきあいを深めていけば、いやでも耳に入ってくるんじゃない？」

「うん、きっとそうなんだろうね」

　俺がそのように答えたとき、ユーミが「あっ」と道の端に寄っていった。

「ちょうどいいや。ほら、これがヴァイラスだよ」

　何かと思って近づいてみると、とある家屋の前に大きな卓が出されており、そこに木造りの彫刻がずらりと並べられていた。ひとつ辺りの大きさは十センチていどで、いずれもころんとした造形をしている。ユーミが指をさしているのは、鍋の中から幼子がちょこんと顔を出している、なかなかユーモラスな彫刻であった。

　ただ、髪はたてがみのように逆だっており、ぎょろりとこちらをにらみつけているような目つきをしている。印象としては、悪戯好きの幼子が大きな鍋の中に隠れているようなデザインだ。

「ふうん。ここは、お土産屋さんか何かなのかな？」

「お土産っていうか、家に祀るお守りの像だね。もちろん、余所の人間が土産として買うこともあるだろうけどさ」

その卓の向こう側では小さな老婆が腰をかけており、俺の背後にたたずむ森辺の同胞をびっくりまなこで見やっていた。

「で、こっちが豊穣神マドゥアルで、こっちが太陽神アリルね。他の神様はいないみたい」

豊穣神マドゥアルは禿頭ででっぷりと肥えた男性の姿をしており、なんだかダン＝ルティムを思わせる造形であった。太陽神アリルは他の神様に比べるとひと回りは大きく、そのぶん精緻な造りをしている。顔が獅子で、下半身は馬か何かの四足獣、それに刀や槍を掲げた猛々しい姿だ。

「あ……この神像は、城下町で見たことがあるよ」

「そりゃあ太陽神はジェノスの守護神だからね。貴族だったら、さぞかし立派な神像を祀ってるんじゃない？」

俺がその神像を初めて目にしたのは、かつてトゥラン伯爵邸であった屋敷であった。その一室にはこの太陽神の巨大な石像が四体も配置されていたのである。

「マドゥアルは商いの神でもあるから、農民だけじゃなく商人も家に飾ったりするんだよ。ヴァイラスを飾るのは、かまど仕事の多い宿屋とかかな」

「ふうん。でも、俺がお世話になってる宿屋では見たことがないね」

「あ、そっか。うちでも別に飾ってないや。……ねえ、ばあちゃん、ヴァイラスの置き物はどういうお客が買ってくの？」

「え……？　ああ、火神様の置き物は、ジャガルのお客さんなんかが買っていきますねえ……鉄を鍛える仕事にも火は欠かせないから、南でも火神様を大事になさるお人が多いんでしょう……」

そう言って、老婆はおずおずと微笑んだ。

「でも、かまど仕事にも火神様のお力は大事でしょう？　よかったら、おひとついかがです……？」

「んー、あたしはいいや。アスタは、欲しくなっちゃったの？」

「うん。今日の集まりの、いい記念になるかもね」

ということで、愛しき家長のほうを振り返ると、「好きにしろ」というお言葉が早々に返ってきた。そして、トゥール＝ディンのすがるような眼差しに気づいたディンの長兄も、にっこりと微笑んでいる。

「トゥールも、欲しいのか？　だったら、買えばいい。家長には、俺が後から話しておくよ」

「でも……勝手に銅貨をつかって叱られないでしょうか……？」

「今のディン家にまたとない豊かさをもたらしているのは、トゥールじゃないか。これで文句を言うようだったら、俺のほうが家長を叱ってやるよ」

けっこう気難しそうな家長と異なり、この長兄はとても朗らかな気性であるのだ。トゥール＝ディンの言によると、彼は母親似であるらしい。

「それに、家長に叱られるような値段でもないだろう？　これは、赤銅貨何枚なのだ？」

「火神様は、赤銅貨三枚ですねえ……」

「ふむ。ポイタン十二個分か。それでかまど神とやらの加護を受けられるなら、安いものだろう」

トゥール＝ディンはとても嬉しそうな面持ちで「ありがとうございます」と頭を下げた。そうして俺とトゥール＝ディンはずらりと並んだ木像の中から、気に入った品を獲得する。小声で「おそろいだね」と呼びかけると、トゥール＝ディンは気恥ずかしそうに微笑んだ。

「よし。それじゃあ、行こうか。お次は、飾り物の店だね」

「え？　広場に行くんじゃなかったのかい？」

「広場までの道すがらで、寄っていくんだよ。ヴァイラス通りってのは安くて質のいい店が多いから、この前の集まりでも色々と案内してあげたのさ」

そのように述べながら、ユーミが後方を振り返った。その視線がとらえたのは、フォウとランの女衆である。

「そのときに、気に入った飾り物があったんだよね。家の人たちは、買うのを許してくれたかな？」

「はい。今日はその分の銅貨もいただいてきました」

二人の若い女衆は、はにかむように微笑んでいる。この両名がジョウ＝ランに想いを寄せているとの話であったが、ユーミに対しても打ち解けた様子を見せているので、俺は内心で安堵の息をつくことができた。

「時間はたっぷりあるんだから、のんびりいこうよ。ていうか、こうやってみんなで買い物するのも、交流のひとつでしょ？」

「言われてみれば、もっともだね。それじゃあ、案内をよろしくお願いするよ」

「うん！　それじゃあ、出発しよう！」

俺たちは、また列をなしてヴァイラス通りを闊歩することになった。

かまど神の木像を腰の物入れにしまい込みつつ、俺はアイ＝ファに笑いかける。

「次は、飾り物だってよ。アイ＝ファに似合う飾り物があるといいな？」

「……飾り物ならば、すでに十分そろっているではないか」

「でも、掘り出し物があるかもしれないだろう？　もちろん、無理に買う必要はないけどさ」

「……お前はずいぶんと楽しそうにしているな」

アイ＝ファは、あくまで厳粛な面持ちである。

みんなのはしゃぐ声を聞きながら、俺はその耳に口を寄せた。

「俺は楽しいし、みんなも楽しんでるみたいだけど、アイ＝ファは楽しくないのかな？」

俺が身を引くと、アイ＝ファは小首を傾げてから、返事をするために口を寄せてきた。

「よくわからんが、お前が楽しそうな顔をしているので、私も幸福な心地を抱くことはできている」

俺が返答に困っている内にアイ＝ファは身を引いて、視線も正面に戻してしまった。

その凛々しい顔には、やっぱりいつもの家長らしい厳粛さがたたえられたままであったが――

――しかしその青い瞳には、どこか満足そうな光が浮かべられているように見えなくもなかった。

4

ウィンドウショッピングに半刻ばかりを費やしたのち、俺たちはようやくヴァイラスの広場に到着することになった。

「さ、ここがヴァイラスの広場だよ。他の連中は、すっかり待ちくたびれてる頃かもね」

そこは、なかなかの広さを持つ広場であった。肉の市が開かれるマドゥアルの広場にも負けない広さであろう。足もとは石張りで、ところどころにベンチのような椅子が設置されている。若い人間が騒がしくしている反面、老人がひなたぼっこをしていたり、幼子が駆け回っていたり、きわめて牧歌的な情景である。無法者の多い宿場町としては、ずいぶん治安のいい区域であるように感じられた。

「この辺りは、けっこう衛兵も巡回してるからね。ほら、あんな具合にさ」

目をやると、広場の中心に置かれた日時計のかたわらに二名の衛兵の姿があった。その内の片方がこちらを見やり、ぎょっとしたように身体を震わせてから、ずかずかと近づいてくる。

「おい、これは何の騒ぎなのだ？　いちおう言っておくが、この場で商売をすることはジェノスの法で禁じられているからな」

「あれ？　マルスでしたか。こんなところでお会いするとは、奇遇ですね」

それは俺がジェノスの衛兵の中で唯一名前を知っている、小隊長のマルスに他ならなかった。

兜のひさしの下で顔をしかめつつ、マルスはその場に集まった森辺の民をじろじろと見回してくる。

「いいから、質問に答えろ。商売のできないヴァイラスの広場に、いったいどのような用事でやってきたのだ？」

「えーと、用事というか、単に遊びに来ただけなのですよね。今日は、宿場町の民と森辺の民の交流会なのです」

「なに？　森辺の民がただ遊ぶためだけに、このような場所を訪れたというのか？」

びっくりまなこのマルスに、ユーミが「ふふん」と笑いかける。

「森辺の民だってジェノスの民なんだから、どこで遊ぼうと自由でしょ？　ジェノスの法なんて、なーんにも破っちゃいないよ！」

「……お前は《西風亭》の娘だな。森辺の民に、悪い遊びなど教えるのではないぞ？」

「へん。そんなことしたら、森辺のみんなは怒って帰っちゃうでしょ。余計な心配してないで、自分のおつとめを果たしたら？」

マルスは深々と溜息をついてから、再び俺のことをにらみつけてきた。

「お前たちも、あまり羽目を外すのではないぞ？　ジェノスの法を犯したら、遠慮なく引っ立ててやるからな」

「はい、もちろん。それを一番に心がけています」

マルスは肩をすくめてから、同僚のほうに戻っていった。

ユーミはその背中に、べーっと舌を出している。

「ったく、小うるさい連中だね。それにしても、アスタが衛兵とまで仲良くしてるとは思わなかったよ」

「うん。あの人は非番のたんびに顔を出してくれる、屋台の常連さんなんだよ」

「なるほどねー。だから、森辺の民のことを心配してるってわけだ。お優しくて、けっこうなことだね」

ユーミは悪戯小僧のように笑ってから、また先頭を切って歩き始めた。

「それじゃあ、気を取りなおして出発だ。衛兵なんかが近づいてきたから、あいつらもひやひやしてただろうね」

そんなユーミの言葉を聞きながら歩を進めていくと、奥のほうに集まっていた一団が「おーい！」と手を振ってきた。そして、あちこちに散っていた人々も集結すると、二十名以上の人数にふくれあがっていく。いずれも十三歳から二十歳ぐらいの若い男女であった。

「なんだ、ずいぶん集まったね。あんたたち、家の手伝いは大丈夫なの？」

「ユーミに言われたかないよ！　でもまあ、日が暮れる前には帰らなきゃいけないやつも多いんじゃないのかな」

けっこうな人数であったものの、俺にとってその大半は見知った顔であった。こちらも大体は、屋台の常連客であったのだ。

「これだけの人数だと、名乗りをあげたって覚えられないよね。適当に遊んで、仲良くなったやつ同士で名乗りをあげてよ」

「うん。それでいったい、何をして遊ぶのかな？」

「そいつもみんなの好きずきだね。ジョウ＝ランは、また横笛の練習かな？」

「はい。もうすぐ『ヴァイラスの宴』を習得できそうなので」

ジョウ＝ランが笑顔で答えると、レビが「よし」と進み出た。

「それじゃあ、横笛のやつはこっちだな。『ヴァイラスの宴』なら、また俺が教えてやるよ」

どうやらジョウ＝ランとフォウの次兄は、レビから横笛を習っていたらしい。それ以外にも、フォウとランの女衆にテリア＝マスも一緒になって、まずは輪から外れていった。宿場町のメンバーも、数名ばかりがそれを追いかけていく。

「ふむ。ジョウ＝ランたちは、あの木でできた笛の修練をしていたのか。あれは確かに、心地好い音色だったな」

と、交流会には初の参加となるディンの長兄が、穏やかに笑いながらそう言った。そのかたわらでは、トゥール＝ディンが物珍しそうに広場を見回している。

「しかし、あれは草笛よりも大きな音色を奏でられるものだろう？　このような場所で吹き鳴らしたら、誰かの迷惑にならないのか？」

「うん。筒のところに詰め物をするから、大丈夫だよ。そんなに騒がしくしたら、さすがに衛兵どもが黙ってないからさ」

そう言って、ユーミがディンの長兄を振り返った。

「あんたはどうする？　横笛に興味がなかったら、盤上遊戯とか？」

「ばんじょーゆーぎとは、何だ？」

「口で説明するより、見たほうが早いだろうね。チム＝スドラなんかは、けっこう筋がいいようだったよ」

そのチム＝スドラは、すでにカーゴの誘導で広場の片隅に引っ込んでいた。伴侶のイーア・フォウ＝スドラと宿場町の若衆もそれに追従している。とりあえず、初参加の森辺の民はみんなそちらから見学させてもらうことにした。

「普段は銅貨を賭けたりしてるんだけどさ。森辺の民は銅貨を無駄にできないって話だったから、勝ち負けだけを楽しんでもらってるよ」

ユーミの言葉を聞きながら、俺はカーゴとチム＝スドラの間に置かれたものを興味深く観察させていただいた。三十センチ四方の木の板に細かくマス目が記されており、その上に十円玉ぐらいの大きさをした丸い駒がいくつも置かれている。丸い駒は黒色か赤色に塗られたものが、それぞれ十五枚ずつ準備されているようだった。

「これは、賽の目遊びだね。賽を振って、出た目の数だけ駒を進められるんだよ。で、相手よりも早く、自分の駒を自分の陣地に全部入れることができたら勝ちってわけだね」

俺にはあまり馴染みがなかったが、それはバックギャモンという盤上ゲームに似たルールであるようだった。

とりあえず、俺がこのジェノスでサイコロというものを目にしたのは初めてのことだ。正方形の六面体で、それぞれの面に点で数が記されているのも、俺の知るサイコロと同一であった。サイコロを使うゲームならば、勝ち負けは運に左右されるのだろう。しかしやっぱりそこにはいくばくかのテクニックというのも必要であるようで、初心者であるチム＝スドラがカーゴと互角の勝負をすると、ギャラリーからは歓声があがった。

「ふむ。よくわからんな。どのように頭をひねっても賽というものの目で勝負が決まるのなら、あまり競い甲斐がないように思えてしまうのだが」

ディンの長兄がそのように述べると、そのそばにいたベンが笑顔で振り返った。

「だったら、別の遊戯で勝負してみるかい？　合戦遊びだったら、運のつけいる隙はなくなるぜ？」

「ふむ。それはどのような勝負であるのだろうか？」

ギャラリーの半分が、ベンたちとともに移動することになった。ユン＝スドラとイーア・フォウ＝スドラはチム＝スドラのもとに留まり、残りの森辺のメンバーはそちらを見物させてもらうことにする。

「こいつは駒の追いかけっこじゃなく、駒で合戦をするんだよ。相手の兵士をなぎ倒して、大将首を取ったほうが勝ちってことだな」

ベンの説明を聞く限り、そちらは将棋やチェスに似たゲームであるようだった。駒には、剣兵、槍兵、騎兵、副将、将軍の五種類があり、それぞれ一手で動ける範囲が異なっている。強い駒ほど数が少なく、相手の将軍の駒を取ったほうが勝利というルールである。

俺が知る将棋やチェスと異なるのは、最初の配置に定型がなく、自陣であれば好きな位置に駒を置けることであった。とはいえ、自陣の範囲はせまいので、そこまで自由度が高いわけではない。将軍はなるべく敵陣から遠ざけて、数の多い剣兵は前面に配置するのがセオリーであるのだろう。

「なるほど。少なくとも、運に左右されることはなさそうだな」

「でも、慣れるまではなかなか難しい遊びなんだよ。初心者を相手にするときは、騎兵や副将を抜いて戦うのが普通だな」

「そのような手加減をされては、勝負をする意味がない。できれば五分の条件で挑ませてもらおう」

その気概は立派なものであったが、この手のゲームで初心者が勝つのは非常に難しいことなのだろう。最初の勝負は、キミュスの卵を茹でるよりも早く終結してしまった。

「ふむ。確かにこれは、修練が必要なようだ」

ディンの長兄は、めげずに同じ条件で再勝負を挑んだ。今度は少し粘ったが、やはり結果は変わらない。三度、四度、と勝負を続けても、それは同じことだった。

「ううむ。いささか頭が痛くなってきたぞ。俺はこの遊びに向いていないのだろうか」

「いや、だから、五分の条件ってのが無謀なんだって。何なら、森辺の民同士でやりあってみたらどうだい？」

「おお、そうか。では、アイ＝ファにお願いしたい」

　アイ＝ファはあまり気乗りしていない様子であったが、これといって反論はせずに、ベンの空けた場所に座った。四回の勝負を観戦していたので、もうルールは頭に入っているのだろう。アイ＝ファは無言のまま、自陣に駒を配置していく。

「そういえば、森辺の娘さんが合戦遊びをするのは初めてだな。前に来た三人も、こいつには手をつけようとしなかったんだよ」

　観客側に回ったベンがそう言うと、俺の隣にいたフェイ＝ベイムがそちらを振り返った。

「森辺の女衆は、力比べをする習わしがありません。アイ＝ファは狩人なので、勝負を受けることにしたのでしょう」

「ふうん？　だけど、こんなのお遊びだぜ？　実際に剣を取って戦うわけじゃねえんだしさ。よかったら、あんたも遊んでみたらどうだい？」

「いえ。たとえ遊びとはいえ、戦に興じる気持ちにはなれません」

　そのように述べてから、フェイ＝ベイムはちらりと向こうの人垣に目をやった。

「どちらかといえば……あちらの賽の目遊びというものに興味をひかれます」

「だったら、やってみなよ。盤も駒も余ってるからさ。ルイア、お前が相手をしてやったらどうだ？」

「うん、いいよ」

遠からぬ場所に控えていたルイアが、フェイ＝ベイムににっこりと微笑みかけた。以前はルイアもずいぶんおどおどしていたものであったが、復活祭のおかげもあってか森辺の民に対する耐性がずいぶん身についてきたようであった。

（そういえば、ルイアもシン＝ルウに心をひかれたりしてたんだよな）

ともあれ、フェイ＝ベイムとルイアによる勝負も同時進行で始められて、ギャラリーはまた二分されることになった。俺とトゥール＝ディンは家人がからんでいるので、アイ＝ファと長兄の勝負を見物させていただく。盤上の駒は、すでに敵味方が存分に入り乱れていた。

（あれ？　ずいぶんアイ＝ファが優勢みたいだな）

ちょっと目を離した隙に、アイ＝ファの副将が敵陣の奥深くにまで切り込んでいた。そして、敵方の副将はすでに討ち取られて、騎兵も槍兵も一名ずつ奪われている。素人目から見ても、ディンの長兄はすでに崖っぷちであった。

（こんな短い時間で、よくもここまで蹂躙できるもんだ。というか、副将だって一枚しかないのに、そいつを特攻させてるのか）

その大胆な策が功を奏したらしく、アイ＝ファは早々に勝利を収めた。

ディンの長兄は「なるほど」と大きくうなずく。

「アイ＝ファのおかげで、戦い方がわかった気がするぞ。よければ、もうひと勝負願いたい」

次の勝負では、ディンの長兄もぐいぐいと副将を進めていた。が、騎兵の挟撃にあって、それは撃沈してしまう。その間に、アイ＝ファの副将はまたも敵の将軍に迫っていた。

「……この副将というやつは、自分の駒として盤に戻すことはできぬのだったな？」

アイ＝ファの問いに、ベンが「ああ」とうなずく。

「自分たちで取り決めをいじくることもあるけど、基本の取り決めではそうなってるよ」

「そうか」と応じつつ、アイ＝ファは敵から奪った剣兵を盤にさした。ディンの長兄はさんざん悩んだ末に、将軍を移動させる。アイ＝ファは再び、特攻隊長である副将で敵将を追い詰めていった。

間に立ちはだかる騎兵や槍兵も、アイ＝ファの副将によって次々と討ち取られてしまう。狩人の力比べで猛威をふるうアイ＝ファの強靭さが、盤上で体現されたかのようだ。そうして敵将が逃げまどった先には、さきほどアイ＝ファが打った剣兵がちょこんと待ち受けていた。

なおかつ、その剣兵を討ち取れば、次の手で槍兵が飛んでくる。かといって、動かなければ副将に追いつかれてしまうし——要するに、これは詰みだった。

「駄目だあ！　やはり俺は、この勝負に向いていないのだろう！」

ディンの長兄ががっくりとうなだれてしまい、トゥール＝ディンはあわあわと慌ててしまう。

その隣から盤上を覗き込んでいたベンは、「いや」と下顎を掻いていた。

「今のは、アイ＝ファが上手かったよ。先に剣兵と槍兵の罠を仕掛けてから、そこに敵将を追い込んだのか？」

「……これは、そういう勝負なのであろう？」

「ふむ。初心者とは思えないやり口だな。ちょっと俺が五分の条件で挑ませてもらおうか」

傷心の長兄に代わって、ベンがアイ＝ファの前に座った。アイ＝ファは楽しんでいるのかいないのか、無表情に駒を並べている。三回連続で、駒の配置は同一であるようだ。

「副将攻めってのも、ひとつの立派な手なんだよ。ただ、初心者が打つような手じゃねえんだよな。一歩間違えれば大事な副将を失っちまうから、そいつは難しい手になるんだ」

「そうか」と応じつつ、アイ＝ファはまたも副将を突撃させた。ベンはがっちりと守りを固めつつ、騎兵を左右から進める作戦のようである。

しかし、最終的に勝利を収めたのは、アイ＝ファであった。何枚かの駒は取られてしまったものの、ほとんど危なげなく勝利を収めたように見える。宿場町の若い男女は、みんな感嘆の声をあげていた。

「ああ、こいつは本物だな。よし、俺も本気で挑ませてもらおう」

ベンは腕まくりをして、今度はさきほどと異なる陣形を取った。しかしやっぱり、アイ＝ファの戦法は変わらない。ただ今回は、二名の騎兵を左右に従えた副将が特攻をかけることになった。

その猛攻をかわしつつ、ベンも騎兵で攻めたてる。が、意外にアイ＝ファは守りも固く、初期配置からほとんど動かずして、ベンの攻撃を弾き返していた。

その間に、アイ＝ファの副将はずんずんと進撃していく。気づくと、ベンの将軍はまたも這う這うの体で退却を余儀なくされていた。

俺は将棋もチェスもほとんど未経験の身であったが、そんな風に要の駒があちこち逃げ回らなくてはならないというのは、きっと末期的な状態であるのだろう。最終的に、ベンの将軍はアイ＝ファの配置した剣兵と槍兵の囲みの中に追いやられて、再び討ち取られることになった。

「何だよ、べらぼうに強いじゃねえか！　お前、本当に初心者なのか？」

「うむ。このような遊戯は、森辺に存在しない」

「俺じゃあ相手になんねえよ！　カーゴ、そっちが終わったら、アイ＝ファの相手をしてやってくれ！」

どうやら合戦遊びをもっとも得意とするのは、カーゴであるらしい。カーゴはすでに自分の勝負を終えていたらしく、「んー？」と首をひねりながら近づいてきた。

「そっちは合戦遊びだろ？　五分の条件で負けちまったのか？」

「ああ。俺じゃあ、手も足も出なかったよ。すっげえ強引なくせに、守りも固えんだ」

「へえ、そいつは楽しみだ」

カーゴはのんびり笑いながら、アイ＝ファの前に腰を下ろした。

その手が駒をつまむ前に、ベンが「待った」と声をあげる。

「なあ、森辺の民は賭け事を好まないって話だけど、周りの俺たちが賭ける分にはかまわねえのかな？」

「うむ？　私とこの者の勝負に、銅貨を賭けるということか？」

「ああ。俺たちは普段、そうやって遊んでるんだよ」

「……それは、ジェノスの法に触れるような行いではないのだな？」

「どうして賭け事が罪になるんだよ。宿場町には、あちこちに賭場があるぐらいなんだぜ？　衛兵たちだって、休みの日には賭けをして遊んでるはずさ」

アイ＝ファは腕を組んでしばし黙考してから、俺のほうを振り返ってきた。

「アスタよ。たしかシン＝ルウやゲオル＝ザザの招かれたジェノスの闘技会においても、町の民たちは銅貨を賭けていたはずだな？」

「ああ。ザッシュマなんかはシン＝ルウに賭けて、けっこうな銅貨を稼いだみたいだよ」

「そうか。それが町の習わしであるならば、我らが文句をつける筋合いはあるまい」

アイ＝ファがそのように答えると、ベンは「よーし！」と大きな声をあげた。

「おおい、こっちでアイ＝ファとカーゴが合戦遊びで勝負をするぞ！　銅貨を賭けたいやつは、集まりな！」

他の盤上遊戯や横笛の練習に励んでいた人々の半分ぐらいが、こちらに集まってきた。

「銅貨を賭けるって、五分の勝負をするつもりなの？　カーゴなんて賭場で稼げるぐらいの腕なんだから、勝負になるわけないじゃん」

ユーミがそのように声をあげると、ベンは「いーや」と首を振った。

「アイ＝ファは俺をたった五十手で負かしたんだぜ？　それに、カーゴは気合が乗るのに時間がかかるからな。この一発目の勝負は、どっちに転ぶかわからねえよ」

「ふーん。だったら、あんたはアイ＝ファに賭けるんだろうね？」

「当たり前だろ。そのために、人数を集めたんだからよ」

　周囲の人々は、ざわめきをあげながら目を見交わすことになった。ベンはその間に二つの草籠を持ち出して、それを対局盤のかたわらに置く。

「俺はアイ＝ファに赤銅貨五枚だ。さ、賭けたいやつは、銅貨を出しな」

　俺の感覚で言うと、赤銅貨五枚は千円ぐらいの価値である。遊びの賭け事でつかうには、なかなかの高額であるようだ。宿場町の若衆は大いに頭を悩ませながら、それぞれ銅貨を草籠に放り込んでいく。ベンにつられてアイ＝ファに投じる人間も少なくはなかったが、それでもやっぱり配当には倍ぐらいの開きが出たようだった。

「ふむ。俺ではカーゴにかなわなかったが、アイ＝ファではどうだろうな」

と、いつの間にか俺のかたわらに立っていたチム＝スドラも、興味深そうにその光景を眺めていた。伴侶たるイーア・フォウ＝スドラは、そのすぐそばでにこにこと微笑んでいる。

「チム＝スドラもカーゴと勝負してたんだね。カーゴって、そんなに強いのかい？」

「うむ。カーゴが副将を抜いて、ようやく五分の勝負だったな」

　すると、草籠にたまっていく銅貨を満足そうに見やっていたベンがこちらを振り返ってきた。

「副将抜きでカーゴと互角って、それはつまり俺とも互角って意味だからな。初心者でそれだけ強ければ、十分以上だよ」

「うむ。この合戦遊びというのは、どこか狩人の力比べに通ずるものがあるようなのだ。とっさの判断力や、先を見通す力などは、狩人にとっても大事であるからな」

その言葉に、まだちょっとしょげた顔をしていたディンの長兄が反応した。

「では、俺は狩人としての力が足りないために、この勝負で勝てないのだろうか？　アイ＝ファやチム＝スドラは六氏族の勇者であるのだから、俺よりも強い力を持っているのも当然の話だが……」

「いや、すべての狩人がこの勝負で力を発揮できるわけではないのだと思う。なんとなく、俺やアイ＝ファのように小さな身体をした狩人のほうが、この勝負は得手であるように思うのだ」

それはつまり、筋力以外の部分を磨かざるを得なかった狩人が、という意味なのだろうか。

何にせよ、このような場所でもアイ＝ファが思わぬ実力で注目されるというのは、俺にとって誇らしいことであった。

「よし、銅貨は出そろったな。それじゃあ、始めてくれ！」

アイ＝ファは無表情に、カーゴはすました表情で、それぞれ自陣に駒を並べていく。これだけのギャラリーに囲まれながら、どちらもプレッシャーとは無縁であるようだ。

先手となったカーゴは、無難に剣兵を進めていく。素人目には、取り立ててベンとの違いは感じられない。アイ＝ファも同じように考えたのか、最初からぐいぐいと副将を進めていく様子だった。

「なるほど、副将攻めか」

アイ＝ファの侵攻を迎えながら、カーゴはほとんどノータイムで反撃していた。アイ＝ファに駒を取られたら、自分も負けずに駒を取り返す。一進一退の攻防である。おたがいに取った駒をまた配置するので、なかなか戦況は傾かないのだ。これが実際の戦いであれば、血みどろの大激戦という様相であった。

その間に、ギャラリーはどんどんふくれあがっていく。しまいには、横笛の練習に熱心であったジョウ＝ランやレビたちもやってきて、総勢四十名強のほとんどがこの場に集まってしまったようだった。

「いいぞいいぞ、そのまま押し切っちまえ！」

昂揚した面持ちで、ベンがそのように騒いでいる。俺の目から見ても、じょじょに戦況はアイ＝ファに傾いているように思えた。カーゴは相変わらずノータイムで打っていたものの、かなり守勢に回されている様子である。

が――カーゴが何気なく打った手で、アイ＝ファの動きが止まった。いったい何を悩んでいるのか、俺の目には相変わらずアイ＝ファが優勢であるように思える。

「どうした？　悩むような手じゃねえだろ？」

ベンも不思議そうにせきたてたが、しかしアイ＝ファは動かない。そうしてアイ＝ファは三十秒近くも沈黙を守ったのち、深々と溜息をついたのだった。

「どうやら私は、敗北してしまったようだ。まさか、そのような罠を張り巡らせていたとは思わなかった」

「ええ？　何を言ってるんだよ？　まだまだいくらでも打てるだろ！？」

ベンは驚きの声をあげたが、アイ＝ファは「いや」と首を横に振る。

「どのようにあがいても、私の勝つ道は残されていない。すべての道は、さきほどの一手で閉ざされてしまったのだ」

「それがわかるなら、いっぱしの指し手だよ。……ちなみに、あがけるだけあがいたら、あと何手ぐらいかかると思う？」

カーゴがそのように問いかけると、アイ＝ファは鋭い眼差しで盤上をねめつけた。

「二十五手……であろうかな。それ以上は、あがきようもないと思う」

「正解だ。あんた、すげえな、アイ＝ファ！」

カーゴは満面の笑みを浮かべ、アイ＝ファはうろんげに眉を寄せる。

「何がすごいのだ？　私は敗北した身ではないか」

「いや、初めて駒にさわったとは思えない力だよ。たぶんこの中でアイ＝ファとまともに勝負できるのは、俺かレビぐらいだと思うぜ？」

アイ＝ファは周囲の人々を見回してから、「そうか」と息をついた。

「しかし、敗北したことを口惜しく思う。ディンの長兄よ、お前の無念を理解することができたぞ」

「……いや、俺とアイ＝ファの口惜しさは、まったく異なるものであるように思えるなあ」

ディンの長兄は苦笑を浮かべつつ、ジョウ＝ランを振り返った。

「つくづく俺はこの遊びに向いていないようだ。ジョウ＝ランよ、俺もお前とともに横笛というものを習うことにしよう」

「はい。それではまず、自分の横笛を作らねばなりませんね。レビ、まだ木の筒は余っていますか？」

「ああ。それじゃあ俺たちは、あっちに戻るか」

　十名ばかりの人々が、もとの場所に戻っていった。テリア＝マスやフォウとランの女衆も、そちらを追いかけるようだ。そんな中、アイ＝ファは強い眼差しでカーゴを見つめた。

「すまぬが、もうひと勝負、受けてもらえぬだろうか？　私も今の勝負で、少しは力をつけることができたように思うのだ」

「ああ、もちろん。五分の勝負でこんなに楽しめたのは、ひさびさだからなあ」

「ちょっと待ってくれ！　その前に、銅貨を分けちまうからよ。……アイ＝ファ、俺は次も、お前に賭けるからな！」

　草籠の銅貨が、賭け金に応じて分けられていく。それを横目に、ユン＝スドラが俺にこっそり呼びかけてきた。

「アイ＝ファもこの集まりを楽しめているようですね。先日の祝宴のときよりも、町の民との絆も深まるのではないでしょうか？」

「うん、確かにそうかもしれないね」

　こうして勝負に没頭するのも、ひとつの楽しみ方であろう。またそれは、いかにもアイ＝ファらしい楽しみ方であるように思えてならなかった。

「よーし、銅貨は分配できたな。俺はまた、アイ＝ファに赤銅貨五枚を賭けさせてもらうぜ！」

「ちょっとベン、ここで銅貨をつかい果たしたら、あんただけ晩餐は抜きになるからね？」

陽気に笑いながら、ユーミは輪から外れていった。その目指す先は、ジョウ＝ランを含む横笛のグループである。

レビの指導で、ディンの長兄は横笛の作製に取りかかっている。そのかたわらで、ジョウ＝ランは横笛を吹いており、テリア＝マスと森辺の女衆は楽しそうに語らっていた。フォウとランの女衆に、今はトゥール＝ディンも加わっている。

ユーミがそこに加わっても、場が乱れる様子はなかった。何を話しているのかは聞こえないが、フォウとランの女衆も笑顔でユーミを見上げている。少なくとも、ジョウ＝ランをはさんで水面下の戦いが行われているようには思えなかった。

「……とりあえず、心配はいらないようですね」

と、ユン＝スドラがこっそりそのように囁きかけてきたので、俺は笑顔で「うん」と応じてみせる。

そうしてゆっくりと日が傾いていく中、アイ＝ファとカーゴの二戦目は粛々と開始されたのだった。

5

そうして俺たちは、昼下がりのひとときを楽しく過ごすことができた。

晩餐を取るために《西風亭》へと移動したのは日没の半刻前、下りの五の刻の半である。ヴァイラスの広場に到着したのは下りの二の刻の半ぐらいであろうから、三刻ばかりの時間が瞬く間に過ぎ去ってしまったのだった。

「いやあ、昼下がりから日が暮れるまで、いったい何をして過ごすのかと思ってたけど、終わってみればあっという間だったねえ」

いくぶん薄暗くなってきた街道を歩きながら、俺がそのように述べてみせると、ユーミは「でしょー？」と笑いかけてきた。

「本当だったら、毎日遊びたいぐらいだよ！　よかったら、狩人の仕事が始まる前に、もういっぺんぐらい遊びに来てね？」

それは俺にではなく、すぐそばを歩いていたジョウ＝ランに向けられた言葉であった。ジョウ＝ランはにこにこと笑いながら「はい」とうなずく。

「一度と言わず、二度でも三度でも遊びに来たい気持ちです。あと数日ていどで休息の期間は終わってしまうので、家長と相談してみます」

「うん、楽しみにしてるからね！」

二人は、本当に楽しそうだった。だけどべつだん、俺としてはおかしな空気を感じたりはしない。あえて言うならば、森辺の男衆が血族ならぬ異性とこのように和気あいあいとするのは珍しいかな、というぐらいのものだ。

そうして語り合っている内に、《西風亭》のある通りに差しかかる。その通りに足を踏み入れた瞬間、俺の隣を歩いていたアイ＝ファがほとんど身体に触れるぐらいの距離に近づいてきた。

「ど、どうした？　何か悪い気配でもしたのかな？」

「そうではない。しかし、この場所は他よりも用心が必要であると言われていたはずだ」

アイ＝ファの言葉に、ユーミが「あはは」と笑う。

「確かにそう忠告したのは、あたしだけどさ。さすがに森辺の狩人に喧嘩を売るような馬鹿はいないよ。ましてや、まだ日が落ちたわけでもないしね」

「そうか」と応じつつ、アイ＝ファの立ち位置は変わらなかった。肌は触れずとも、アイ＝ファの体温がひしひしと感じられて、俺は思わずドギマギしてしまう。

確かにその通りは、ヴァイラス通りなどと比べるとずいぶん荒んだ雰囲気が漂っていた。全体的に家屋がひどく古びており、人通りが少ないのだ。日中はさして気にならないのであるが、日没が近づいて薄暗くなると、たちまち雰囲気が変わってしまう。きっと、ユーミから聞かされている前情報が、その印象に拍車をかけるのだろう。ここは夜だと衛兵ですら単身では近づかないという、悪名高き貧民窟の区域であるのだった。

「まあ、うちの宿より奥に行かなきゃ、何も危ないことはないさ。そうじゃなかったら、あたしだって森辺のみんなを招待したりはしないよ」

三日前にもこの場を訪れているジョウ＝ランたちは、みんな気にせずに道を歩いていた。多少なりとも気を張っているのは、アイ＝ファとディンの長兄のみであるようだ。ディンの長兄はトゥール＝ディンにぴったりと寄り添いつつ、さりげなく周囲に視線を飛ばしていた。

「さあ、着いた。みんな、遠慮なくくつろいでね」

ユーミが《西風亭》の扉を開けると、とたんに歓声じみた声があがった。俺たちはちょっと寄り道をしていたので、大多数の宿場町の若衆は先行していたのである。

三十名ばかりもいた若衆は、二十名ぐらいに減っていた。しかし、森辺のメンバーをあわせれば、やはり三十名強である。それほど規模の大きくない《西風亭》の食堂は、ほとんど七割ぐらいが俺たちの見知った顔で埋め尽くされてしまっていた。

「ああ、ようやく戻ったのかい、ユーミ。ほら、さっさと働いておくれよ」

ユーミの母親であるシルが、カウンターの向こうから呼びかけてくる。その目が俺をとらえると、嬉しそうに細められた。

「いらっしゃい、アスタ。それに、森辺のみなさんがたも。……アスタや娘さんたちとはけっこう長いこと顔をつきあわせてるけど、まさかうちの宿に客として迎える日が来るとはねえ」

《西風亭》には数日置きにギバ肉を配送しているので、屋台のメンバーはみんな顔見知りであった。トゥール＝ディンもユン＝スドラもフェイ＝ベイムも、それぞれお辞儀を返している。

「それじゃあ、あたしは厨を手伝ってくるからさ。みんな、適当な席に座っててよ」

「ユーミよ、この荷はどうするべきであろうか？」

と、大きな木箱を抱えていたディンの長兄が声をあげる。俺たちは、この荷物を取りにいくために、荷車を預けている《キミュスの尻尾亭》に立ち寄っていたのである。

「あ、そっか。母さん、これは森辺のみんなからの手土産だよ」

「手土産かい？　そいつは申し訳ないねえ。あんたがたは、れっきとしたお客さんなんださ」

「うむ。これは、色々と骨を折ってくれたユーミへの礼だと思ってもらいたい。今日も俺たちは、ユーミのおかげで楽しい時間を過ごすことができたからな」

　シルはいっそう目を細めて、「ありがとうねえ」と言ってくれた。

「それじゃあ、ありがたくいただくよ。中身は、何なんだい？」

「こちらのトゥールがこしらえた、菓子というものだ。よければ、この場に集まった皆にも、食事の後にふるまってもらいたい」

「ああ、ユーミがさんざん自慢してたやつだね。こいつは嬉しい手土産だ。……おおい、あんた！　ちょいとあんたからも、お礼を言っておくれよ！」

　厨に通ずる出入り口から、宿の主人であるサムスがのそりと現れた。傭兵くずれの、厳つい風貌をした親父さんである。サムスは首に刻みつけられた古傷をぽりぽりと掻きながら、うろんげな眼差しで俺たちを見回してきた。

「……本当に今日も来やがったのか。他の客の入る隙間がなくなっちまうじゃねえか」

「そんなの、早いもの勝ちでしょ！　みんなだってお客なんだから、悪態つかないでよ！」

　そのように述べてから、ユーミはディンの長兄ににっと笑いかけた。

「口は悪いけど、気にしないでね。うちの宿だって、ギバ肉の件でさんざんお世話になってるんだからさ！」

「いや。ユーミの父親は、かつて同胞を森辺の民に害されたのだと聞いている。ならば、信頼を得るのに時間がかかるのは当然のことだ」

ディンの長兄は穏やかに微笑みながら、木箱をサムスに差し出した。

「今日の集まりも、正しい縁を紡ぐ一助になれば幸いだ。どうかこれを受け取ってほしい」

サムスは「ふん」と鼻息をふきつつ、木箱を受け取った。

「じゃ、また後でね！　すぐに晩餐の準備をするから！」

今日の注文は、必要な銅貨を前払いした上で、すべてユーミにおまかせしていた。《西風亭》で普段から出しているギバ料理で、森辺の民をもてなしてくれるのだそうだ。

（最近は色々と自分たちでアレンジを考えてるみたいだし、どんな料理が出てくるのか楽しみだな）

そんなことを考えながら、俺もようやく着席することになった。十二名の森辺の民は二、三名ずつに分かれて、あちこちの席に散っている。俺とアイ＝ファはフェイ＝ベイムとともに、レビやテリア＝マスのいる卓にお邪魔することにした。

「どうも。なんだかんだで、テリア＝マスと口をきくのはこれが初めてのような気がしますね」

「ええ。アスタたちは、ずっと盤上遊戯を楽しんでいましたものね」

そのように述べるテリア＝マスは、ずっとレビやジョウ＝ランとともに横笛の輪に加わっていた。横笛の練習をするのは男性陣の役割で、テリア＝マスは森辺の女衆とおしゃべりに興じていたはずだ。

「森辺の民ってのは、何でも器用にこなすよな。ジョウ＝ランなんて、この前と今日だけで三曲も吹けるようになってたよ」

テリア＝マスのかたわらで、レビも楽しげに笑っている。

「それに、森辺の民ってのは息を吐く力も強いみたいでな。詰め物を外したら、さぞかし立派な音を鳴らせるだろうと思うよ」

「ええ。ジョウ＝ランなんて、何回も詰め物を飛び出させていましたものね」

テリア＝マスが、くすくすと笑い声をあげる。レビとは親睦の祝宴が初対面であったはずであるが、ずいぶん打ち解けた雰囲気である。

「そういえば、カーゴとアイ＝ファの勝負はどうなったんだ？　ベンのやつが大儲けだって騒いでたみたいだけど」

「……五回の勝負で、私は三回敗れることになった。力が及ばず、口惜しい限りだ」

アイ＝ファがそのように答えると、レビは「え？」と目を丸くした。

「ちょっと待ってくれ。それじゃあ、二回はアイ＝ファが勝ったってことなのか？」

「うむ。二度目と五度目が、私の勝利だった」

「呆れたなあ。そいつは器用にこなすどころじゃないぞ。俺だって、カーゴには三回に一回勝てれば上等なぐらいなんだ。それぐらいの腕があれば、アイ＝ファも賭場でひと稼ぎできるんじゃないか？」

　レビは心から感心している様子であったが、アイ＝ファはとても不本意そうな面持ちであった。勝負ごとに関しては、非常に貪欲なアイ＝ファなのである。

「それじゃあ、アスタは？　アスタもずっと盤上遊戯を楽しんでたんだよな？」

「うん。俺は合戦遊びじゃなく、賽の目遊びのほうを何回かやらせてもらったよ。戦績は、半々ってぐらいかな」

「何だ、合戦遊びには手を出さなかったのか？　アスタもそういうのは、器用にこなしそうなのにな」

「いやあ、俺はけっこう負けず嫌いなんで、ああいうのはすぐ熱くなっちゃうんだよね。だから、手は出さずにおいたんだ」

「アスタは、負けず嫌いなのですか？　それはちょっと、意外かもしれません」

　テリア＝マスは目を丸くして、向かいのフェイ＝ベイムはけげんそうに目を細めた。

「わたしもアスタにそういう印象はありませんでした。悪い意味ではなく、女衆のように穏やかな気性をしているように思えます」

「それはまあ、なるべく自制するように心がけていますからね。それに、森辺のみんなと正しく縁を深めることができて、精神的にゆとりも出てきたんだと思います」

　思えば森辺を訪れた当初は、ドンダ＝ルウやダルム＝ルウとも険悪な関係になりかけていた俺なのである。あれは負けず嫌いというだけでなく、精神的に逼迫していたためなのだろう。

それに俺は自分ばかりでなく、アイ＝ファに対して理不尽な真似をする相手にも我慢がならなかったのだった。

「そういえば、ベイムの家ってのはフォウともディンとも血族じゃないって話だったよな。それでも今回参加してくれたってことは、よっぽどアスタたちと縁が深いのかい？」

レビの何気ない問いかけに、フェイ＝ベイムは背筋をのばすことになった。

「ベイムの家が、ことさらファの家と深い縁を持つわけではありません。立場としては、むしろ逆でしょう」

「逆？　そいつは、どういう意味なんだ？」

「ベイムの家は、宿場町で商売をするファの家の行いが正しいか否か、それを見定めるために行動をともにしているのです。フォウの血族のように、友としての絆を結んだわけではないのです」

フェイ＝ベイムの言葉に、レビとテリア＝マスはきょとんとした。

「何だかずいぶん重苦しい言葉が飛び出してきたな。だけど別に、アスタやアイ＝ファと仲が悪いわけじゃないんだよな？」

「もちろん森辺の民は、血の縁がなくとも大事な同胞です。しかしベイムの家は、もともと宿場町での商売に関しては否定的な立場を取っていました。それは、ザザの血族であるディンの家も同様です」

レビたちが混乱しているようなので、俺が補足することになった。

「森辺の民が宿場町で商売をするっていうのは大ごとだったから、それに反対する氏族も少なくなかったんだよ。だからファの家は一年間の猶予をもらって、それが正しい行いであると証しだてるっていうことになったんだ」

「一年間？　それじゃあ、まだその結論は出てないってことなのか？」

「うん。それは三日後の家長会議で決定されることになっているよ」

「そ、それじゃあ、アスタたちが宿場町での商売を取りやめるという可能性もあるのですか？」

テリア＝マスが、顔色を変えて身を乗り出してきた。

俺は何とかその心情をなだめるべく、「ええ」と笑いかけてみせる。

「でも、ファの家の行いに反対していた氏族の人たちも、こうして行動をともにすることで、きちんとそれを見定めようとしてくれたんです。俺は俺なりに力を尽くしてきたつもりなので、きっと大丈夫だと信じています」

「なんだか、信じられねえなあ。フェイ＝ベイムだってトゥール＝ディンだって、こんなにアスタたちと仲良くやってるのによ」

レビに視線を向けられると、フェイ＝ベイムはそれを真っ直ぐに見返した。

「ユーミの父親はかつて森辺の民に同胞を害されたという話でしたが、ベイムの家はかつて町の人間に血族を害されました。そんな森辺の民と町の民が友として絆を結ぼうとするのは、やはり簡単な話ではないのだと思います」

「うん。そりゃまあ俺だってアスタたちと出会うまでは、森辺の民なんてくたばっちまえと思ってたクチだけどさ」

「はい。それがこうして友として一日を過ごすというだけでも、大きな一歩であるのでしょう」

あくまでも生真面目に、フェイ＝ベイムは言葉を重ねていく。

「何にせよ、森辺の族長や家長たちは、必ず森辺の民にとってもっとも正しい道を選んでくれるはずです。わたしは、その言葉に従います」

「うん、俺もそいつを信じてるよ。森辺のみんなと遊ぶのだって、これっきりにしたくはないからな」

レビがそのように答えたとき、「お待たせー！」というユーミの声が響きわたった。目をやると、ユーミとシルが二人がかりで大きなお盆を運んでいる。お盆にはいくつもの木皿が載せられており、そこから湯気があがっていた。

「まずは汁物料理だよ！　あと、果実酒はどれぐらい必要か、卓ごとに教えてね！」

「ああ、果実酒がなくっちゃ始まらないよな。みんな、飲むだろ？」

テリア＝マスは「はい」とひかえめに応じていたが、森辺の三名はそれぞれ盛り上がりに欠ける言葉を返すことになった。

「ごめん、俺は酒を飲めないんだ」

「私も集落の外では口にしないように心がけている」

「お二人が口にされないのなら、わたしもご遠慮しておきましょう」

ベンほどは騒がしくないレビであるが、さすがに「何でだよ！」とわめくことになった。

「こんな場で酒を飲まないなんて、冗談だろ。アスタは、どうして飲めないんだ？」

「えーと、俺の故郷では二十歳になるまで酒を飲むのが禁じられてたんだ。だから、ほとんど口にした経験がないんだよね」

「だけど、今のアスタは西の民だろ？　故郷の取り決めなんて関係ないだろうよ」

「うん。だけど、そういう国で生まれたってことに変わりはないからさ。生粋の西の民よりも酒に弱くて、身体の害になるかもしれないから、二十歳までは控えようと自分で決めたんだよ」

レビは残念そうに眉をひそめつつ、アイ＝ファを振り返る。

「それじゃあ、アイ＝ファは？　どうして森辺の外では酒を飲まないんだ？」

「それは私が、護衛役としての仕事を負っているためだ。この宿を出て、森辺に戻るまでの間にも、無法者に襲われる危険は残されているからな」

「でも、この前の集まりでは、他の男連中は存分に飲んでたぜ？」

「それは、酒を口にしても力は落ちないという自信があるためなのであろう。私はそれほど酒に強くはないので、つつしもうと思う」

断固たる口調で言い切るアイ＝ファに溜息をこぼしつつ、レビは最後の一名に視線を向けた。

「それじゃあせめて、あんただけでも飲んでくれねえかなあ？　五人の内の二人しか飲まないなんて、さびしすぎるよ」

「そうですか。では、いただきましょう」

フェイ＝ベイムがあっさりと前言をひるがえしたので、何とかその場は丸く収まることになった。その間に、お盆を掲げたシルがこちらに近づいてくる。

「お待たせしたね。出来上がったやつからどんどん運ばせていただくよ」

近づく前から、その汁物料理の正体は知れていた。スープ仕立ての、『ギバ・カレー』である。

《西風亭》では、俺から買いつけたカレーの素をこのような形で売りに出しているのだ。

「へえ、ずいぶん水っぽいぎばかれーだな。……まさか、安く仕上げるためにこんな水っぽくしてるわけじゃないよな？」

レビがこっそりと問うてきたので、俺は「うん」とうなずいてみせた。

「食材費を節約するために思いついた献立ではあるけれど、それで味が落ちちゃったら他の宿屋に太刀打ちできないからね。普通の『ギバ・カレー』とは違う美味しさがあるはずだよ」

「ってことは、こいつはアスタが教えた料理なのか。それなら、安心だ」

レビはいそいそと木匙を取り上げて、さっそくスープ仕立ての『ギバ・カレー』をすすった。

「ああ、こいつは美味いや。味も全然薄くはないな」

俺も自分の舌で、それを確認することにした。確かに、まったく薄味ではない。スープの土台にはカロンの脱脂乳を使っているはずなので、とてもコクがあり、口あたりもまろやかだった。

カレーの強い風味の向こうには、ニンニクのごときミャームーの風味も感じられる。それに、アリアやチャッチやネェノンの他に、赤いタラパの皮も浮かんでいた。これは、《西風亭》のオリジナルの工夫である。

添え物の焼きポイタンをひたして食べると、また格別だ。それにやっぱり、やわらかく煮込まれたギバのモモ肉が料理の中核を担っている。祝宴で『カレー・シャスカ』を堪能したレビやテリア＝マスも、この料理に不満の声をあげることはなかった。

「ふむ。汁物に仕立てたぎばかれーというのは、すいぶんひさびさに口にするな」

アイ＝ファも満足そうな面持ちであり、周囲の卓からも賞賛の声が飛び交っていた。

「はい、果実酒だよ。それに、おこのみやきと、煮付けの料理だね」

シルとユーミの手によって、次々と皿が並べられていく。サムスはまったく姿を見せないので、きっと盛り付けを担当しているのだろう。新たな料理が届けられるたびに、みんなは歓声をあげていた。

お好み焼きは雨季の際に開発したチヂミ風の仕上がりであり、チットの実をまぶしたマヨネーズとウスターソースがかけられている。これもファの家ではあまり作られない料理であるので、アイ＝ファは懐かしげに目を細めていた。

煮付けの料理は、俺の知らないソースがかけられている。これはきっと、ここ最近でユーミたちが開発した新メニューであるのだろう。あまり高額な食材には手を出さないようにと苦心しつつ、ユーミたちも日々研究に取り組んでいるのだった。

「なんだ、ずいぶん騒がしいな。今日は貸し切りか？」

と、入り口のほうから男の声が聞こえてきた。見ると、いかにも無法者めいたいでたちをした壮年の男性が、三名ほど立ち並んでいる。その内の一人が、ぎょっとした面持ちで食堂を見

回した。

「おいおい、こいつらは森辺の民じゃねえか。どうして森辺の民が、こんな宿屋で酒盛りしてんだよ」

それに気づいたユーミが、「いらっしゃーい」と陽気な声をあげる。

「別に貸し切りじゃないから、空いてる席に座(すわ)っておくれよ。それとも、森辺の狩人にびびっちまったかい?」

「ふざけんな。森辺の狩人なんて、この一年で見慣れちまったよ」

その声に聞き覚えがあったので、俺は椅子(いす)から腰(こし)を上げた。

「こんばんは。暗くてお顔がよく見えませんでした。俺たちも今日は客なので、どうぞお気になさらないでください」

「ん? ああ、屋台の兄ちゃんか。お前さんまで来てたのかよ」

「はい。商売の後から、今までずっと宿場町に居残っていました」

何のことはない、その三名も屋台の常連客であったのだ。人相は悪いが、気のいいお客たちなのである。

「珍しいこともあるもんだな。まあ、客として居座(いすわ)ってるんなら、俺たちが文句をつける筋合いはねえや」

「ああ。こんなに若い娘(むすめ)どもが押しかけるなんて、普段(ふだん)にはねえことだしな。華(はな)やいでてけっこうなことじゃねえか」

その三名も手近な卓に着席し、ユーミが注文を取るために近づいていく。その姿を見届けてから、俺は腰を下ろすことにした。

「どこに行っても、アスタは顔見知りがいるんだな。もう宿場町では、けっこうな顔じゃないか」

早くも果実酒で目の周りを赤くしながら、レビはそう言った。まあ、森辺の民の中でただひとり肌の色の異なる俺の姿は、嫌(いや)でも目につくものなのだろう。それでおよそ一年間、毎日のように何百人というお客と顔をあわせていれば、顔見知りが増えるのも必然であった。

「まあ。この料理は、美味ですね」

と、テリア＝マスがびっくりしたような声をあげる。彼女(かのじょ)が口に運んでいたのは、ギバ肉の煮付けであった。白いとろりとしたソースがまぶされており、部位はロースであるようだ。

どれどれと俺も食してみると、確かに美味である。この白いソースはカロンの乳がベースであり、なかなかに深みのある味わいであった。

「塩とピコの葉の他に、タウ油とアリアのみじん切りと白いママリア酒を使っているのかな。これは美味しいですね」

「ってことは、こいつはアスタの知らない料理なのか？」

「うん。カロンの乳の汁物料理は教えたから、それをもとにして編み出したんじゃないのかな」

「《西風亭》では高値の食材をなるべく使わないように心がけているという話だったのに、こんなに美味しい料理を作ることができるのですね。なんだか、自信を失ってしまいます」

テリア＝マスがそのように述べると、レビが「気にすんなよ」と笑いかけた。

「どんなに上等な料理を出したって、この宿に集まるのは無法者か、そいつを恐れないシムの連中ぐらいだからな。テリア＝マスの宿と客筋がかぶることはないだろうさ」

「ええ。だけど、わたしはかまどの仕事を苦手にしているので……なんだか、力の差を見せつけられてしまった気持ちです」

「そんなことないだろ。なあ、アスタ？」

レビに水を向けられて、俺は「うん」とうなずいてみせる。

「テリア＝マスだってこの一年ほどで、すごく腕を上げましたからね。今のテリア＝マスを見て、かまどの仕事を苦手にしているなんて思う人はいないはずですよ」

「ほら、アスタが言うなら、確かだろ？　せっかく美味いものを食ってるんだから、辛気臭い顔するなって」

レビが顔を寄せながら笑いかけると、テリア＝マスはいくぶん顔を赤くしながら「はい」とうなずいた。なんとなく、見ていて心のなごむ二人である。レビはそれほど不良がかった風貌をしていないので、いかにも大人しげであるテリア＝マスとはお似合いであるようにも思えてしまった。

（でもたしか、レビのほうが二歳ぐらい年下なんだよな。……だから何だって話だけど）

そうして食事が進む内に、《西風亭》の食堂はますます賑やかになっていった。窓の外はすっかり暗くなり、一般のお客さんも増えてきて、気づけばほとんど満席の状態だ。その客筋は、やはり刀を下げた強面の人々や、それを恐れぬ東の民ばかりであるようだった。

しかし、おっかない顔つきをしたそれらのお客も森辺の民を珍しがって、しきりに声をかけている様子である。しまいには果実酒の土瓶を片手に相席を願う者まで出てきて、祝宴のような騒ぎになってしまった。

愛想のいいジョウ＝ランやディンの長兄などは、それらの人々とも楽しげに言葉を交わしている。いっぽうチム＝スドラは伴侶や宿場町の若衆とともに、東の民と卓を囲んでいた。世界中を放浪する東の民から、旅の話でも聞いているのだろうか。

「いやー、賑やかになってきたね！　アスタたちも、楽しんでる？」

と、そこにひときわ元気な声が響きわたる。振り返ると、大きなお盆を手にしたユーミが笑顔でこちらに近づいてくるところであった。

6

ユーミはお盆を卓に置くと、空いていた席に腰を落ち着けた。ここは六名用の卓であったので、貴重な空席が残されていたのだ。

お盆に載せられていたのは、俺たちがこれまでに口にしてきた料理の数々である。ちょうど一人前ずつであったので、これはユーミの取り分なのだろう。

「ようやくひと通りの料理を出せたよ。ね、うちの料理はどうだった？　けっこう前とは変わってきたでしょ？」

「うん、どれも美味しかったよ。この煮付けなんて、絶品だったね」

「えへへ。母さんと一緒に、色々と頭を悩ませたからさ！　今じゃあ他のギバ料理に負けないぐらい、よく売れてるよ！」

その絶品である煮付けの料理を、ユーミは口いっぱいに頬張った。今まで働いていたユーミは、これから晩餐のスタートであるのだ。

「みんなも足りなかったら、どんどん追加してね。こっからは、そのたんびに銅貨をもらうけどさ」

「俺はもう、最初に払った銅貨だけでからっけつだよ。まだまだいくらでも食えそうだけどな」

そのように述べながら、レビはユーミのチヂミ風お好み焼きをひと切れかっさらった。スープ仕立ての『ギバ・カレー』をすすっていたユーミは、「あーっ！」とわめきながらレビの首をしめる。

「この盗っ人！　衛兵を呼びつけてやろうか⁉」

「ひと切れぐらいで固いこと言うなよ。衛兵なんて呼んだら、他の客が逃げちまうんじゃねえの？」

「うっさいよ！　銅貨がないなら、賭場で稼いでくりゃいいでしょ！　あんただって、カーゴの次ぐらいには腕が立つんだから！」

「元手がなくっちゃ勝負もできねえんだよ。明日からは、またしばらく人足だな」

ユーミはわめきたてるのをやめると、上目づかいでレビをねめつけた。

「まあ、こんなにしょっちゅう遊んでたら、あんたも銅貨が尽きちまうか。……親父さんは、まだよくならないの？」

「ありゃもう使いものにならねえよ。悪さをしてきた罰が下ったんだろ」

レビが肩をすくめつつ果実酒をあおると、テリア＝マスが「あの……」と声をあげた。

「ぶしつけで申し訳ありません。レビの父親は、どこかお加減が悪いのですか？」

「うん？　ああ、親父は人足の仕事で足を痛めちまってな。もうふた月ばかりも寝転がったまなんだよ。崩れてきた丸太に片足を潰されちまったんだ」

「そうだったのですか……それはお気の毒に……」

「はん。若い頃に悪さばっかりしてたから、セルヴァの罰が下ったんだよ。お袋も、俺が餓鬼の頃に愛想を尽かして出ていっちまったからな」

するとユーミも溜息まじりに口をはさんだ。

「だからこいつは、人足の仕事と賭場通いで、親父さんの分まで稼いでるんだよ。カーゴぐらいの腕があれば、もっと楽に稼げるんだろうけどね」

「はん。カーゴだって、毎日勝てるわけじゃないんだぜ？　でも、日が沈んじまったら、他に仕事なんてねえからなあ」

レビの言葉に、テリア＝マスが思い詰めた面持ちで身を乗り出した。

「そ、それでしたら、うちの宿などどうでしょう？　そんなにたくさんの銅貨は払えませんが、賭け事よりは確かな稼ぎになると思うのですけれど……」

「テリア＝マスの宿で？　俺みたいに胡散臭いやつは、親父さんが嫌がるだろうよ」

「レ、レビは胡散臭くなどありません！　父だって、きっと喜んでくれるはずです！」

自分の酒杯に果実酒を注ぎながら、ユーミは「ふうん？」と小首を傾げる。

「でも、人手は足りてるんじゃないの？　《キミュスの尻尾亭》では、近所の人間が毎日手伝いに来てるって話だったよね」

「はい。その内の一人が身重になってしまったので、ちょうど新しい人手を探していたところなのです。うちには父しか男手がないので、きっとレビのことは喜ばれるはずです」

それは俺も、世間話の延長で耳にしていた。かつて王都の兵士たちに生焼けの肉を出してしまった例の娘さんが、お子を授かったそうなのだ。

「それなら、ちょうどよかったね。うちだと親父が若い男を嫌うから、レビを雇うこともできなかったんだよ。賭場通いなんてスッパリやめて、夜も真っ当に働けばいいさ」

「おいおい、簡単に言うなよ。俺みたいな若造は、お前の親父さんじゃなくったって嫌がるに決まってるだろ」

「あんただったら、大丈夫じゃない？　ベンほど悪そうな顔をしてるわけでもないからさ」

ユーミはけらけらと笑い、テリア＝マスはおずおずとレビを見つめる。

「い、いかがでしょうか？　レビが働いてくださったら、こちらは本当に助かるのですが……」

「……だったら言わせてもらうけどさ。俺の親父は若い頃、賭場でイカサマをして指を切られてるんだよ。それに手癖も悪いから、日雇いの人足ぐらいしか仕事もなかったんだ。そんな無法者に育てられた人間を、本当に信用できるのかい？」

「はい。わたしは、レビを信用します」

テリア＝マスは、何やら必死な面持ちでレビを見つめていた。

レビは頭をかきながら、「そうか」と息をつく。

「だったら、親父さんに話をしてもらえるかな？　俺もできれば、賭場通いから足を洗いたいんだよ。このままだと、いつか親父と同じ真似をしちまいそうだからさ」

「は、はい！　ありがとうございます！」

「礼を言うのは、こっちだろ。……ありがとうな、テリア＝マス」

レビが照れくさそうに微笑むと、テリア＝マスは赤くなってうつむいてしまった。その光景を眺めていたユーミが、「ふーん」と口の端を上げる。

「レビ。前にも言ったけど、テリア＝マスにちょっかい出したら、ただじゃおかないからね？……ま、最後まで責任をもてるなら、あたしも口出しはしないけどさ」

「馬鹿言ってんじゃねえよ。俺なんか、相手にされるわけねえだろ」

レビはがりがりと頭をかき、テリア＝マスはいっそう赤くなってしまう。

それからレビは、気を取り直した様子で俺たちに向きなおってきた。

「つまんねえ話を、長々と悪かったな。気にせず、アスタたちは騒いでくれよ」

「いえ。その若さで家を支えているというのは、立派なことだと思います」

果実酒を飲んでも顔色ひとつ変えないフェイ＝ベイムが、生真面目な面持ちでそう答えた。

「また、わたしたちベイムの家も、貧しさにあえいでいた時代がありました。宿場町でも、思うように銅貨を手にすることができるわけではないのですね」

「そりゃあそうさ。まあ、俺なんかはこうして遊ぶぐらいの余裕があるんだから、まだマシなほうだろうよ」

だけどきっとレビはそのために、毎日身体を張っているのだろう。彼がどれほどの苦労をして銅貨を稼ぎ、それで屋台の料理を買ってくれていたのか。それを考えると、俺は何だか胸が熱くなってしまった。

「ユーミ、ちょっといいですか？」

と、そこにジョウ＝ランが近づいてきた。

振り返ったユーミは、「やあ」と屈託のない笑みを浮かべる。

「そっちの卓も盛り上がってたみたいだね。今日の料理はどうだった？」

「はい。どれも美味でした。町の人間でもこれほどギバの料理を巧みに作れるのかと、女衆はみんな感心していましたよ」

そのように述べてから、ジョウ＝ランは腰に差していた横笛を引き抜いた。

「実はですね。周りのみんなから、横笛を吹けとせがまれてしまったのです。この場で横笛を吹くことは、迷惑になったりしないのでしょうか？」

「ああ、まだ周りの家も寝静まる時間じゃないから、全然かまわないよ。ただし、下手くそだったら他のお客に文句をつけられるかもね」

　そのように言いながら、ユーミはにっと白い歯をこぼした。

「でもまあ、ジョウ＝ランなら大丈夫かな。あんたがどれぐらい腕を上げたのか、あたしも気になってたんだよね」

「それなら、ぜひ吹かせてください。文句をつけられたら、俺が謝ります」

　ジョウ＝ランも、嬉しそうに微笑んでいる。無邪気な、子供みたいな笑い方だった。

「レビ、俺はどの曲を吹くべきでしょう？　やはり、『ヴァイラスの宴』でしょうか？」

「ああ、いいんじゃないかな。俺もじっくり聞かせてもらうよ」

　ジョウ＝ランはうなずき、その場で横笛を口にあてがった。

　喧騒に包まれていた食堂に、澄みわたった笛の音色が響きわたる。いきさつを知らない人々は、びっくりまなこでジョウ＝ランを振り返っていた。

　つい先日の祝宴でも耳にした、『ヴァイラスの宴』である。それは賑やかで、勇壮で、火神の宴というタイトルに相応しい陽気な曲だった。ただ、横笛というのはもともと胸にしみわたるような哀切な音色を有しているため、それが賑やかな曲調と相まって深みを与えているように感じられた。

　けっこう指使いの激しい曲であるのに、ジョウ＝ランの指先はとてもなめらかに動いている。

　それにやっぱり、肺活量が尋常ではないのだろう。こんなに小さな楽器であるのに、びりびりと肌が震えるかのようだ。しかし、その感覚さえもが心地好い。燭台の掲げられた薄明るい食堂の中で、俺はごうごうと燃える儀式の火を思い浮かべることになった。

　みんなで儀式の火を取り囲み、宴を楽しんでいるような心地になってくる。それはこの勇壮な曲のもたらす効果なのか、あるいはいつも祝宴の場で耳にしているための連想であったのか――俺には、その両方であるように感じられた。

　人々の多くは、まぶたを閉ざしてその旋律に身をゆだねている。その身体は、リズムに合わせて小さく揺れていた。アイ＝ファでさえもが目を伏せて、じっと聞き入っているかのようだった。

　ひときわ激しく跳ね回る旋律を吹き切ってから、ジョウ＝ランが横笛を下ろす。とたんに、人々は歓声をあげた。

「やるなあ、森辺の兄ちゃん！」

「おい、そいつに果実酒を一杯出してやってくれ！」

　とりわけ大騒ぎしているのは、ユーミの友人ならぬ宿の客たちだった。東の民は口をつぐんだまま、ただひかえめに手を打ち鳴らしている。

「いやー、ばっちりだね！　たった二日しか練習してないとは思えないほどだったよ！　……あ、森辺でもけっこう練習してたのかな？」

「はい。時間のあるときには、みんなに聞いてもらっていました」

　ジョウ＝ランとユーミは、心から楽しそうに笑みを交わした。

そこにシルが、土瓶と酒杯を手に近づいてくる。

「はい、あっちのお客さんからだよ。アロウの汁で割ったやつでよかったかね？」

「ああ、ありがとうございます、シル」

二度目の来訪であるジョウ＝ランは、すでにシルの名を覚えていた。酒杯に果実酒を注ぎながら、シルも笑っている。

「よかったら、別の曲も吹いておくれよ。みんなも、それを待ってるはずだからさ」

「わかりました。俺が習ったのは『月の女神の調べ』と『旅立ちの朝』なのですが、どちらがいいでしょう？」

「ああ、どっちもいい曲だね。順番に両方を聞かせておくれよ」

そのように述べてから、シルはユーミを振り返った。

「それで、あんたが歌えばいっそう楽しいね。どっちの曲も、あんたは得意だろう？」

「なに言ってんのさ。あたしの仕事はもうおしまいでしょ？」

「このジョウ＝ランだって、仕事で吹いてるわけじゃないだろうさ。せっかくの歌声を聞かせてやりなよ」

するとジョウ＝ランが、きょとんとした面持ちでユーミを見下ろした。

「森辺では、歌といえば子守唄ぐらいしか存在しません。ユーミが町の歌というものを得意にしているのなら、ぜひ聞かせてほしいです」

「別に得意ってわけじゃないよ。たまに酔っ払った客にせがまれて歌わされてるだけさ」

「何を言ってるんだい。あんたの歌が目当てで宿に通ってる人間も少なくはないんだよ?」

ユーミが歌を得意にしているというのは、初耳であった。復活祭でも森辺の祝宴でも、ユーミはひたすら楽しげに踊っていたばかりなのである。

「めんどくさいなー。歌につられて、笛をしくじらないでよ?」

「はい、ありがとうございます」

にこにこと笑うジョウ＝ランのかたわらに、ユーミがしぶしぶ立ち並んだ。

「では、『月の女神の調べ』からでいいですか?」

「はいはい、お好きにどうぞ」

歓声の中、ジョウ＝ランが新たな曲を吹き始めた。この曲も、俺は何回か耳にしたことがある。ゆったりとした、三拍子の曲だ。陽気は陽気だが、『ヴァイラスの宴』よりはしっとりとした曲調である。ワルツにアラビア風の雰囲気を織り交ぜたような旋律であった。

やがてその旋律に、ユーミの歌声が重なった。ちょっとハスキーめであるユーミの声が、普段にはない透明感をおびている。とても綺麗なのに、すっと素通りはしていかない、耳に残る歌声であった。

月の女神——昼間に教えてもらった、エイラという神の歌なのであろう。それは、婚儀を前にした女性が月神エイラに永遠の愛を誓う歌であるようだった。どうやらエイラは、愛と純潔の女神でもあるらしい。愛しい相手と婚儀を挙げることへの幸福と不安が、切々と語られている。食堂に居合わせた人々は、しんみりとその歌にひたっているように見えた。

（ユーミもジョウ＝ランも大したものだなあ。呼吸もぴったりじゃないか）

俺には音楽の素養などないが、歌と笛だけで旋律を重ねるというのは、なかなか高度な技術が必要であるように思えてならなかった。打楽器でリズムを刻んでもらえれば、もう少しは苦労もなく合わせられるのではないかと思えるのだ。

しかしそんな俺の思惑（おもわく）もよそに、二人は見事にその曲を成立させていた。横笛というのはけっこうな音量であるのに、ユーミの歌声はそれにも負けておらず、おたがいがおたがいをさらなる高みに引き上げているかのようだった。

そうして歌の中の娘が朝を迎（むか）えて、太陽神アリルの光に包まれたところで物語が終結すると、さきほど以上の歓声と拍手（はくしゅ）がうねりをあげて巻き起こる。今度は女性陣（じょせいじん）のほうが、大いに心を揺さぶられたようだった。

ユーミは腰に手をやって、「ふう」と息をつく。

その指先を、ジョウ＝ランが横合いからわしづかみにした。

「ユーミ、素晴（すば）らしかったです！　今のが、町の歌というものであったのですね！」

「な、何さ？　そんな大したもんじゃないっての」

「いえ！　笛を吹きながら、まるでユーミの語る物語が目に浮かぶようでした！　歌の中の娘は、無事に婚儀を挙げることができるのでしょうか？」

「知らないよ。そんなの、この歌を作った人間に聞くしかないんじゃない？」

ユーミは笑いながら手を振りほどき、その手の甲（こう）でジョウ＝ランの胸（むな）もとを小突（こづ）いた。

「でも、あんたも大した腕前だったね。すごく歌いやすかったよ」

「ありがとうございます。ユーミにそんな風に言ってもらえたら、俺は光栄です」

人々は、まだ歓声をあげながら手を打ち鳴らしている。

そこに、二つの人影が近づいてきた。フォウとランの女衆である。

「ユーミ、素晴らしい歌でした……あなたには、そのように素晴らしい才覚が備わっていたのですね」

「やだなー、大げさだってば！　本物の吟遊詩人の歌なんて、こんなもんじゃないんだからね」

「いえ、本当に素晴らしかったです」

二人の女衆はどちらも目を潤ませながら、ユーミとジョウ＝ランの姿を見比べた。

「ユーミ。この集まりも、終わりが近づいているのでしょう。その前に、ひとつだけ聞かせていただけますか……？」

「んー、なあに？　今さら遠慮なんてしないでよ」

「それでは、聞かせていただきますが……ユーミは、ジョウ＝ランの伴侶となることを願っているのでしょうか？」

そのいきなりの問いかけに、俺は思わずひっくり返りそうになってしまった。アイ＝ファは鋭く目を細め、フェイ＝ベイムはいぶかしげに眉をひそめている。しかしそれ以外の人々は、ユーミとジョウ＝ランをふくめて、みんなきょとんと目を丸くしていた。

「あたしが、ジョウ＝ランと？　いやいやいや、いったいどこから、そんな話がふってわいたのさ？」

「だって……お二人は、とても打ち解けた様子でありましたし……わたしたちから見ても、とても似合いであるように思えます」

そう言って、フォウの女衆は切なげにジョウ＝ランを見つめた。

「それに、ずっと打ち沈んでいたジョウ＝ランが、ユーミと言葉を交わしてからはこれほど元気を取り戻すことができました」

「はい。ジョウ＝ランのほうでも、ユーミが伴侶となることを望んでいるのではないですか？」

幸いなことに、その会話は一番近くの卓に座した俺たちにしか聞こえていないようだった。シルはカウンターの向こうに引っ込んでいるし、他のお客たちはしばらく演奏もされないようだと見て、自分たちの会話を再開させている。そんなざわめきの中、ユーミとジョウ＝ランは目をぱちくりとさせていた。

「まいったなー。あたしら、そんな風に見えてたの？　確かにジョウ＝ランは喋りやすいから、男衆の中では一番打ち解けてたと思うけどさ」

「では、ユーミはジョウ＝ランに想いを寄せていたわけではないのですか？」

ユーミは至極あっさりと、「うん」とうなずいた。

フォウとランの女衆は、信じ難いものでも見るかのようにユーミを見返している。

「それは本当なのですか？　わたしたちに気をつかう必要はないのですよ？」

「ジョウ＝ランのことは、立派な男衆だと思うでしょう？」

「う、うん。立派だし、男前だとも思ってたよ。素直で、礼儀もわきまえてるしね」

「それなのに、心をひかれたりはしなかったのですか？」

フォウの女衆が詰め寄ると、ユーミはまた「うん」とうなずいた。

「どうしてでしょう？　森辺に嫁入りを願っていたユーミならば、ジョウ＝ランはまたとなく相応しい相手であるように思えるのですが」

「あ、シーッ！　親に聞かれたらややこしいことになるから、そういう話は大きな声で言わないでよ」

「でも、納得がいかないのです！　ジョウ＝ランに、何か足りないものでもあるのでしょうか？」

ユーミは頭をかきながら、深々と溜息をついた。

「本人を目の前にして話すような内容じゃないと思うんだけどなあ。ジョウ＝ランだって、気分悪いでしょ？」

「い、いいえ、俺のことは気にしないでください。俺も決して、そのような気持ちでユーミと絆を深めていたわけではないので……」

「あっそう。だったら、言っちゃうけど……ジョウ＝ランって、年下なんだよね」

「はい？」と、二人の女衆はそれぞれ首を傾げた。

ユーミはちょっと気恥ずかしそうに口もとをほころばせている。

「ジョウ＝ランは十六歳でしょ？　あたしは十七歳だから、ひとつ年上なんだよ。だから、ジヨウ＝ランのことはそういう目で見てなかったんだよね」

「だ、だけど、たった一歳しか変わらないのでしょう？　町では年少の男衆と婚儀を挙げてはならないという習わしでも存在するのでしょうか？」

「いやー、そういうわけじゃないんだけどさ。あたし、自分がこういう浮ついた人間だから、しっかりしたお人と添い遂げたいんだよ。ジョウ＝ランは立派な人間だと思うけど、なんていうか……そう、弟みたいな感じなんだよね」

「ジョウ＝ランが、弟のようですか……」

二人の女衆は、とても困惑した様子で視線をさまよわせた。

「べつに、悪い意味で言ってるんじゃないんだよ？　あたしだって、ジョウ＝ランのことは大好きだからさ。うん、ジョウ＝ランがあたしよりも年上だったら、それこそ一発で心を奪われてたかもね」

「そうなのですか……わたしもジョウ＝ランより一歳年長なのですが、そのように考えたことはありませんでした」

「そっかそっか。ま、あたしはジョウ＝ランが弱ってた頃に出会っちゃったからさ。お強い狩人にこんなこと言ったら怒られるかもしれないけど、こいつ可愛いやつだなーとか考えてたんだよね」

そう言って、ユーミは再びジョウ＝ランの胸もとを小突いた。

「ま、おたがい何とも思ってなかったんだから、あんたたちも気にしないでよ。これからもあたしらは友達として仲良くしてくつもりだからさ。ね、ジョウ＝ラン？」

「はい。俺もそのように考えていました。俺はまだ、ア……かつて想いを寄せていた女衆を忘れられずにいたので、親身になって話を聞いてくれたユーミのことを、かけがえのない恩人だと考えていたのです」

そのように述べてから、ジョウ＝ランは自分の胸もとに手を置いた。

「でも……何でしょう。ユーミの言葉を聞いていたら、何だか胸のあたりがキリキリとしてきました」

「あー、やっぱり気分が悪くなっちゃった？」

「いえ、そういう意味ではなく……俺が年長であったり、もっと元気な頃に出会っていたら、ユーミとはどのような絆を結ぶことになったのかと……そんな気持ちがわき起こってきてしまったのです」

その言葉に、ランの女衆が身を乗り出した。

「それならやはり、ジョウ＝ランもユーミに心をひかれていたのではないでしょうか？」

「ええ？　それはどうでしょう……いや、たとえそうであったとしても、ユーミに迷惑をかけるわけにはいきません」

「ジョウ＝ランに想いを寄せられたら、ユーミは迷惑なのですか？」

フォウの女衆の言葉に、ユーミは「ええ？」と身をのけぞらせる。

「め、迷惑っていうか何ていうか……そんなの、考えもしてなかったからなあ」

「わたしから見ても、二人はとても似合いだと思います！」

「はい！　わたしもユーミが相手であれば、すみやかに身を引くつもりです！」

「ええ？　もしかしたら、あんたたちはジョウ＝ランに心を寄せてたの？」

二人は同時に「はい！」とうなずいた。

「はい、じゃないよ！　だったら、あたしをけしかけてどうすんのさ！」

「いえ。わたしたちは、どちらもすでに婚儀を断られた身であるのです」

「だからこそ、ジョウ＝ランには幸福になってほしいのです」

「それにジョウ＝ランは、森辺の民らしからぬ気性をしています」

「伴侶となるのが宿場町の民であるユーミであれば、ジョウ＝ランはジョウ＝ランらしさを失わないまま、幸福になれるのではないでしょうか？」

俺から見ても、二人の女衆の勢いは猛烈であった。あのユーミがたじたじになって身を引いてしまっている。

「ちょ、ちょっと待ってってば。あたしはさ、二回や三回顔をあわせたぐらいで、色恋の気持ちを持ったりはしないんだよね」

「ならば、これからも絆を深めていけばいいのではないでしょうか？」

「そうです。森辺の家人となるのを願うのは、それからでも遅くはありません。アスタやリリンの家のシュミラルのように、家長さえ認めれば森辺の家人となることは許されるはずです」

ユーミは上目遣いで、ジョウ＝ランを見やった。ユーミもジョウ＝ランも、どちらも困惑し果てた様子で眉尻を下げている。

「ど、どうするのさ、ジョウ＝ラン？」

「お、俺にもわかりません。ただ、俺もまだ気持ちの整理がつかないので……それを見定める時間をもらえたら、とても嬉しく思います」

そう言って、ジョウ＝ランは眉を下げたまま微笑んだ。

「実は俺もユーミのことを、頼りがいのある姉のような存在だと思っていました。血族でもない相手にそのような思いを抱くのは、それだけ心をひかれている証なのかもしれません」

「うん、そっか。あんたにそんな風に言ってもらえるのは、嬉しいよ」

ユーミはわずかに頬を赤らめると、それを隠すようにそっぽを向いて、子犬でも追い払うように手をひらひらとさせた。

「でもまあ、姉と弟じゃ婚儀を挙げるわけにもいかないからね。あたしらは今まで通り仲良くして、それで……自分の気持ちをしっかり見定めようよ」

ジョウ＝ランは困惑の表情を消して、「はい」と無邪気に微笑んだ。フォウとランの女衆は、ひとまず満足した様子で息をついている。そうしてジョウ＝ランたちが自分の席に戻っていくと、ユーミは頬を撫でながら荒っぽく着席した。

「あーあ。なんだかよくわかんない話になっちゃったよ。……レビ、ベンたちに余計なこと言ったら、ぶっ飛ばすからね？」

「はん。あんな男前は、お前には出来すぎだな。逃がさない内に嫁入りしたほうがいいんじゃねえのか?」

「うるさいよ! 言っておくけど、あんただってテリア=マスより二歳も年下なんだからね!」

「俺は関係ねえだろ」とレビは口をとがらせていたが、テリア=マスはユーミよりも赤い顔をしている。ユーミは乱暴に果実酒をあおってから、俺のほうをちらちらと見てきた。

「……ね、アスタも聞こえてたんでしょ? これって、どう思う?」

「うん。何も焦る必要はないんじゃないのかな。俺にとってはどっちも大切な存在だから、心ゆくまで絆を深めてから結論を出してほしいと思ってるよ」

「そっか。……うん、じゃあ、そうするよ」

ユーミはいつになくしおらしい感じで、残っていた料理をついばみ始めた。アイ=ファとフェイ=ベイムは、至極冷静な眼差しでその姿を見つめている。おのおの思うところはあろうが、余所の氏族の話に口出しはすまいというスタンスであるのだろう。

俺も、余計な口出しをするつもりはなかった。ただ、もしもユーミやジョウ=ランから相談を持ちかけられたら、頭を振り絞って応じようと考えている。それが本格的な恋愛話に発展しようと、あるいは男女の友情で終わろうと、俺はとにかく二人がともに納得のいく道を進んでほしいと願っていた。

そこに、わあっと歓声があがる。振り返ると、いつの間にか厨に入っていたらしいトゥール=ディンが、シルやユン=スドラとともにお盆を掲げて現れたところであった。そのお盆に載せられていたのは、小さく切り分けられたガトーショコラである。

「こいつは森辺のみなさんがたからのふるまいだよ！　たまたま居合わせたお客さんがたは幸運だったね！」

これが客に出されたということは、交流会の終わりが目前であるということだろう。

ユーミとジョウ＝ランは最後にもう一度、歌と横笛で俺たちを楽しませてくれるだろうか。

そんな期待を胸に抱きつつ、俺はガトーショコラの皿を受け取った。

7

そうして二度にわたる宿場町の交流会は、無事に終わることになった。

得たものは、とても大きかっただろうと思う。これを契機に、他の氏族たちも同じように交流会を開くことになれば幸いである。

ただ、フォウの血族においては、家長会議ならぬ血族会議が開かれる事態に至ったとのことであった。議題はもちろん、ジョウ＝ランとユーミの一件だ。この先、二人の交流が恋愛関係にまで発展してしまったら、果たしてユーミを嫁として迎え入れることは可能であるのか。フォウ、ラン、スドラの主だった面々で、それが話し合われることになったのである。

「ファの家との問題が片付いたと思ったら、今度はこの騒ぎだ。つくづくジョウ＝ランというのは、森辺の習わしにそぐわない人間であるのだな」

交流会の翌日、アイ＝ファの修練を手伝うためにファの家を訪れてくれた際、バードゥ＝フォウなどは溜息まじりにそう語っていた。その日の朝から開かれた血族会議は、大いに紛糾したらしい。やはり、外部の人間を家人として迎え入れるというのは、それだけ大ごとなのである。そんな中、もっとも前向きな意見を述べていたのは、ライエルファム＝スドラであったそうだ。

「今のところ、外部の人間で森辺の家人と認められたのは、アスタとリリンの家のシュミラルのみだ。美味なる料理をもたらしたアスタと、猟犬をもたらしたシュミラルは、今の森辺の民にとってかけがえのない存在であるだろう。……ならば、ことさら外部の人間を忌避する理由はないのではないだろうか？」

ライエルファム＝スドラは、そのように述べていたらしい。

「また、アスタは渡来の民であり、シュミラルは東の民だった。西の民であるユーミであれば、森辺に何をもたらしてくれるのか。西方神の子として正しく生きると決めた俺たちにとって、それを見届けることにも大きな意味があるように思える」

「ううむ。しかし、よりにもよってフォウの血族がそのような重責を担うことになろうとはな……」

「それを言ったら、アイ＝ファなどはたった一人でその重責を担っていたのだ。アスタを家人として迎えるのは正しい行いであるのだと、アイ＝ファがたった一人でスン家に立ち向かっていた姿を忘れたわけではあるまい。俺たちはその姿に胸を打たれたからこそ、ファの友となる道を選んだはずだ」

そう言って、ライエルファム＝スドラは顔をくしゃくしゃにして笑ったのだそうだ。

「それに、ジョウ＝ランたちはまだ自分の気持ちを見定めたわけでもないのだろう？　リリンの家のシュミラルのように、揺るがぬ決心をたずさえて婚儀を願ってくるまで、静かに見守ってやればいいのではないのかな」

とりあえず、そんな感じで血族会議は終了したようだった。

ライエルファム＝スドラから話を聞いたユン＝スドラは、また深々と溜息をついていたものである。

「まさか、フォウとランの女衆がジョウ＝ランの後押しをするとは思ってもいませんでした。……まあ、わたしも同じ立場であれば、同じように振る舞っていたのでしょうけれども」

というか、ユン＝スドラは実際にそういった心境で、俺への気持ちを断ち切った立場であったのだ。俺としては、顔を赤くしながら頭をかくことしかできなかった。

ともあれ、ジョウ＝ランとユーミの一件は、それで収まることになった。二人の気持ちが定まるまでは、いったん保留という形である。ただ、何もかもがこれまで通りというわけではない。次にフォウの血族が祝宴をあげる際はユーミを客人として呼ぶつもりだと、バードゥ＝フォウはそのように述べたてていた。

「ユーミというのは、時にはジェノスの法を犯すこともあるのだと聞いているからな。フォウの血族に相応しい人間であるかどうか、俺たちもしっかり見定めねばならないだろう」

それは、至極もっともな話であった。

なおかつ、フォウの血族は近い内に祝宴を開く予定も立っている。フォウとスドラ、ランとスドラの間で、それぞれ婚儀を挙げることが内々で決まっているのだ。休息の期間にその片方ぐらいは実施されるのではないかと思っていたが、それは家長会議の後にまで延期されることになっていた。

「いやー、森辺の祝宴に呼んでもらえるのは嬉しいけどさ。まさか、こんな形で招待されることになるとはねー」

後日、ユン＝スドラの口からその情報がもたらされると、ユーミはなんとも複雑そうな顔で笑っていた。

「わたしもこのような形でユーミを招くことになろうとは考えていませんでした。……ユーミの心情に、あれから変化は生じていませんか？」

「そんな、一日や二日でコロコロ気持ちが変わるわけないじゃん。……お願いだから、あれこれせっついたりしないでね？」

そのように述べながら、ユーミはわずかに頬を赤らめる。すると、ユン＝スドラの瞳にはますます真剣そうな光が灯った。

「だけどやっぱり、ジョウ＝ランのことは憎からず思っていたのですね。そうでなければ、気持ちを見定める時間が欲しいという考えには至らないのでしょうし」

「だから、せっつかないでってば！　あの夜までは、本当にそんな話はこれっぽっちも考えてなかったんだよ！」

ユーミの顔が、ますます赤くなっていく。気丈なユーミがこんな風に恥じらう姿を見せるのは、なかなかに珍しいことであった。

「だいたいさ、ジョウ＝ランはどこかの女衆のことをふっきろうとしてたところでしょ？　そんな相手に色目をつかう気持ちには、とうていなれなかったんだよ。あたしはただ、ジョウ＝ランに元気になってほしいと思ってただけだから……」

「ユーミは、お優しいのですね。……もしもユーミがジョウ＝ランに嫁入りすることになったら、わたしは心から祝福しようと考えています」

「せっつくなって言ってるのが聞こえないの!?　もう、森辺の民ってのは、みんな率直すぎるんだよ！」

そこで注文の料理が完成したので、ユーミは逃げるように青空食堂へと去っていった。その後ろ姿を見送りつつ、ユン＝スドラはふっと息をつく。

「なんとなく、わたしもジョウ＝ランとユーミは似合いであるように思えてきてしまいました。ユーミであればジョウ＝ランの言動に心を乱されることもないでしょうし、幸福な生活を築くこともできるのではないでしょうか」

「うん、俺もそう思うよ。だけどまずは、おたがいに自分の気持ちを見定めてもらわないとね」

二人は十七歳と十六歳であるのだから、何も焦る必要はないだろう。俺もライエルファム＝スドラと同じように、二人の行く末をじっくり見守らせてもらう所存であった。

ジョウ＝ランとユーミに関しては、以上である。

ただ、それ以外にもいくつか特筆するべき出来事が起きていた。

まずは、レビの一件である。レビはミラノ＝マスの面接を受けて、無事に《キミュスの尻尾亭》で働くことが決定されていた。

普通、若い男性は宿屋の手伝いなどはしないそうである。たいていは日中に本職を抱えているために、そんな余力をひねりだすこともできないし、また、ひねりだす必要もないのだろう。そんな中、怪我をして動けない父親のために昼も夜も働こうというレビに対して、ミラノ＝マスも大いに感銘を受けたのだろうと思われた。

まあ、そんな内心を余人にさらすミラノ＝マスではないので、すべては俺の憶測である。俺としては、それぞれ嬉しそうな様子を見せていたレビとテリア＝マスの姿に、温かい気持ちを抱くばかりであった。

「テリア＝マスの親父さんって、なかなかおっかなそうだよな。せっかくの仕事をなくしちまわないように、気合を入れることにするよ」

屋台を訪れてくれたレビは、そのように述べていた。本日も、人足の仕事のさなかであるのだろう。聞くところによると、現在はダレイム領と森の間に塀を築く作業が進行中であるので、人足の仕事には事欠かないのだそうだ。

いっぽうで、テリア＝マスは頭の上に音符の記号が幻視できそうなぐらい嬉しそうな様子を見せていた。レビと一緒に働けることが、それだけ嬉しかったのだろう。

（そういえば、テリア＝マスが婿を迎え入れないと、マスの氏は絶えてしまうって話だったん

だよな）

もちろん、部外者である俺が口出しをするような話ではない。ただ、家業を持たないレビであれば、どのような家に婿入りすることも可能であろうし、レビ＝マスという名前もなかなか趣があるのではないかと、内心でこっそり考えたばかりである。ともあれ、こちらはユーミとジョウ＝ランの一件以上に、そっと見守るしかない話であった。

そしてもうひとつ、色恋とはまったく関係のない内容で、特筆するべき話がある。それは、盤上遊戯に関してであった。アイ＝ファやチム＝スドラが「これは狩人としての力を育む一助になるのではないか」という話をもたらして、森辺の人々の関心を引く事態に至ったのである。

その結果として、森辺においても盤と駒が作製されることになった。木工の作業は森辺の民もお手の物であるし、駒に文字を書くことに関しても、すでに筆と塗料は森辺にもたらされている。交流会の翌日には、もう盤をはさんで勝負をする狩人たちの姿を確認することができた。

そしてその情報は、ごくすみやかにルウの集落にまで伝播した。世間話として俺がルウの女衆にその話を伝えると、もともと盤上遊戯のたしなみがあったバルシャによって盤や駒が作製されることになったのである。

「森辺の集落には、娯楽ってもんがなかったからね。みんな、なかなかの食いつきだったよ」

バルシャは笑いながら、そのように述べていた。

「こいつが本当に狩人の力になるかどうかはわからないけどさ。でもまあ、森辺の狩人は力比べが大好きだし、荒っぽいことのできない幼子や老人なんかにも、こいつは喜ばれるんじゃないのかね」

その意見には、俺も同感であった。こまかい話は抜きにしても、アイ＝ファやチム＝スドラはこの遊戯がお気に召したからこそ、森辺のみんなにも伝えたいと思ったのだろう。盤上遊戯が楽しいのならば、もうそれだけで十分に取り組む価値はあるように思えた。

そんなわけで、休息の期間にある近在の氏族においては、鍛錬の後に盤上遊戯をたしなむのが通例になったわけであるが、そこでもアイ＝ファは無類の強さを発揮していた。それ以外で頭角を現したのは、バードゥ＝フォウとライエルファム＝スドラである。もっとも高い勝率を叩き出していたのはアイ＝ファであったが、その両名もそれに肉迫するぐらいの実力者であったのだ。

反面、ラッド＝リッドはこの遊戯に適応するのが難しそうな様子であった。チム＝スドラは身体の小さな人間が得手とするのかもしれないと推測していたが、長身であるバードゥ＝フォウがそれに当てはまらなかったので、どちらかといえば持って生まれた性格に起因するのかもしれなかった。

「こういうちまちました遊びは、俺には向いていないようだ！　頭よりも身体を動かすほうが、性に合っているのでな！」

べつだん悔しがる様子も見せず、ラッド＝リッドは豪快に笑っていた。

その他では、ゼイ＝ディンもなかなかの指し手であり、ジョウ＝ランもちょっと独特の強さを見せていた。勝率はほどほどであるのだが、ふっと思いも寄らぬ手で格上の実力者を負かしたりするのである。そういう際、アイ＝ファはとても悔しそうな顔をしていた。

「あやつは考えなしに手を進めるので、場が乱れてしまうのだ。その混乱の隙をついて、するするとこちらの将に忍び寄ってくるのでタチが悪い」

その苛立ちに共感することはかなわなかったものの、アイ＝ファに熱中できる遊びが生まれたことは、俺にとって嬉しい変化であった。アイ＝ファがどれぐらい熱中していたかというと、日中にさんざん取り組んだあげく、晩餐の後に俺にまで勝負を挑んでくるほどであったのだ。

「言っておくけど、俺は弱いぞ？　こういう遊びは、あんまり集中力が長続きしないんでな」

「うむ。手慰みの勝負であるのだから、力量などは気にせずともよい」

そうして俺たちは燭台の薄明かりの下で、勝負を開始することになった。まったくこの遊戯に関心を引かれなかったティアは、俺の片隅で丸くなっている。いちおうその目は盤上に向けられていたが、すでに半分まぶたは下がってしまっていた。

「ええと、槍兵は後ろに下がれないんだっけ」

「うむ」

「それで副将は二歩ずつ前進できるから……ああ、騎兵を取られちゃった」

そうして俺の将軍が討ち取られるまで、三十手とかからなかった。

盤面から顔を上げたアイ＝ファは、なんともいえない面持ちで眉を下げてしまう。

「アスタは……本当に弱いのだな」

「うん。俺もしみじみそう思うよ」

「私は負けず嫌いであるアスタに、いらぬ心労をかけてしまったのだろうか？」

「いや、そこまで心配しなくていいよ。最初から勝てるとは思ってなかったしさ」

これだけ力量差が歴然としていれば、俺の負けず嫌い精神が発動される余地もなかった。しかしアイ＝ファは、とても申し訳なさそうな顔で息をついている。

「私は幼子をうっかり投げ飛ばしたかのような心苦しさを感じてしまった。勝負はここまでとしておくか」

「あ、それなら、賽の目遊びはどうだろう？」

俺が宿場町で購入したサイコロを取り出すと、アイ＝ファはきょとんと目を丸くした。

「お前は、そのようなものを手に入れていたのか。しかし、そちらの遊びの駒は作っておらんぞ」

「一人は剣兵の駒を使って、もう一人はそれ以外の駒を使えばいいんじゃないのかな。要するに、自分と相手の駒の見分けがつけばいいんだろうからさ」

「なるほどな。では、それで試してみるか」

アイ＝ファも賽の目遊びは何回か経験済みであったので、ルールを忘れたりはしていないようだった。俺は剣兵を、アイ＝ファはそれ以外の駒を、それぞれ十五枚ずつ確保して、盤に並べていく。

「しかしお前は、わざわざそれを買い求めるほど、賽の目遊びというものを気に入っていたのか？　宿場町では、それほど熱心に取り組んでいるようには見えなかったのだが」

「うん。俺は見物してるほうが性に合ってるかな。でも、これさえあれば女衆も盤上遊戯を楽しめるだろ？　フェイ＝ベイムやユン＝スドラなんかも、この遊びはけっこう気に入ってたみたいだからさ」

何か象牙（ぞうげ）のような材質で作られた二つのサイコロを手の中で振りながら、俺はアイ＝ファに笑いかけてみせた。

「男衆が合戦遊びで盛（も）り上がってたから、女衆には賽の目遊びを教えてあげようと思ったんだ。駒なんかは木の実でもいいし、布に線でも引けば盤の代わりになるから、お手軽だろ？」

「…………」

「あ、だけど、これは生活の役に立つわけでもないし、女衆が覚える甲斐（かい）はないのかな？」

「そのようなことはない。幼子の遊び道具としても、きっと喜ばれることだろう」

アイ＝ファがいきなり手をのばして、俺の頭をわしゃわしゃとかき回してきた。

「お前がそのように心優（こころやさ）しき人間であることを、私は誇（ほこ）らしく思っている」

「うん。過分なお言葉、恐縮（きょうしゅく）であります」

「……またこらえかねて、お前の身に触（ふ）れてしまったな」

「うん。気恥（きは）ずかしいから、いちいち口に出さなくてもいいんだぞ？」

頭をかき回していたアイ＝ファの手が、するりと頬のほうに下りてきた。そうして俺の頬に手の平を添えたまま、アイ＝ファはやわらかく微笑（ほほえ）みかけてくる。そうしてさんざん俺の心をかき乱してから、アイ＝ファはすっと手を引っ込めた。

「では、始めるか。それを振って、数の大きいほうが先手をつとめるのだったな」

「ええ、仰る通りでございます」

そうして俺たちがサイコロを振る頃には、ティアは安らかな寝息をたてていた。それをBGMに、俺たちはひそやかな勝負を始める。先手は、アイ＝ファであった。

「……宿場町の交流会は、なかなか有意義だったよな」

自分の手順でサイコロを振りながら俺がそう言うと、アイ＝ファは盤面に視線を落としたまま「うむ」とうなずいた。

「ジョウ＝ランとユーミの一件もいちおうは丸く収まったし、宿場町のみんなと絆を深めることもできたし……何より、色々と楽しかったよな」

「うむ。この盤上遊戯というものも、ひとつの確かな成果であろう」

「ああ、アイ＝ファもカーゴとはずいぶん縁を深めることができたみたいだな」

「うむ。あやつほど思慮深く、先を見通せる力を持った人間は、なかなかおるまい」

アイ＝ファのしなやかな指先が、駒を進めていく。出目に偏りがないために、これはなかなか互角の勝負なのではないかと思われた。

「森辺の民と町の人間っていうのは、ずいぶんかけ離れた存在だと思うけど……きちんと交流を結んだ上で、いい部分だけを見習っていけば、森辺の民の力になると思うんだよ」

「うむ。私もそのように考えているぞ」

「うん。ルウやフォウの人たちだって、きっとそう考えてくれてるだろうな。……明日の家長会議では、他の氏族の人たちにもそう思ってもらえるように、頑張ろう」

本日は、宿場町での交流会の二日後――青の月の九日であり、家長会議は明日に迫っていたのだった。

「ルウの血族の他には一人の友もいなかったあの頃とは、違う。私たちは、大丈夫だ」

「うん。俺もそう信じてるよ」

アイ＝ファに笑いかけながら、俺はサイコロを転がした。その出目で、俺の駒はめでたくすべてが自陣に集結する。かろうじて、俺は勝利を収めることができたようだった。

「よし、賽の目遊びも終了だな。明日に備えて、そろそろ眠ろうか」

「……待て。それは、勝ち逃げと呼ばれる行いではないのか？」

「え？」と思って顔を上げると、アイ＝ファの唇がおもいきりとがらされていた。

「これは、手慰みの勝負だろう？　そんなムキになることないじゃないか」

「……しかし、賽の目の数がひとつでもずれていれば、私が勝利していたはずだ」

「これはそういう勝負なんだから、しかたがないよ。宿場町では、そんな文句をつけたりもしなかっただろう？」

「家人を相手に心情を隠すいわれはない。とにかく、もうひと勝負だ」

アイ＝ファは強情に言い張って、駒を最初の配置に戻し始めた。

その姿に得もいわれぬ愛おしさを喚起されつつ、俺も自分の駒に手をのばす。

「了解したけど、寝不足にならないていどにしておこうな」

そうしてその夜も、ファの家においては平和に時間が過ぎ去っていった。

明日の家長会議では、いったいどのような結末が俺たちを待ち受けているのか——すべては、母なる森と父なる西方神の導き次第であろう。

人事を尽くした俺たちは、厳粛な気持ちでもって天命を受け止めるばかりであった。

第二章★★★森辺の家長会議

1

宿場町の交流会から、三日後。

ついにその日――青の月の十日がやってきた。

青の月の十日は、年に一度の家長会議と定められている日である。森辺に住まうすべての氏族の家長たちがスンの集落に集まって、森辺の行く末に関わる事項を話し合う。それが、森辺における家長会議というものであった。

すでにスン家は族長筋としての資格を剥奪されているので、会場は別の場所に移すべきではないかという声もあがっていたようであるが、本年のところはそのまま敢行されることになった。数十名もの人間を宿泊させることのできる祭祀堂というものは、森辺においてスンの集落にしか存在しなかったためである。

トトスと荷車さえあれば、会議の後にそれぞれの家に帰ることは可能であるが、会議の後は親睦を深めるために果実酒を酌み交わすのが通例であるのだ。たらふく果実酒を飲んだ後に荷車を運転するのは危険であるし、かといって親交を深めるための祝宴を取りやめるわけにもいかない。そういった事情から、本年の家長会議もスンの祭祀堂で開催されることが決定されたようだった。

「よし、それでは出発するぞ」

ギルルの手綱を握ったアイ＝ファが、御者台から声をあげる。荷台に収まった俺は、一同を代表して「了解」と告げてみせた。

この荷車に乗っているのは、俺とアイ＝ファ、赤き民の少女ティア、トゥール＝ディン、ユン＝スドラ、それにリッドの若い女衆という面々であった。家長会議に参加するのは俺とアイ＝ファのみであり、ティアは家長たちに顔見せをするために、他の女衆はかまど番を担うためにスンの集落へと向かう。スンの女衆だけでは家長会議に参加する全員分の食事を作るのは困難であったし、どうせならば最新版の美味なる料理をお披露目するべきであろうということで、ファの近在の氏族とルウの血族、それにザザの血族から数名ずつのかまど番が集められることになったのだ。

「ファやルウと縁の深い氏族でなければ、最近の料理を口にする機会もありませんでしたものね。かれーやぎばかつやシャスカを口にしたら、きっとみんな大いに驚くことでしょう」

ユン＝スドラは、にこにこと笑いながらそう言った。それからトゥール＝ディンの様子に気づいて、「どうしたのです？」と声をかける。トゥール＝ディンは先刻から、ずっと落ち着きのない様子であったのだった。

「い、いいえ、何でもありません。……ただ、もしもわたしが失敗してしまったら、ファの家にもザザの家にも恥をかかせることになってしまうので……ちょっと心配になってしまっただけです」

「大丈夫ですよ。トゥール＝ディンは、普段から北の集落でも祝宴の取り仕切りを任されているのでしょう？　何も心配する必要はありません」

本日は俺が調理に参加できないため、かまど仕事の取り仕切りはトゥール＝ディンとレイナ＝ルウの両名に託されてしまったのである。なおかつ、両名はそれぞれ別のチームを率いて、別の料理をこしらえることになる。晩餐で出される料理の半分は、トゥール＝ディンの責任のもとに供されることになるのだった。

「わたしたちも力を尽くして、トゥール＝ディンを支えます。どうぞ安心して任せてください」

「そうですよ。トゥール＝ディンなら、大丈夫です」

リッドの女衆も、トゥール＝ディンの手を握って励ましている。そんな光景を眺めながら、ティアもにこにこと微笑んでいた。

「何だかティアは、さっきからご機嫌だね。何か楽しいことでもあったのかい？」

「うむ？　ティアはアスタのそばにいられることを嬉しく思っているだけだ。今日はきっとまた余所の家に預けられるのだろうと考えていたからな」

ティアを同行させるようにと命じてきたのは、もちろん三族長たちであった。ティアの怪我が完治するにはまだまだ時間が必要であったので、いちおうすべての家長たちにその姿を見せておくべきであるという結論に至ったのだ。

「顔見せが終わったら別の場所に預けられることになると思うけど、そちらでも絶対に騒ぎを起こさないようにね？」

「もちろんだ。ティアはこの身が滅んでも、決して森辺の民の言いつけは破らないと誓う」

ガーネットのように深い赤色をした瞳をきらきらと輝かせながら、ティアはそのように述べていた。

きっと三族長たちは、どうして自分たちがティアの言葉を信ずることにしたのか、それをより正確に知らしめるために、家長会議への同行を命じてきたのだろう。ティアがどれほど純真な存在であるか、それを各氏族の家長たちに自らの目で確認させようという考えであるのだ。

（ティアの件に関しては、きっともめることもないだろう。それよりも正念場なのは、俺たちのほうのはずだ）

本日の議題のメインは、なんといってもファの家の行いの正否についてである。宿場町で商売をすることは正しいのか。ギバの肉や料理を売って、これまで以上の富を手にすることは正しいのか。それが、話し合われるのだ。

前回の家長会議では、邪なたくらみを持つズーロ＝スンが議長であったため、何の結論も出ないままに終わらされてしまった。ファの家の行いについては様子見として、次の家長会議で正否を問うべしと定められてしまったのだ。

その後、スン家が族長筋の資格を失っても、その裁決がくつがえされることにはならなかった。当時はまだ商売を始めて半月足らずしか経ってはいなかったし、それ以外の問題も山積みであったので、やはり様子見という結論に落ち着いてしまったのだ。

もちろん俺やアイ＝ファにとって、それはもっけの幸いであった。俺たちの行いが正しいかどうかなんて、しっかりと時間をかけて見定めてもらうしかない。たかだか商売を始めて半月ぐらいの時期に、それは間違った行いであると断じられても、納得がいくわけもないのだ。

あれから一年、俺たちは力を惜しまずに突き進んできた。その姿を、たくさんの人々に見届けてもらっている。ファの家の行いは、森辺の民にとって毒となるのか薬となるのか。今日こそは、その答えを厳粛に受け止めさせていただく所存であった。

「あ、後ろから、別の荷車が追いすがってきましたよ」

と、ユン＝スドラがはしゃいだ声をあげた。幌の後部は、出入り口である帳を開けたままであったのだ。そこから見えたのは、御者台でファファの手綱を握るチム＝スドラの姿であった。

俺とユン＝スドラが手を振ると、チム＝スドラもひかえめに手を振り返してくる。この距離では表情までは見て取れないが、きっとはにかむように微笑んでいることだろう。そちらの荷車では、血族であるフォウとランとスドラの家長とお供の男衆が同乗しているはずだった。

本日は、ファとルウの家で購入したトトスと荷車を、それぞれの氏族に貸し出している。この一年でトトスと荷車の数もずいぶん増えていたので、それですべての氏族を網羅することがかなったのだった。

（一年前は、この道をルウの血族たちと一緒に、てくてく歩いてたんだよな）

俺の記憶に間違いがなければ、ラウ＝レイと初めて言葉を交わしたのも、そのときである。

あの頃の俺は、まだごく限られた人々としか親交を結んでいなかったのだ。

（それが今では、ほとんどすべての氏族の人たちと顔をあわせてる。まったく交流がないのは……いくつかの、親筋でない氏族の人たちぐらいかな）

俺は何だか、すっかり感慨深くなってしまっていた。俺にとってこの青の月の十日というのは、初めて森辺を訪れた黄の月の二十四日に匹敵するぐらい、大事な区切りの日なのである。

「まもなく、スンの集落だぞ」

御者台のアイ＝ファが、そのように告げてきた。そうしてしばらくすると、荷車が停車する。荷台に収まっていた五名は、申し合わせたように全員が地面に降り立った。

それからさして待つほどもなく、ファファの荷車が追いついてくる。チム＝スドラが御者台を降りると、バードゥ＝フォウやライエルファム＝スドラたちも姿を現した。

「どうもお疲れ様です。そちらもずいぶん早いおつきでしたね」

「うむ。ルウやダイの家長たちと、事前に言葉を交わしておきたかったのでな」

俺とアイ＝ファはかまど番たるトゥール＝ディンたちを送り届けるために、早めに家を出たのである。家長会議の開始には、まだしばらくの猶予があるはずであった。

「では、行くか」

ギルルの手綱を引いたアイ＝ファを先頭に、スンの集落の広場へと足を踏み入れる。俺にとっては、料理の手ほどきで訪れて以来——ちょうど半年ぶりぐらいの来訪であった。

初めてこの地に足を踏み入れたらしいリッドの女衆が、「うわあ」と声をあげている。広場の真ん中に建てられた祭祀堂の大きさに驚いているのだろう。直径二十メートルぐらいのドーム型をした、巨大な建造物である。幅に比べて高さは低めであるものの、それでも二階建ての建物ぐらいの高さはある。干し草で外壁を覆われた、巨大な恐竜の屍のごとき様相は相変わらずであった。

「束ね役の家は、あっちだよ」

俺が方向を指示すると、アイ＝ファは「うむ」と歩を進めた。スン家で血抜きの手ほどきをしたのはスドラの家であったので、アイ＝ファは一年ぶりの来訪であったのだ。そうして祭祀堂を迂回して歩を進めていくと、目当ての場所にはすでに数台の荷車がとめられており、人だかりができていた。

「ああ、スンの家にようこそ。お待ちしておりましたよ、ファの家のアスタ。……それに、他の皆様がたも」

見覚えのある老女が、顔をくしゃくしゃにして頭を垂れてきた。この新たな束ね役の家の、長老にあたる人物である。今ではこの家が新たなスンの本家と定められて、他の分家をまとめあげているのだった。

実際は老女というほどの年齢ではないのだろうが、髪はほとんど真っ白で、顔は皺深い。その目が、それなりの驚きをたたえてティアを見つめた。

「おや……そちらが、赤き野人でございますね……」

「赤き野人はトトスや猟犬と同様の獣と思い、それ以上の心をかける必要はない。何か問題が生じたときは、族長筋の人間に声をかけるがいい」

バードゥ＝フォウがそのように取りなすと、老女は「かしこまりました……」と目を伏せた。

「ルウ家のかまど番の方々は、すでに支度を始めておられます……こちらの方々は、皆様のお着きをお待ちしておりました」

そこで待ち受けていたのは、ダイおよびレェンの人々と、それと同乗してきたフォウとランの女衆であった。ダイの人々も早めに会場に向かうつもりだと聞いていたので、あらかじめ同乗をお願いしておいたのだ。

「どうもお疲れ様です。同乗を了承していただいて感謝しています」

「いえ。これはファの家から借り受けた荷車なのですから、文句のつけようなどあるはずもありません」

年配だが物腰の低いダイの家長が、笑顔でそのように述べてくる。そしてその人物は、バードゥ＝フォウにも目礼をしていた。フォウとダイはともに生鮮肉の販売を受け持っている氏族であったので、それなりに親交が深まっていたのだ。

そして、ダイの家長のお供として控えているのは、俺も肉の市場に向かう際に顔をあわせたことのある、ディール＝ダイである。穏やかな面立ちをしたディール＝ダイは、俺の視線に気づくと「おひさしぶりです」と頭を下げてきた。

「どうも、おひさしぶりです。ディール＝ダイも来ていたのですね」

「俺などの名前を覚えてくださっていたのですか。……はい、俺は本家の次兄であったので、家長の供として参上しました」

　そういえば、彼はかつてヴィナ＝ルウとヤミル＝レイの両方に懸想していたという、なかなかとてつもない過去を有していたのだ。ヤミル＝レイとは、こうして家長会議でスン家を訪れたときに縁を結ぶことになったのだろう。

　ともあれ、荷車三台分の人間が集結し、すでになかなかの人数である。フォウとランの女衆は、笑顔でトゥール＝ディンらと合流していた。

「ええと、これであとは、ザザの血族からも助っ人が来るんだよね？」

「はい。そろそろ到着するかと思うのですが……」

　トゥール＝ディンがそのように答えたとき、ガラゴロと荷車を引く音色が聞こえてきた。祭祀堂の陰から、手綱を握った女衆の姿が現れる。それは、ザザ本家の末妹であるスフィラ＝ザザであった。

「トゥール＝ディン、お待たせしました。少し遅れてしまったでしょうか？」

「い、いえ、そんなことはありません。本日は、どうぞよろしくお願いいたします」

「ええ、こちらこそ」

　スフィラ＝ザザが答えている間に、荷車から他の女衆がぞろぞろと降りてきた。ドム、ジーン、ハヴィラ、ダナ――そして客分であるモルン＝ルティムを加えた、ザザの血族の精鋭部隊である。俺たちの姿に気づいたモルン＝ルティムは、遠くのほうからにこりと微笑みかけてきた。

フォウ、ラン、スドラ、リッドの四名も加えて、これがトゥール＝ディンの指揮するかまど番の総勢であった。言ってみれば、ザザとフォウの血族の混成部隊である。

「あとは、スン家の女衆を半分借りることができるのですよね？　わたしたちは、まず何を為すべきでしょう？」

スフィラ＝ザザが毅然とした面持ちで尋ねると、スン家の老女が恭しげに頭を垂れながら手を差しのべた。

「それでは、皆様にお貸しするかまどへご案内いたします。女衆は、そちらに控えておりますので……」

トゥール＝ディンはきゅっと表情を引き締めながら、俺に一礼してきた。

「それじゃあ、わたしたちは仕事に取りかかります。アスタとアイ＝ファも、どうぞ頑張ってください」

「うん。時間があったら、あとで様子を見にいくよ」

トゥール＝ディンはアイ＝ファからギルルの手綱を受け取って、他の女衆とともに立ち去っていった。その荷車に、シャスカを始めとする数々の食材が積み込まれているのだ。

トゥール＝ディンの話によると、ハヴィラやダナの女衆というのはまだまだ見習いの状態であるらしい。しかし、北の集落のかまど番たちはだいぶん力をつけてきているし、ユン＝スドラたちは言わずもがなであるので、これならばきちんと仕事を果たせるはずだとの話であった。

そうして、残された俺たちはどうするべきであろうかと考えあぐねていると、ダイの家長の陰から小さな人影が出現した。

「みなさまは、どうされますか？　会議の始まりまでおくつろぎになられるのなら、その準備をいたします」

それは、リミ＝ルウと同じぐらいの年頃をした男の子であった。男衆はギバ狩りで、女衆はかまど仕事であるから、スン家でも手が空いているのは老人と幼子しか残されていないのだ。

「俺はかまど仕事をしているルウ家の人たちに挨拶させてもらおうかな。みなさんはどうしますか？」

「俺はダイの家長と、肉の市についての話をまとめておこうと思う。俺たちの語る言葉に、おかしな食い違いがあってはならないからな」

ということで、フォウとダイの血族たる十名の男衆は、幼子の案内でスンの分家の家屋に姿を隠した。そののちに、幼子は俺たちを裏手のかまど小屋へと導いてくれる。幼子は赤き野人たるティアに対してちらちらと視線を向けていたが、何も言及しようとはしなかった。

かまど小屋の窓からは、早くも白い煙があがっている。「失礼します」と幼子が戸板を開けると、「あーっ！」という元気いっぱいの声が飛び出してきた。

「アイ＝ファにアスタ！　それに、ティアも！　もう来たんだね！」

言葉の内容から察せられる通り、それはリミ＝ルウであった。リミ＝ルウは他のかまど番の間をすいすいと通りすぎて、かまど小屋の外にまで出てくると、まずはアイ＝ファに「わーい」と抱きついた。

「アイ＝ファたちは、家長会議が始まるまで来ないのかと思ってた！　えへへ、嬉しいなあ」

「うむ。今日はリミ＝ルウたちの料理を楽しみにしているぞ」

アイ＝ファは優しげに目を細めつつ、リミ＝ルウの赤茶けた髪を撫でた。

アイ＝ファの温もりを存分に満喫してから、リミ＝ルウはぐりんとティアに向きなおる。

「香草を使った料理もあるから、ティアも楽しみにしててね！　ぜーったい美味しいから！」

「わかった。楽しみにしておこう」

ティアも、にこにこと微笑んでいた。ティアの側は向けられた感情をそのまま受け止めるので、無邪気なリミ＝ルウとはすっかり仲良しなのである。

ちなみにリミ＝ルウはこの無邪気な振る舞いについて、ジザ＝ルウから「不適切なのではないか？」とたしなめられたそうであるが、けっきょく態度を改めることはなかった。

「だって、ティアのことはトトスとか猟犬とかとおんなじ風に扱っていいんでしょ？　だからリミは、そうしてるんだよ！」

リミ＝ルウは、天真爛漫な笑顔でそのように応じていたらしい。それでジザ＝ルウも、言葉を重ねることができなくなってしまったのだろう。実際にリミ＝ルウは、相手がトトスであろうと猟犬であろうと、等しく人間のように扱っていたのである。

「アスタにアイ＝ファ、お疲れ様です。わざわざ挨拶に出向いてくれたのですか？」

と、レイナ＝ルウも顔を覗かせてくれた。こちらのかまど小屋では、八名ばかりの女衆が働いているようだ。顔ぶれは、ルウの血族が五名で、スンの女衆が三名だそうで、俺の姿に気づくと全員が笑顔で挨拶をしてくれた。

「残りの半分は隣の家のかまど小屋を使っており、そちらはシーラ＝ルウが取り仕切っています」

「なるほど。作業は滞りなく進められてるみたいだね」

混成部隊を率いているトゥール＝ディンよりも、ルウの血族で固められたこちらのほうが、苦労は少なかったことだろう。それに、レイナ＝ルウとシーラ＝ルウのツートップが存在するというのは、かなりの強みであるに違いない。

「そういえば、男衆はまだ来ていないのかな？　表には、けっこうな数の荷車が見えたんだけど」

「はい。ルウとルティムとレイ、それにリリンは、すでに来ていますよ。ドンダ父さんとガズラン＝ルティムは、スンの家長と語らっていると思います」

そのように述べてから、レイナ＝ルウはくすりと笑った。

「ダルム兄とラウ＝レイとシュミラルは、きっとあちらのかまど小屋でしょうね。あちらには、シーラ＝ルウとヤミル＝レイとヴィナ姉がそろっていますので」

「なるほど。それは納得の顔ぶれだね」

ラウ＝レイは自身が家長であり、ダルム＝ルウは家長のお供、そしてシュミラルは余所の地から森辺の家人となった身として挨拶をさせられるのである。

「おお！　誰かと思えば、アスタにアイ＝ファではないか！　お前さんたちも来ておったのだな！」

　いきなりの大声にびっくりして振り返ると、そこにはダン＝ルティムとギラン＝リリンが立ちはだかっていた。

「あ、あれ？　ダン＝ルティムも来ていたのですか」

「何を言っておる！　俺は家長の座から退いた身だが、家長会議で挨拶をせずに済ませるわけにもいかんではないか！」

　ガハハと笑うダン＝ルティムのかたわらで、ギラン＝リリンが補足してくれた。

「生命がある内に家長を引き継がせた場合、最初の年は前の家長が供となるのが森辺の習わしなのだ。ダン＝ルティムがこのように元気な姿を見せたら、どうして家長の座を譲ったのかと不思議がられてしまいそうなところだがな」

「ガズランがどれだけ賢い人間であるかが知れれば、誰も不思議には思うまい！　あいつならば、俺よりもいっそう正しくルティムの家を導いてくれるはずだからな！」

　何にせよ、ダン＝ルティムとガズラン＝ルティムの両方が顔をそろえているというのは、心強い話であった。

　それに、俺と似たような境遇であるシュミラルも、家長会議に同席してくれるのだ。あらためて、俺は昨年との差異を思い知らされることになった。

（それに、ルウの血族の他にも、ファの家を後押ししてくれる氏族はたくさんいる。俺たちは、きっと大丈夫だ）

そんな風に考えながら、俺はアイ＝ファのほうを振り返った。

アイ＝ファはとても静かな眼差しで、ダン＝ルティムとギラン＝リリンの笑顔を見比べていた。

2

それから一刻と少しぐらいの時間が過ぎると、各氏族の家長たちが続々と集結した。

俺とアイ＝ファはバードゥ＝フォウらと一緒に祭祀堂へと足を踏み入れて、敷物の上に腰を下ろす。一年ぶりの、祭祀堂である。四方に出入り口があり、そこの帳はいずれも大きく開かれていたものの、屋内はずいぶんと薄暗い。しかし、内部の様相を見て取るのに不自由なほどではなかった。

上座には、古びた木材で組み上げられた祭壇が設えられている。そこに高々と掲げられているのは、巨大なギバの頭骨である。おそらくは、以前にアイ＝ファたちが仕留めた森の主と同じぐらいの巨大さであろう。その祭壇と向き合う格好で、すでに七十名を数えようかという狩人たちが静かに座していた。

三十七にも及ぶ氏族の家長たちと、そのお供の狩人たちである。

ルウとその眷族、ルティム、レイ、ミン、マァム、ムファ、リリン。

ザザとその眷族、ドム、ジーン、ハヴィラ、ダナ、ディン、リッド。

サウティとその眷族、ヴェラ、ドーン、フェイ、ダダ、タムル。

フォウとその眷族、ラン、スドラ。

ラッツとその眷族、ミーム、アウロ。

ラヴィッツとその眷族、ナハム、ヴィン。

ベイムとその眷族、ダゴラ。

ガズとその眷族、マトゥア。

ダイとその眷族、レェン。

そして、眷族を持たないスンとファを加えて、三十七氏族だ。

前回の家長会議では、四つもの氏が絶えたのだという旨が告げられていたが、本年はそういった変事を迎えることなく、すべての氏族が顔をそろえることができていた。ただし、家人が増えすぎたために新たな氏を立てて家を分けたという報告もない。森辺においては、ザザの家からジーンが分かたれて以降、もう数十年にもわたって氏は減る一方であるという話であったのだった。

それにしても、これだけの狩人が一堂に会するというのは壮観である。祭祀堂というのはもともと天井が高い上に竪穴式の造りであるために、これだけの人数が集結してもそれほど圧迫感はない。ただ、その広々とした空間に、狩人たちの有する猛烈な生命力みたいなものが満ちみちているように感じられた。

それにやっぱり、誰もが少なからず張り詰めた面持ちで会の開始を待ちかまえているように見受けられる。楽しげに談笑しているのは、ごく一部の陽気な狩人たち――ダン＝ルティムやラウ＝レイやラッド＝リッドぐらいのもので、大半の人々は黙然と座しているばかりであった。

（だけどやっぱり、みんな肝が据わってるよな。ティアの姿が目に入っても、顔色ひとつ変えようとしないし）

俺がそんな風に考えていると、ずっと静かにしていたティアがこらえかねたように口を寄せてきた。

「この場に集まった狩人は、みんなかなりの手練れであるようだな。ティアは背中がぞくぞくとしてきたぞ」

「うん。それはまあ、各氏族の家長とそのお供に選ばれた狩人たちだからね」

こうして家長が家を離れる際は跡継ぎの長兄が家を守るという習わしであったので、お供に選ばれるのはおおよそ本家の次兄なのではないかと思われた。ただし、家長が未婚であったり、子供がまだ狩人ならぬ年齢であった場合は、家長に近しい分家の長などが選出されるのだろう。ラウ＝レイのお供は叔父であるという話であったし、ライエルファム＝スドラのお供は分家の長であるチム＝スドラであった。

それに、サウティでは今回も長老のモガ＝サウティが姿を見せている。ダリ＝サウティの子はまだ幼いとはいえ、狩人ならぬ人間をお供としているのはサウティとファぐらいであるようだった。

なおかつ、その場にはお供とは別枠で来訪した人間が三名いた。それぞれの事情で連れ出されたティアとシュミラル、そしてレム＝ドムである。女衆の身でありながら見習いの狩人として働くことになったレム＝ドムもまた、顔見せをする必要に迫られたのだそうだ。

いまだ自分の手でギバにとどめを刺したことのないシュミラルとレム＝ドムは狩人の衣も纏わぬままに、ただ座している。狩りの際には借り物のマントを纏うようであるのだが、それをこういう場で纏うことは禁じられているのだという話であった。

そうして重苦しい静寂の中で待つ内に、いよいよ森辺の三族長が入室する。三族長が祭壇の前に腰を下ろすと、そのお供である三名が進み出て、それぞれの家長のななめ後方に座した。ダルム＝ルウとモガ＝サウティ、そしてザザ家の若い狩人だ。

「これで全員、集まったようだな。それでは、家長会議を始めようと思う」

ゆったりとした声音で宣言したのは、ダリ＝サウティであった。若年なれども、どっしりとした大樹のような風格を有する狩人だ。迫力の塊であるドンダ＝ルウやグラフ＝ザザと並んでも、まったく見劣りすることはない。森の主から負った深手もすっかり完治して、いよいよ力の盛りといった貫禄であった。

「ルウ、ザザ、サウティの三家が新たな族長筋と定められてから、これが初めての家長会議となる。混乱を避けるために、取り仕切り役は毎年一人ずつが交代で受け持つことにした。今回の取り仕切り役は俺となったが、異論のある者はいるだろうか？」

すると、最前列に陣取っていたジーンの家長が挙手をした。背丈はほどほどであるが、ものすごく幅と厚みのある体格をした、壮年の狩人である。

「異論があるわけではない。しかし、ダリ＝サウティが選ばれた理由があるなら、聞かせてもらいたい」

「ああ。俺はこの中で一番の若年であるし、血族の数も少ないからな。本来であれば、ドンダ＝ルウかグラフ＝ザザにその座を譲りたいところであったのだが……知っての通り、今日の会議ではファの家の行いの是非が問われる。ならば、これまで中立の立場を取ってきたサウティの長である俺が取り仕切るべきだろうという話に落ち着いたのだ」

ジーンの家長は重々しくうなずきながら、「了承した」と述べた。

ダリ＝サウティは落ち着いた笑みを浮かべつつ、その場に集まった家長たちを見回していく。

「では、会議に先立って、簡単な報告を済ませておくことにしよう。ここ最近では変事が生じるたびに、トトスと荷車を使ってすべての氏族に話を回していたので、おおよそはすでに知れ渡った話になってしまうことだろうが……まず、ルティムとヴェラでは家長が交代することになったので、その挨拶をしてもらいたい」

「うむ！　俺はギバ狩りの最中に深手を負って、しばらく休むことになってしまってな！　それを機に、長兄のガズランに家長の座を受け渡すことになったのだ！」

元気いっぱいの声で言いながら、ダン＝ルティムが立ち上がる。それを追いかけるようにして腰を上げたガズラン＝ルティムは、普段通りの穏やかな表情で一礼した。

「見ての通り、俺も今ではすっかり回復して、狩人の仕事に励んでいるがな！　家長会議に顔を出すのは、これが最後となろう！　今後はガズランをルティムの長として、よろしく頼むぞ！」

「いまだ父ダンには及ばぬ身ですが、ルティムの家長として皆とともに森辺の行く末を担っていきたく思います」

その言葉を聞く他の家長たちは、それぞれ厳粛な面持ちで目礼を返していた。

そうしてルティムの両名が腰を下ろすと、今度はヴェラの家長と先代家長が立ち上がる。こちらの先代家長は杖を使わなければ歩けないような状態であったため、その息子である家長が横から手を貸していた。

「残念ながら、俺は狩人としての力を失ってしまったために、家長の座から退くことになった。すでに皆も知らされている通り、サウティの狩場に現れた森の主に、腰をやられてしまったのだ。今後は俺の息子をヴェラの家長として、よろしく頼みたい」

ヴェラの両名も、年齢はルティムの親子とさして変わらないぐらいに見えた。生命を落とすことも珍しくはない森辺の狩人にとって、生命ある内に我が子へと家長の座を託すことができるのはまだしも幸福なことなのだろう。ヴェラの先代家長も痛々しい姿をさらしつつ、ダン＝ルティムに劣らず清々しげな表情をしているように感じられた。

「ルティムとヴェラの新たな家長に、あらためて祝福を捧げたい。……そして次の報告だが、フォウとスドラが血の縁を結ぶことになったそうだな」

ダリ＝サウティの言葉を受けて、今度はバードゥ＝フォウとライエルファム＝スドラが立ち上がった。

「親筋はフォウであり、スドラはフォウの眷族となる。それで間違いはないな、フォウの家長よ？」

「うむ。スドラとは近々、もう二つの婚儀を挙げる予定となっている。この先も力をあわせて、狩人としてのつとめを果たしていくつもりだ」

「心から祝福させてもらおう。……そういえば、森辺に変事が生じた際、すべての氏族にすみやかに触れを回すべしという話を俺たちに提案したのは、フォウやスドラの家であったな」

「いや。それを最初に言い出したのは、ライエルファム＝スドラだ。俺はその言葉を正しいものだと感じたので、他の氏族にも話を回して、族長たちのもとに駆けつけることになっただけのことだ」

バードゥ＝フォウは穏やかな声で言い、ライエルファム＝スドラは仏頂面をしていた。そんな両者の姿を、ダリ＝サウティは微笑を浮かべつつ見比べている。

「フォウの家長は三族長の集まりにも加わっているので、俺にとってもよく見知った相手だ。そして、スドラの家長がどれだけ明敏で思慮深い人間であるかは、その口からさんざん聞かされている。そんなフォウとスドラが血の縁を結んだというのは、心強いことだな」

「……バードゥ＝フォウは、俺のことを買いかぶっているのだ。俺など、そんなたいそうな人間ではない」

「しかしスドラの家長は、六氏族で行った力比べでも二度続けて勇者となっているのだろう？　明敏なだけでなく狩人としてもそれほどの力を有しているというのは、大したものだ」

そうしてライエルファム＝スドラをいっそう苦々しげな顔にさせてから、ダリ＝サウティは両名に着席をうながした。

「そしてもうひと組、血の縁を交わした氏族がある。ラヴィッツの家長とヴィンの家長も、挨拶を願いたい」

遠くのほうで、二つの人影が立ち上がった。しかしその片方は、この距離でも見間違えることのない独特の風貌をした人物であった。ダン＝ルティムと同じく禿頭で、さらに髭も眉毛もない、ラヴィッツの家長デイ＝ラヴィッツである。

「そちらはラヴィッツを親筋として、ヴィンが眷族となるそうだな。ヴィンもスドラと同じく滅びに瀕していたという話であったので、それが救われたことを祝福しよう」

「ふん。ヴィン家を疎んでいたスン家が力を失ったので、ようやく血の縁を結ぶことがかなったのだ。そうでなければ、ヴィン家もこの家長会議の前に滅びを迎えていたことだろう」

そのように述べながら、デイ＝ラヴィッツは光の強い目でスンの新たな家長をにらみつけた。

「それとも、スン家はいまだにヴィン家を疎んでいるのかな？　そのときは、親筋の家長として俺が相手をするしかなかろう」

「ヴィン家を疎んでいたのは、先代家長のズーロ＝スンだ。もちろん今のスン家は、ヴィン家に悪心など持ってはいない」

「ふん。それが本心なら、幸いだ」

それだけ言い捨てると、デイ＝ラヴィッツはさっさと着席してしまった。どうやらせっかちな性分は相変わらずのようである。彼は調理や血抜きの手ほどきをされていた際も、俺やアイ＝ファにさんざん憎まれ口を叩いていたのだった。

「この一年で新たな血の縁を結んだ氏族は、以上だな。次は……ドムの家長に、話を願おうか」

ギバの頭骨をかぶった大男、ディック＝ドムがのそりと立ち上がり、レム＝ドムはしなやかな挙動でそれに続いた。

「ドムの家では、女衆であるレム＝ドムに見習いの狩人として働くことを許した。見習いの狩人は二年をかけてその力を示すべしという習わしがあるので、その二年でレム＝ドムの力を見極めようと考えている」

妹の身であるレム＝ドムに氏をつけて呼んでいるのは、これが公式の場であるためなのだろう。ダン＝ルティムとは対照的な振る舞いだ。ダリ＝サウティはきわめて印象的な風貌をしたドムの兄妹の姿を見比べながら、「ふむ」と下顎を撫でた。

「確かにファの家長アイ＝ファによって、女衆でも優れた力を持つ狩人が存在するということは証しだてられた。しかし。森辺の習わしを重んじる北の一族からそのような話が持ち上がり、俺たちはたいそう驚かされたものだぞ」

ダリ＝サウティが楽しげにも聞こえる声でそう述べると、ディック＝ドムはギバの頭骨の下で黒い瞳を光らせた。

「すべての女衆にファの家長アイ＝ファと同じような力が備わっているなどとは、俺も考えてはいない。このレム＝ドムが狩人に相応しい人間であるか否かは、俺がドムの家長として厳しく見極めたいと願っている」

「……もしもこの二年間で力を示すことができなかったら、わたしも女衆としてのつとめを果たすわ。家長ディックはわたしが狩人になることなんてこれっぽっちも望んではいなかったのだから、誰よりも厳しい目でわたしの行いを見守ってくれるはずよ」

まったく物怖じもしていない口調で述べてから、レム＝ドムはにっと唇を吊り上げた。

「それでもし、どこかの女衆が狩人になりたいなどと言い出したら、わたしのもとに寄こすことね。アイ＝ファがそうしてくれたように、今度はわたしがその女衆の力を見てあげるわ」

「……見習い狩人の分際で何をほざいているのだ、お前は」

ディック＝ドムが底光りする目でねめつけると、レム＝ドムはいっそう愉快げな顔つきをした。

「だって、わたしよりも力のある女衆だったら、見習いの狩人になる資格はあるっていうことでしょう？　そんな女衆がいるのだったら、お目にかかりたいところよね」

「今のところ、レム＝ドムに挑みたいと願う女衆は現れていないようだ。ドムの家長には、正しく家人を導いてほしいと思う」

ダリ＝サウティが苦笑まじりの声をあげると、ドム家の兄妹はそれぞれ腰を下ろした。

「そして次は、リリンの家のシュミラルだな。シュミラルは、ルウ本家の長姉との婚儀を願い、森辺の家人となることが認められた。それも以前に伝えられた通りだ」

シュミラルとギラン＝リリンが立ち上がった。シュミラルは無言で頭を垂れ、ギラン＝リリンはのんびりとした笑みをたたえている。

「シュミラルはリリンの家人となったが、いまだ氏は与えられていない。シュミラルが森辺の民に相応しい人間であると認められたときに、リリンの氏が与えられて、ルウの家との婚儀も認められるだろう。……もっとも、ルウ本家の長姉たるヴィナ＝ルウがその話を受けるかどうかはまた別の話であろうがな」

「はい。まずは、リリンの氏、いただけるように、力、尽くしたいと思います」

各氏族の家長たちは、静かにシュミラルの姿を見守っていた。これといって非難がましい視線は感じられないので、俺はほっと胸を撫でおろす。シュミラルが自分の想いを果たすために神と故郷を捨てた件や、猟犬の存在を森辺にもたらしたという件も、すべての氏族に余すところなく伝えられているはずであった。

「シュミラルもまだ一人前の狩人とは認められていないそうだが、猟犬の扱いに関しては誰よりも長けているという話だったな」

ダリ＝サウティの問いかけに、ギラン＝リリンは「うむ」とうなずいた。

「シュミラルに狩人の衣が与えられていないのは、その手でとどめを刺す機会がなかったためだ。しかし、シュミラルが扱う猟犬の力で、リリンの家はこれまで以上の収獲をあげることができている。ある意味では、俺よりも優れた狩人であると言えるぐらいだろう」

「ふむ。それでも、リリンの氏を与えるには及ばないという判断なのか？」

「ああ。俺が見ているのは狩人としての力ではなく、その心のありようだ。シュミラルは本当に同胞として迎えるべき存在であるかどうか、それを見届けようと思っている」

そのように述べてから、ギラン＝リリンは目もとの笑い皺を深めた。

「そうしてシュミラルをリリンの家に迎えてから、間もなく半年が経とうとしている。ドムの家長に負けないぐらい、俺は厳しい目でシュミラルを見守っているつもりだが……そろそろ結論を出してもいい頃かと考えているぞ」

「そうか。それはリリンやルウの家が決めることであるので、余所の氏族の人間が口をはさむ必要はないだろう。……しかしそのシュミラルは、森辺の民として生きながら、商団というものの仕事を続けるつもりであるという話だったな」

「うむ。ひとたびジェノスを離れれば、半年ほどは戻れぬそうだ。一年を森辺で過ごしたら、半年は旅に出る。そういう生活の繰り返しになるという話であったな」

そこで初めて、家長たちがいくぶんざわめいた。その話も伝達はされているはずであるが、あらためてその特異性を取り沙汰しているのだろう。

「それはずいぶんと、森辺の習わしにそぐわない話であると言えるだろう。……しかしシュミラルはそれでも他の狩人に劣らぬ収獲をあげるために、猟犬というものを連れてきたのだという話だったな」

「ああ。実際その力は、とてつもないものであっただろう。それはシュミラル本人のみならず、すべての氏族に力を与える行いであったのだからな」

ギラン＝リリンは楽しげに目を細めながら、家長たちの姿を見回した。

「その力がどれほどのものであったかは、すでに皆も知っている通りだ。シュミラルが森辺にもたらした力は、あまりにも大きい。……しかしそれでもなお、俺とドンダ＝ルウはシュミラルが同胞に相応しい人間であるかどうかを厳しく見極めようと考えている。その上で、俺たちがシュミラルを同胞として迎え入れたなら……どうか皆も、心から祝福してやってほしい」

　シュミラルは、再び深々と頭を垂れた。ざわめきはやんで、異論を唱える人間もいない。ダリ＝サウティは大きくうなずきながら、両名に着席をうながした。

「リリンの家長とドンダ＝ルウがどのような決断を下すのか、そのときが訪れるのを楽しみに待たせてもらおう。では……最後に、赤き野人に関してだな」

　アイ＝ファがティアをうながしつつ、立ち上がった。家長たちは、これまで以上に鋭い目つきでその姿を振り返る。やっぱりこれは、レム＝ドムやシュミラルよりも一段重い案件であるのだ。

「緑の月に、フォウの人間が森辺で赤き野人を拾うことになった。赤き野人はモルガの山でマダラマの大蛇と争っている内にラントの川に落ちて、森辺にまで流れつくことになったと……そういう話であるそうだな」

「うむ。こやつは自らの意思で山を下りたわけではないし、また、それはかつて王都の兵士たちが山と森の境にまで足を踏み入れて、赤き野人の警戒心をかきたてたという影響もあっての行いだった。それゆえに、傷が癒えるまでは森辺の集落に留まることを許し、そののちにモルガの山に帰すことになったのだと、私は聞いている」

「ああ。そのように決めたのは、他ならぬ俺たちだ。ファの家には、余計な苦労をかけることになってしまったな。本来であれば、族長筋の氏族が身柄を預かるべきなのだろうと思うぞ」

「……べつだん族長たちに責任のある話ではないし、運が悪かったと思うしかないのだろう」

アイ＝ファは凛然とした面持ちで、そのように答えていた。まさかこのアイ＝ファが当初は駄々っ子のようにそれを嫌がっていたなどとは、誰も思わないことだろう。

そのかたわらで、ティアは気負うことなく背筋をのばしている。髪と肌は不思議な赤レンガ色に染めあげられており、頬と手の甲と足の甲には奇妙な紋様の刻みつけられた、きわめて印象的な姿だ。十二歳という年齢よりも幼く見えて、右足は包帯でぐるぐる巻きにされているものの、その小さな身体からは野生の精気ともいうべき生命力があふれかえっている。

「しかし、ファの家に居座りたいというのは、赤き野人の勝手な言い分なのだろう？　ファの家が迷惑だと考えているのならば、無理にそれを聞き入れる必要はないように思うのだが」

そのように発言したのは、俺にはあまり馴染みのないガズの家長である。ガズの家長はうろんげに眉をひそめながら、ティアの姿をねめつけていた。

「そやつはアスタへの罪を贖いたいと言い張っているそうだが、そもそもそのような罪を犯したのも野人のほうだ。ファの家に非のある話でもないのに、どうしてそのような言い分に従うことになったのだ？」

「それは、赤き野人の気持ちをねじ伏せるのが忍びなかったためであるそうだな」

ダリ＝サウティがうながすと、アイ＝ファは「うむ」とうなずいた。

「むろん、我々がその申し出を断ることもできただろう。私とて、最初は不本意に思っていたし、今でもそれを喜ばしく思っているわけではない。……ただ、こやつにとってはそれもまた軽んじることのできない掟であるという話であったので、やむなく承諾することになったのだ」

「それでも、ファの家が苦労を背負ういわれはないように思う。二人の家人しかないファの家では、そやつを預かるのも大きな苦労であろう？」

「苦労が小さいとは言わん。しかし、こやつが抱える苦しみに比べれば、まだしも苦労は小さいのだろうと思ったまでだ」

　あくまでも静かな声音で、アイ＝ファはそう言った。

「こやつはアスタと引き離されるぐらいであれば、すぐにでも魂を返したほうが楽だとまで言っていたからな。そこまでの言葉を聞かされては、無下に追い出すこともできん。これも森の導きなのだと思うしかあるまい」

「そうか。アイ＝ファたちが納得しているのならば、それでかまわんのだ」

　ガズの家長はそう言って、口を閉ざすことになった。ガズの家はファの家とも縁が深いので、きっと俺たちが迷惑をしているのではないかと慮ってくれたのだろう。

「いらぬ苦労を担ってくれたアイ＝ファとアスタには感謝している。……では、赤き野人の扱いについて、もうひとたび確認しておきたい」

　ダリ＝サウティが、口調をあらためてそのように述べたてた。

「ジェノスの法によって、赤き野人を人間と見なすことは禁じられている。四大神ならぬ神を崇める赤き野人は、決して王国の民とは相容れぬ存在であるそうだ。……よって、西方神の洗礼を受けた俺たちも、赤き野人を友や同胞として扱うことは許されない。そやつは人間の言葉を解するが、あくまで野の獣として扱わなければならないのだ」

反問する者はいない。

ダリ＝サウティはひとつうなずいてから、さらに続けた。

「ただし、ジェノスの領主マルスタインも、俺たちの決定に異を唱えることはなかった。友や同胞と見なすことは許されないが、敵として見なす必要もないという話であったのだ。こやつが森辺の掟や王国の法を犯さない限り、むやみに害する理由はない。各自、そのように心に留めてくれ」

やはり、反問する者はいない。

ダリ＝サウティは満足そうにうなずいてから、またアイ＝ファのほうに視線を戻した。

「それで、そやつの傷が癒えるのに百日ほどの日が必要であるという話であったな？」

「うむ。すでに半月ほどが過ぎているので、残りは三ヶ月ほどだ。折れた骨が繋がって、もとの力を取り戻すまでに、それだけの日が必要であるらしい」

「足の傷は、厄介だからな。こればかりは、時が満ちるのを待つしかないだろう。……では、他に何か不明なことはあるだろうか？」

家長たちは、無言である。すると、当のティアが「いいだろうか？」と声をあげた。

「うむ？　お前には、べつだん言葉を求めてはいないぞ」

「それでも、少しだけ語らせてほしい。ティアは森辺の民に、深く感謝している」

そう言って、ティアはぺこりと頭を下げた。

家長たちはややざわめきながら、その小さな姿を見守っている。

「モルガの山を離れてしまったティアは、魂を返すしかないと考えていた。そんなティアに温情を与えてくれた森辺の民に、ティアは心から感謝している。だから、森辺の民の言いつけには決して逆らわないと、ここでもう一度誓いたい」

「うむ。俺たちはその言葉を信じたからこそ、お前が森辺に留まることを許したのだ。お前はお前の誇りに懸けて、正しく生きるがいい」

「必ず、そうしてみせよう。そして、アスタのもとに留まることを許してくれたことにも、深く感謝している。アスタの身に災厄が近づいたときは、ティアがこの生命を使って守ってみせる。だからこれからも、アスタのそばにあることを許してほしい」

そうしてティアは、その小さな顔いっぱいに無邪気な笑みをひろげた。

「あと、ティアは森辺の民のことを、とても好ましく思っている。外界の人間はみんな魂が腐っていると聞いていたのに、それは間違いであるということがわかった。赤き民と外界の人間は、決して友にも同胞にもなれはしないが……それでもティアは森辺の民と出会えたことを、とても嬉しく思っている」

これまでとはちょっと毛色の異なるざわめきがあがった。この薄暗がりでも、ティアの無邪気な笑顔と純真なる眼差しが届いたのだろう。ダリ＝サウティも、つられたように微笑を浮かべていた。

「では、赤き野人についてはここまでだな。同胞ならぬお前は、しばらく別の場所で控えていてもらおう」

「うむ。アスタのそばから離れるのは苦しいが、ティアは森辺の族長の言葉に従う」

　すると、レム＝ドムが立ち上がった。

「それじゃあ、しばらくはわたしが野人を預かろうかしら？　わたしも会議の間は外に出ていろと、意地悪な家長に言いつけられてしまっているのよ」

「そうか。ならば、レム＝ドムに預けよう。スン家の幼子や老人たちにとっても、そのほうが心強いだろうからな」

　ティアは俺とアイ＝ファに笑いかけてから、レム＝ドムとともに祭祀堂を出ていった。それを追いかけるように、シュミラルも一礼してから退室していく。会議の公平を期すために、お供でない人間は同席を禁じられているのだろう。それらの姿が完全に見えなくなってから、ダリ＝サウティは「さて」と声をあげた。

「ここまでは、すでに通達されている話の再確認に過ぎなかった。是非を問わねばならない議題について、存分に話し合うこととしよう」

　まだいくぶんざわめいていた人々が、それでぴたりと押し黙った。ここからが、家長会議の本番であるのだ。俺はアイ＝ファと目を見交わして、どくどくと高鳴る心臓の辺りに手を置きながら、ダリ＝サウティの次なる言葉を待ち受けた。

3

「……この一年で、森辺の生活は大きく変転することになった。それはもう、この場にいる全員がわきまえていることだろう」

静まりかえった祭祀堂に、ダリ＝サウティのゆったりとした声が響きわたる。

「ファの家の家人アスタを同胞として迎えたことにより、俺たちは美味なる食事というものを知ることになった。そしてファの家はルウの家や近在の氏族と手をたずさえて、宿場町で商売をするようになった。その間に俺たちは、悪逆なる大罪人であったザッツ＝スンとサイクレウスの罪を暴き、ジェノスの貴族たちと新たな縁を紡ぐことになり……今では、ギバの料理を作るために城下町まで招かれるようになっている。一年前の俺たちにとっては、まったく想像することもできなかったぐらいの変転と言えるだろう」

「………………」

「またそれ以外にも、貴族の開く祝宴に客人として招かれたり、闘技会という力比べの場に招かれたり……あるいは、ルウ家で行った親睦の祝宴というものに町の人間を招いたりと、数えあげたら際限がないほどだな。それについ先日には宿場町において交流会というものが開かれて、フォウとザザの血族およびファの人間が客人として招かれたと聞く。そちらでも、宿場町の民と大いに絆を深めることになったという話だ」

「…………」

「まず最初に言っておく。モルガの森辺を故郷と定めた以上、俺たちは西の王国の版図で暮らす、西の民だ。西方神セルヴァを己の神としない限り、この地に留まることは許されない。それゆえに、俺たちは西方神の正しき子となるために洗礼の儀式というものを受けることになった。この行いに異を唱える氏族が存在しなかったことを、俺は心から喜ばしく思っている」

そう言って、ダリ＝サウティは家長たちの姿を見回した。家長たちは、いずれも真剣な面持ちでダリ＝サウティの視線を受け止めている。真面目な会議を苦手とするダン＝ルティムでも、茶々を入れようとはしなかった。

「かつての族長ザッツ＝スンは、西の民を同胞とすることをよしとしなかった。その運命から逃れるために、数々の掟や法を破り、大罪を犯すことになったのだ。それはサイクレウスという大罪人と縁を結んでしまったゆえなのだろうが……俺たちは、その罪を贖わなければならない立場にある。また、サイクレウスの罪を見抜くことのできなかったジェノスの領主マルスタインも、同じ気持ちで罪を贖おうとしてくれている。おたがいがそのように考えたからこそ、俺たちはこうして西の民と手を取り合うことがかなったのだろう」

「…………」

「よって、西の民と絆を深めることのできている今の状況は、正しいものだと断ずることができる。そうして絆を深めた上で、西の民は同胞に値しない存在だと見なせば、このモルガの森を捨てる他あるまいが……ともあれ、相手のことを知らぬ内は、そのような決断を下せるわけもない。このモルガの森はジェノスの一部であり、ジェノスはセルヴァの一部であるのだから、俺たちはセルヴァを故郷と思えるかどうか、それを見定めなければならないのだ」

そこまで述べてから、ダリ＝サウティはふっと口もとをほころばせた。

「幸いなことに、今のところはジェノスの人々と順調に絆を深めることができている。城下町の舞踏会(ぶとうかい)などというものに招かれたときは、俺もずいぶん窮屈(きゅうくつ)な格好をさせられたものだが……まったく愉快でないことはなかったし、それを理由に貴族を嫌(きら)うことにもなりはしなかった。ザッツ＝スンの不運は、大罪人であるサイクレウスとしか縁を結ぶ機会がなかったことであり――また、それをもって西の民のすべてを敵と見なしてしまったことなのだろうと思う」

「………」

「よって、西の民と絆を深めるという行いに関しては、今さら是非を問うまでもない。今後も機会あらば西の民との絆を深めて、我々にとってもっとも正しい道を探したいと思う。……それに異を唱える家長があらば、この場で声をあげてもらいたい」

祭祀堂は、静まりかえったままであった。

ダリ＝サウティは、満足そうに首肯(しゅこう)する。

「すべての家長の賛同を得られて、嬉しく思う。……では次に、宿場町における商売に関してだな」

ついに来た、と俺は背筋をのばすことになった。

そんな中、ダリ＝サウティの声は朗々と響きわたる。

「森辺の民とジェノスの民の架け橋となったのは、まず間違いなくファの家の行いによるものだろう。ファの家が宿場町で商売を始めたからこそ、そこに交流の礎が生まれたのだ。よって、現在の森辺の民が正しい道を進むことができているのも、ファの家の尽力あってのことと思う。……しかし、ファの家の行いの是非というものは、それだけで決められるものではない」

「…………」

「昨年の家長会議において、ファの家の行いに反対する氏族は少なくなかった。その主たる理由は、有り余る富は森辺の民を堕落させる――というものであったはずだな、グラフ＝ザザよ？」

祭壇の前に座したグラフ＝ザザは、「うむ」と短く答えた。

「スン家と血の縁を絶ち、自らが親筋となってからも、ザザ家はその言葉を違えようとはしなかった。それ以外にも、ラヴィッツとベイムを親筋とする氏族がファの家の行いには反対し、サウティはしばらく様子を見るべきだと中立の立場を取らせてもらった。本日は、その話の是非を問わせてもらおうと思う」

「…………」

「しかしその前に、ファの家が行っている商売について、いま一度確認しなければならないだろう。あれから一年が経ち、ファの家を取り巻く状況にも大きな変化が訪れたはずだからな」

そう言って、ダリ＝サウティはかたわらのドンダ＝ルウを振り返った。

「まず、ファの家が最初に始めた屋台の商売についてだが……かつてのルウ家は、それに力を添（そ）えていたに過ぎなかった。しかし今では、自分たちでもその商売を行っているという話だったな？」

「ああ。俺の娘（むすめ）と分家の女衆が束ね役となり、ファの家と同じ商売に取り組んでいる。それに、いくつかの宿屋にギバの肉と料理を売りつけるという仕事に関してもな」

「ふむ。そして、フォウとダイの家が、それとは異なるやり口で、ギバの肉を宿場町と城下町に売っているそうだな」

　ダリ＝サウティの視線を受けて、バードゥ＝フォウとダイの家長がうなずいた。

「ただしそれは、あくまでファとルウの家から受け持った仕事であると聞いたが、それで間違いはなかったか？」

「うむ。俺たちは、ファとルウの定めた取り決めに従って商売をしている。肉を売った銅貨を手にしているのではなく、その仕事を果たした代価をファやルウの家から受け取っている状態だ」

「なるほどな。ガズとラッツの家は城下町に干し肉を売っているそうだが、そちらはどうなのだろうか？」

「そちらでは、干し肉と腸詰肉（ちょうづめ）を売った銅貨を、俺たちが手にしている。ただ、城下町にそれを届けてくれるのは、ファの家だ」

　ダリ＝サウティに目を向けられたので、俺も初めて発言することになった。

「厳密に言うと、ガズやラッツから受け取った商品を、俺たちが屋台の商売のついでで宿場町まで運んでいるだけです。あとは、城下町の人間が屋台までそれを受け取りに来てくれています」

「ふむ。ただの肉と干し肉で、どうして商売のやり方が異なっているのかな？」

「干し肉と腸詰肉に関しては、まだそこまでの量を販売しているわけではないためです。生鮮肉に関しては最初からけっこうな量を販売していたために、かなりの稼ぎが生じるので、富の分配について考慮するべきではないかと考えました」

「うむ。そこのところが、俺にはよくわからなかったのだ。フォウとダイが肉を売ったのなら、その銅貨はすべて売った人間のものにするべきではないのか？」

「はい。ですが、フォウとダイも自力でその肉を準備しているわけではないのです。足りない分を、ルウやガズやラッツから買いつけた上で、それを町の人たちに売っているわけですね。そうすると、森辺と町では肉の値段が倍以上も異なるために、町で売るほうが大きな稼ぎとなってしまうのです」

　ここのところは話がややこしかったので、俺は念入りに説明してみせた。要するに、仕入れ価格と販売価格が異なるために生じる、利ざやの話である。商売人にとってはどうということもない話でも、森辺の狩人にとってはあまりに馴染みのない話題であるのだ。

「もちろんフォウやダイの家では、町で肉を売るために大きな苦労を受け持っています。余所の家から買いつけた肉を切り分けて、重さをはかり、木箱に詰めて、宿場町の市場で売るのですから、それはかなりの手間となります。でも、フォウの家に肉を売ったガズの稼ぎが赤銅貨百二十枚で、それを町で売ったフォウの稼ぎが赤銅貨三百枚だと、あまりに不公平でしょう?」

「うむ。だったらガズの家も、自分たちで町の商売をしたいと願うかもしれんな。……ああ、あくまでたとえ話なのだから、気を悪くしないでくれ」

ガズの家長は、仏頂面で頭をかいていた。

俺もそちらに笑顔(えがお)を向けてみせる。

「俺にとっては、フォウもガズも大事な同胞です。だから、どちらかが得をしてどちらかが損をするような商売にはしたくなかったのです。それに、フォウとダイの家にこの仕事をお願いしたのは、ファとルウの近在の家であったためなのですよ。たまたまファとルウの近在に住まっていただけで得をするというのは、あまりに不公平だし、森辺の習わしにもそぐわない行いでしょう?」

「ふん。まあ、俺たちの存在が軽んじられているのではないかという疑いを持つことにはなるかもしれんな。もちろん、そのようなことはありえないと信じているが」

「もちろん、違います。だからこそ、フォウとダイには一定の代価を支払(しはら)うに留めて、町での稼ぎはいったん保管することにしたのですよ」

俺の言葉に、ダリ＝サウティが「保管?」と首を傾(かし)げた。

「はい。町で肉を売った稼ぎから、フォウとダイへの代価と、肉を詰める木箱の代価、それに肉の仕入れ値を差し引いて、それ以外の銅貨はすべて保管してあります。この銅貨をどのように扱(あつか)うべきかは、この家長会議で決めていただこうという話になっていました」

「それは、どれほどの銅貨であるのかな?」

俺は懐から、帳面を取り出した。この日のために記録しておいた数字を、ついに読みあげるときが来たのだ。

「保管されている銅貨は、赤銅貨で一万七千七百四十五枚になります」

その場の空気が、一瞬だけ凍りついた。

それからすぐに、怒涛のようなざわめきが生まれる。ダリ=サウティも、愕然とした面持ちで目を見開いていた。

「今、一万七千七百四十五枚と言ったのか? 肉を売るという商売は、黄の月の終わりに始めたばかりであったはずだな?」

「はい。およそひと月半の間に八回商売をして、赤銅貨三万三千八百五十枚の売り上げとなりました。そこから必要な経費をすべて差し引いて、赤銅貨一万七千七百四十五枚の稼ぎです。ちなみに売れた肉の総量は、だいたいギバ百頭分ぐらいになると思います」

他の家長たちは、まだざわめいている。森辺で生活している人間には、「万」という単位すら馴染みが薄いはずであるのだ。なおかつ、赤銅貨は一枚で二百円ぐらいの価値であろうから――先刻にあげた純利益の数字は、三百五十四万九千円に相当するのだった。

これは確かに、驚きに値する数字であろう。そんな中、きょとんと目を丸くしていたダン=ルティムがガハハと笑い声をあげた。

「それは確かに、フォウとダイの家だけに渡すには不相応な銅貨なのであろうな! ちなみに、フォウとダイの家にはどれぐらいの銅貨を受け渡していたのだ？」

「フォウとダイへの代価は、一日に赤銅貨二十四枚です。町に下りるのは数日に一度ですが、肉の準備をするのは毎日の仕事になるので、この期間内には毎日その代価を渡しています。また、商売を始めてからはひと月半ていどしか経っていませんが、事前に肉の準備をしていた期間も含めるとおよそふた月になりますので、支払われる代価はそれぞれ赤銅貨千四百四十枚ずつということになります」

するると、バードゥ＝フォウが「ただし」と発言した。

「フォウの家で準備できた肉に関しては、その代価も受け取っている。ガズやラッツに支払われるのと同じ値で、ギバ一頭につきおよそ赤銅貨百二十枚だ」

「ふむ。しかし、ギバ百頭分ともなれば、それだけで凄まじい値段になりそうだな！　頭をひねって計算する気にもなれぬほどだ！」

その計算に関しては家人のツヴァイ＝ルティムが受け持っているし、そもそもルティムだってダイに肉を売り渡しているはずなのだが、もちろんダン＝ルティムのあずかり知るところではないのだろう。いっぽうガズラン＝ルティムのほうは、同じ内容の記された帳面を受け取っているはずであった。

「単純計算で、ギバ百頭分の肉の値段はおよそ赤銅貨一万二千枚になります。その銅貨は、肉を準備したフォウ、ダイ、ガズ、ラッツ、ルウを親筋とする十七の氏族で分けられていることになりますね」

「ううむ。それで、町においてはギバの肉が倍以上の値で売られるために、一万七千枚以上の銅貨が他に余っているということか。それは、驚くべき数字だな」

ダリ＝サウティが深々と息をつくと、「おい」という声があげられた。

「しかしさきほどから、ファの家の取り分に関する話が一度も出ていないぞ。お前たちは、その商売でどれだけの富を得ているのだ？」

俺が振り返ると、そこにはてらてらと照り輝く禿頭が見えた。言うまでもなく、デイ＝ラヴィッツである。彼はファの家の行いに、きわめて否定的であった人物であるのだ。

「今のところ、ファの家はこの商売に関しての代価は受け取っていません。ファの家にはアイ＝ファしか狩人がいないために、売るための肉を準備できるほどのゆとりがないためです」

「そうだとしても、それはファとルウの始めた商売なのだろうが？　それなのに、何の代価も受け取っていないというのか？」

「……それに関しては、俺から説明させてもらおう」

と、ここでドンダ＝ルウがひさびさに口を開いた。その青く燃える双眸が、静かに家長たちを見回していく。

「確かに町で肉を売るという商売を思いたったのはファの家で、それに力を貸したのはルウの家だ。しかし、俺たちは屋台の商売というやつで十分な富を得ていたので、この商売の稼ぎは他の氏族に受け渡すべきだと考えた。……そうだったな、アスタよ？」

「はい。俺たちはこの商売の枠組みを考えて、それをフォウとダイの家に託したのです。だから、銅貨をいただくいわれはありません」

　俺の言葉に、ドンダ＝ルウは重々しくうなずいた。

「しかし、小さき氏族の力だけでは、ふた月の間にギバ百頭分の肉を準備することはできなかった。そのために、どうしても肉が足りないときにだけ、ルウの血族がそいつを準備することになったということだ」

「はい。赤銅貨一万二千枚の内、ルウの血族が受け取った分は一番少額であるはずです」

　すると、バードゥ＝フォウが「しかし」と声をあげた。

「俺たちは、まだ自分たちだけでこの商売をやりとげているわけではない。ファとルウの助けがあって、ようよう仕事を果たすことができている状態だ。だから、このひと月半の稼ぎの中から、いくらかはファとルウの家に受け渡すべきだと思う」

「いいえ、後半はほとんどルティムの家のツヴァイ＝ルティムが受け持ってくれていたので、彼女にだけ褒賞を与えていただければ、それで十分だと思います。彼女は銅貨の管理という一番面倒な仕事を受け持ってくれたので、フォウとダイに支払われているのと同じだけの代価を渡すべきではないでしょうか」

　俺も、懸命に声を張り上げる。この場にいるすべての人々に言葉を届けるには、そうする必要があったのだ。

「それでも銅貨は一万六千枚以上余るでしょう。これは城下町から支払われる褒賞金と同じように、森辺の民の共有の資産にするべきではないかと考えています」

「……ファとルウの家は、それほどの銅貨も鼻にかけないぐらいの富を、すでに得ているということか？」

デイ＝ラヴィッツがなおも言いたててきたので、俺は「そうですね」と笑顔を返してみせた。

「ファとルウの家は、屋台の商売でだいたい一日に赤銅貨四百枚ずつを稼いでいると思います。森辺で生きていくのに、十分以上の富と言えることでしょう」

「赤銅貨四百枚か。それはそれで凄まじい稼ぎだが……しかし、万という数字を聞いた後では、それすらもちっぽけに聞こえてしまいそうだ」

そのように述べたのは、デイ＝ラヴィッツではなくダリ＝サウティであった。

そちらに向かって、俺は「でも」と言葉を重ねてみせる。

「肉を売る商売の稼ぎは、ふた月の合計ですからね。日割りにすると、赤銅貨二、三百枚ぐらいの稼ぎなのだろうと思いますよ」

「……そもそもそれは、まったくちっぽけな数字ではあるまい。ギバの角と牙と毛皮を売っても、一頭で赤銅貨二十四枚ていどにしかなりはしないのだからな」

と、ついにグラフ＝ザザまでもが口を開いた。ギバの毛皮のかぶりものの下から、黒い瞳が俺たちをねめつけてくる。

「ギバの肉が一頭で赤銅貨百二十枚、町で売ればその倍以上の値ともなれば……それは、とてつもない値だ。まさしく、有り余るほどの富と言えよう」

「うむ。そろそろその点に関して語り合うべきだろうな」

ダリ＝サウティが、気を取りなおした様子でそう言った。

「有り余る富は、森辺の民を堕落させる危険がある。ザザ、ラヴィッツ、ベイムの家を親筋とする氏族は、そのような思いでファとルウの行いに異を唱えていた。ファの家長アイ＝ファとルウの家長ドンダ＝ルウは、決して危険なことなどはないと言いたてていたが……双方(そうほう)、何かつけ加える言葉はあるか？」

「ない」と、ドンダ＝ルウはあっさり言い切った。

「前回の家長会議で語った通り、有り余る富を手にしたからといって堕落するような人間は、最初から森辺に生きる資格もない。かつてのスン家のように堕落する氏族が現れたときは、掟に従って処断すれば済む話だ」

「私も同じ気持ちだ」と、アイ＝ファもひさびさに発言した。

「つけ加えるべき言葉があるとしたら、このていどの銅貨では有り余る富などと呼ぶことはできまい、ということぐらいであろうか」

「なに？　お前はこれでもまだ稼ぎが足りないなどと言い張るつもりか？」

デイ＝ラヴィッツが、仰天(ぎょうてん)したように声をあげる。つるつるの額に皺(しわ)が寄って、まるでひょっとこのようだ。それに、グラフ＝ザザやジーンの家長なども、うろんげにアイ＝ファをねめつけていた。

「むろんそれは、肉を売る商売においての話だ。屋台で料理を売っているファとルウの家は、十分以上の富を得ていると考えている」

アイ＝ファが落ち着いた声で答えると、デイ＝ラヴィッツはいっそういきりたった。

「肉を売る商売でも、一日に赤銅貨二、三百枚は稼いでいると話したばかりではないか。ファの家長アイ＝ファよ、お前はそれだけの稼ぎがあっても、まだ満足していないというつもりか？」

「うむ。それに、アスタよ。肉を売る商売で得られる富は、もう少し多かったはずではないか？」

俺は帳面を繰りながら、「うん」と答えてみせる。

「一日に赤銅貨二、三百枚といったのは、仕入れ値と売値の差から生じる利ざやの分です。けっきょく木箱の代価以外はすべて森辺の民の富になるわけですから……このふた月で得た稼ぎは、ちょうど赤銅貨三万三千枚。六十日で割れば、赤銅貨五百五十枚ですね」

「赤銅貨五百五十枚！　わずか一日でそれだけの富を得ても満足できないなどとは、強欲に過ぎるというものだ！」

デイ＝ラヴィッツがわめきたてると、アイ＝ファは「そうだろうか？」と静かに反問した。

「それが有り余る富だと感じられるのは、ごく限られた氏族しか商売に関わっていないゆえであろう。この森辺の集落には六百名近い人間が暮らしているはずであるのだから、皆で分ければ赤銅貨一枚にも満たない富であるのだ」

「いや、しかし――！」

「もちろん、赤銅貨一枚の重みを軽んじているわけではない。赤銅貨一枚あれば、一日に食するアリアとポイタンを手にすることができるのだから、かけがえのない富であるといえよう」

凛然とした面持ちで、アイ＝ファはそのように述べたてた。

「ともあれ、私はこの富をすべての氏族と分かち合いたいと願っているのだ。よって、一日に赤銅貨五百五十枚という稼ぎが有り余る富だとはとうてい思えない。誰も飢えることのない豊かな生活を得るためには、すべての氏族の協力が必要なのだと考えている」

「なるほどな。屋台でギバの料理を売ることができるのは、アスタやルウ家のかまど番ぐらいなのであろうが……ただの肉であれば、どの氏族でも準備できるので、その富を手にすることができるということか」

感じ入ったようにダリ＝サウティが言うと、アイ＝ファは「うむ」とうなずいた。

「アスタやルウ家の女衆が屋台の商売に取り組んでいるのは、あくまでギバ肉の味を宿場町に知らしめるためであった。私たちは、最初からギバの肉を町で売ることを目的としていたのだ」

すると、ずっと静かにしていたガズラン＝ルティムが「よろしいでしょうか」と声をあげる。

「私からも、言葉を添えさせていただきたく思います。宿場町からも城下町からも、もっとたくさんのギバ肉を準備してほしいという言葉が届けられているのですが……フォウ、ダイ、ガズ、ラッツ、ルウを親筋とする血族だけでは、これ以上の肉を準備するのは難しく、それどころか、現在はファとフォウの血族が休息の期間に入ってしまったために、次の肉の市ではこれまでよりも少ない量しか売ることができない状態にあります」

「なに？　ルウの血族が力を貸してもなお、肉が足りないというのか？」

「はい。ルウの血族は屋台の商売で使う肉も準備しなければならないので、それほどのゆとりがあるわけではないのです。ギバを狩るにあたって、すべての獲物の血抜きに成功するとは限らないので、なおさらにですね」

　そう言って、ガズラン＝ルティムはにこりと微笑んだ。

「いずれルウやガズやラッツの血族が休息の期間を迎えたときには、いっそう準備できる肉には限りが生じてしまうことでしょう。肉を売る商売を続けるには、もっとたくさんの氏族の協力が不可欠であるということです」

「……確かにサウティでは肉を売るあてもないので、いまだに多くの肉を森に返している。それはどの氏族でも同じことなのだろうな」

　いまや森辺で暮らす三十七の氏族は、そのすべてが血抜きと解体の技術を身につけている。が、たとえピコの葉に漬け込んでも、ギバの肉は半月から二十日ていどしかもたない。よほど収獲量に難のある氏族でない限り、せっかくの肉も大半はムントの餌になっているはずだった。

「そして、森辺の民はいまだに有り余る富を得ているわけではないという話にも、私は賛同いたします。飢えをしのぐというだけではなく、森辺の民はこれまで以上に豊かな生活を目指すべきではないでしょうか？」

「これまで以上に豊かな生活？」

「はい。私たちは、すでにその存在に手を触れています。アリアやポイタンだけではなく、さまざまな食材を使った美味なる食事――そして、猟犬とトトスと荷車の存在です」

　じわじわと大きくなっていくざわめきの中、ガズラン＝ルティムは落ち着いた口調で言葉を重ねた。

「私たちは、ファとルウの家から借りつけた猟犬やトトスを使っています。その中で、猟犬というのはまったく数が足りていません。すべての氏族が十分な数の猟犬を手に入れれば、これまで以上に安全に、これまで以上に多くのギバを狩れるはずです。……そしてフォウの家は、自分たちでも猟犬を買いつけたいとルウ家に願い出たそうですね？」

「うむ。フォウの家はファの家のおかげで大きな富を得ることができた。その富を、もっとも正しい形でつかいたいと願っている」

「猟犬を買うには、一頭で赤銅貨六百五十枚が必要となります。牙と角と毛皮を売るだけでは、ギバ二十七頭を狩る必要がある値ですが……肉を売れば、ギバ四、五頭で済みます。しかもそれは、肉を準備しただけで得られる稼ぎですね。実際に町で売った値で考えると、ギバ二頭ていどで赤銅貨六百五十枚を得ることは可能であるのです」

ざわざわと、家長たちはいっそうざわめいていく。

そんな中で、ガズラン＝ルティムはあくまで沈着（ちんちゃく）であった。

「それだけの価値を持つギバの肉を、森に打ち捨ててムントの餌にするというのは、あまりに惜（お）しい話ではないでしょうか？　森辺の民がさらなる力をつけるためには、もっと多くの富が必要である――昨年に語られたアイ＝ファの言葉は、昨年よりもいっそう大きな意味を持ったのだと思います」

家長たちは、それぞれの血族と顔を寄せ合って言葉を交（か）わしている。

しばらくそのざわめきを見守ってから、ダリ＝サウティは「さて」と声をあげた。

「さしあたって、町での商売で得られる富については、話が出揃(でそろ)ったように思う。何か他に不明な点があれば、発言を――」

「ある。話はまだまだ中途(ちゅうと)ではないか」

ダリ＝サウティの言葉をさえぎるようにして、デイ＝ラヴィッツが声をあげた。ダリ＝サウティは苦笑(くしょう)っぽい表情を浮(う)かべつつ、そちらを振(ふ)り返る。

「では、存分に問い質(ただ)すがいい。そのための家長会議であるのだからな」

「もちろん、そうさせてもらう。こんな状態で決を取られては、誰もが猟犬(りょうけん)やトトスに目がくらむに決まっているからな」

そのように述べるデイ＝ラヴィッツは、不信感に満ちみちた眼差(まなざ)しで俺とアイ＝ファのほうをねめつけている。

俺とアイ＝ファは背筋をのばして、その言葉を拝聴(はいちょう)することにした。

4

「今まで長々と語られていたのは、町で肉を売る商売についてだ。それでは、屋台でギバの料理を売るという商売については、どのように考えているのだ？」

デイ＝ラヴィッツの言葉に、アイ＝ファは「ふむ？」と小首を傾げる。

「どのように、とはどういう意味であろうか？　ラヴィッツの家長が何を疑問に思っているのか、くわしく聞かせてもらいたい」

「ふん。お前たちは、ギバの肉の味を知らしめるために屋台の商売を始めたと言っていたであろうが。もう一年以上もその商売を続けてきたのだから、すでに役目は果たされているのではないか？」

「ふむ。屋台の商売に関してはアスタに任せているので、アスタに答えてもらおうと思う」

　アイ＝ファは力強い眼差しで、俺を見つめてきた。

　それにうなずき返してから、俺はデイ＝ラヴィッツに向きなおる。

「確かにデイ＝ラヴィッツの仰る通り、この一年間で俺たちはそれなりの役目を果たせたと思います。ただ、肉を売る商売を軌道に乗せるためには、今後も屋台の商売を続けていくべきだと考えています」

「何故だ？　もう町の人間には、ギバの味を存分に知らしめることができたはずであろうが？」

「ですが、ジェノスというのは交易の町で、人の出入りがとても激しいのです。屋台を訪れるお客さんの中には、いまだに『これが噂のギバ料理か』と感心する人も多いぐらいなのですよ」

「ふん。肉を買うのは、ジェノスの人間であろうが？　ジェノスの外からやってくる連中など関係あるまい」

「いえ。ギバ肉を大量に買ってくれているのは、おもに宿屋のご主人たちなのです。そういった人々は、ジェノスを訪れる旅人にギバ料理をふるまうために肉を買いつけているのですよ」

俺は帳面を繰って、その数字を確認した。

「少なくとも、宿場町で売られる肉に関しては、その八割から九割までが宿屋に買いつけられています。肉はまとめ買いでないと倍の値段になってしまうために、個人で買いつける人はそうそういないというのが現状です」

「……しかし今では、宿屋の主人とやらも自分たちでギバの料理を作っているのだろうが？」

「はい。ですが、宿場町で巧みにギバ料理を作れる人間は、まだそれほど多くはありません。口はばったいことを言うようで恐縮ですが、俺やルウ家の人々が屋台で商売をしていることが、今でも何よりの宣伝になっていると思うのですよね」

ここで屋台の商売に反対されてはたまらないので、俺は懸命に弁明することになった。

「それに、ギバ肉を個人で買いつける人が少ない以上、俺たちの屋台というのは、ジェノスに住まう人たちがギバ料理を口にできる貴重な場なのです。ジェノスの民との交流を深める場としても、俺たちの屋台はお役に立てていると思います」

「ふん。では、どうあってもお前たちは、屋台の商売というやつを続けようという算段なわけだな。そうしてファとルウの家だけは、今後もより多くの富を得ていくことになるわけだ」

デイ＝ラヴィッツは、じっとりとした目つきで俺のほうをねめつけている。バードゥ＝フォウやライエルファム＝スドラは不快げに眉をひそめていたが、俺はそれほど気にならなかった。

「その代わりに、ファの家は肉を売る仕事に関わることができません。アイ＝ファの捕獲したギバの肉は、自分たちの食べる分と屋台の商売で使う分ですべて使いきってしまいますからね。

……というか、それでも肉はまったく足りていないので、近在の氏族から買いつけている状態にあるのです」

「ああ。その肉をファの家に売っていたのは、俺たちガズとラッツの血族だ。ファの家の商売も、余所の氏族の富になっているということだな」

「そうだ。そして、この先はその仕事も他の氏族と分け合えば、富が偏ることにもなるまい」

ガズとラッツの家長の声にも、挑むような響きが含まれていた。ガズのほうは壮年で、ラッツのほうは若年であるという違いはあるものの、どちらもけっこう強面の家長たちである。俺としては、フォウの血族よりも彼らのほうが気性は荒っぽいような印象があった。しかしデイ=ラヴィッツは恐れ入った様子もなく、「ふん」と鼻を鳴らしている。

「それでも、一日に赤銅貨四百枚も稼いでいるのだろうが？　眷族の多いルウ家はまだしも、わずか二人しか家人のいないファの家では、それこそ有り余る富と言えような」

「お前はどうしても、ファの家に難癖をつけたいようだな、ラヴィッツの家長よ」

と、俺のすぐそばから、底ごもる声があがった。振り返ると、ライエルファム=スドラが中腰の体勢でデイ=ラヴィッツをねめつけている。

「現在、ファの家は休息の期間にある。だからこの半月は、ずっとガズやラッツから買いつけた肉で屋台の商売に取り組んでいるのだ。お前にその意味がわかっているのか、ラヴィッツの家長よ」

「ふん。さっぱりわからんな」

「ああ、お前にはわからないのだろう。だから、俺が教えてやる。今のアスタは、一日でギバ一頭分の肉を使った料理を屋台で売っているのだ。だから、毎日赤銅貨百二十枚をガズやラッツに支払っているということだな」

デイ＝ラヴィッツは、うろんげに顔をしかめてライエルファム＝スドラを見返した。

ライエルファム＝スドラは、せりでた眉の下で茶色い瞳を炯々と光らせている。

「また、アスタは商売をするために、大勢の女衆に仕事を頼んでいる。その代価がどれほどのものであるかは、お前も伴侶を働かせているのだから、わきまえているはずだ。屋台の商売と、その前後に行っている下ごしらえの仕事を果たすために、アスタは赤銅貨二百枚ぐらいを代価として支払っているのだ」

「………………」

「ギバの肉を買うために赤銅貨百二十枚、女衆を雇うのに赤銅貨二百枚で、赤銅貨三百二十枚だ。一日の稼ぎが赤銅貨四百枚であれば、せいぜい赤銅貨八十枚ていどの稼ぎにしかならん。それでもなお、アスタは森辺の民の行く末こそを重んじて、休息の期間でも商売を続けているのだ。……いや、アスタのみならず、それを許している家長のアイ＝ファもな。それでもお前は、ファの家がその身に余る富を得ていると言い張るつもりか？」

「ふん。まるで赤銅貨八十枚がちっぽけな富だとでも言わんばかりだな。わずか二人の家人では、それでも十分以上の富であろうが？」

「ああ、もちろんそれはかけがえのない富であるだろう。しかしファの家は、それ以上の富を余所の氏族に受け渡しているのだと言っているのだ」

ふつふつと煮えたぎるような激情を漂わせつつ、それでもライエルファム＝スドラは低い声で言葉を重ねていった。

「スドラの家は、その富で救われた。ファの家と縁を結んでいなければ、新たに生まれた赤子たちが健やかに育ったかどうかもわからん。それでもお前は、ファの家の行いが間違っていると言いたてるつもりか？」

「まあ待て、スドラの家長よ。今は是非を問うために必要な言葉を述べてもらっている最中だ。その途中でラヴィッツの家長の心情を問う必要はない」

ゆったりとした口調でダリ＝サウティが言葉をはさむと、ライエルファム＝スドラは強い眼差しをそちらにも突きつけた。

「俺もそのために必要な言葉を述べているつもりだ。確かにファとルウの家は他の氏族よりも大きな富を得ていたが、それでトトスや荷車や猟犬を買い、他の氏族に貸し与えた。ファとルウの家が誰よりも正しくあろうとしていることは、すべての氏族が知っておくべきだろう」

「ふむ。まあよかろう。それで、ラヴィッツの家長は得心がいったのかな？　他にも疑念があれば、決を取る前に述べておくがいい」

「ああ、存分に述べさせてもらおう。俺にとっては、ここからが本題であるのだからな」

そうしてデイ＝ラヴィッツは、ふてぶてしい顔でこう言った。

「たとえ町の商売が正しい行いであると認められたとしても、ファの家はその仕事から手を引くべきではないのか？」

「なに？」と、ダリ＝サウティは目を見開いた。もちろん俺も同様であり、アイ＝ファは逆にすっと目を細めている。ざわざわとどよめく家長たちを制しつつ、ダリ＝サウティは言葉を重ねた。

「言っている意味がわからんな。これはファの家が発端で始まった話であるのに、どうしてファの家が手を引かねばならんのだ？」

「肉を売る商売も料理を売る商売も、すでに道筋はできているのであろう？　だったらこれ以上、ファの家がそれに関わる必要はあるまい」

「だから、どうしてファの家だけが手を引かねばならんのだ？　まさか、すでに十分な富を得ているからなどと言いはすまいな？」

「ああ。ファの家でも肉を準備できたときは、他の氏族と同じように町で売ればいい。しかし、屋台の商売などは族長筋であるルウ家に任せておけばいいではないか」

「おい」と、ドンダ＝ルウがひさかたぶりに声をあげた。

「だから、その理由を言えと言っているのだ。貴様の言葉はさっぱりわからねえぞ、ラヴィッツの家長」

「何故わからないのだ？　そもそも異国の民であったファの家のアスタに、これほどの仕事を任せるほうがおかしいと思うのだが」

　その言葉で、アイ＝ファの双眸がぎらりと光った。

「ラヴィッツの家長よ、お前はまだアスタの出自などに疑念を抱いていたのか？　重要なのは血筋ではなく魂の在りようだと、かつて私はそのように伝えたはずだ」

「ああ。しかし、アスタが異国の生まれであるという事実は動かん。これほど大きな仕事を取り仕切るには、不相応な人間であろうよ」

アイ＝ファはめらめらと眼光を燃やしながら、腰を浮かせかけた。

すると、ダリ＝サウティが「待て」と声をあげる。

「それもひとつの意見であることに変わりはない。しかし、それならば、町で商売をすること自体に異を唱えるべきではないか？　肉を売る商売も料理を売る商売も、すべてはアスタが思いたった行いであるのだからな」

「しかし、猟犬やトトスを手にするには大きな富が必要であるのだろう？　さきほど、そのように話していたではないか」

「では、アスタの行いが正しいと認められても、アスタが手を出すことを許さぬということか？それでは、筋が通るまい」

「筋とは、何に対しての筋なのだ？　俺たちの喜びのためならば、母なる森も許してくれるだろうさ」

ダリ＝サウティが口を開く前に、アイ＝ファが立ち上がってしまった。

「どうしてアスタをないがしろにすることが、森辺の民の喜びとなるのだ？　そのようなことに喜びを見出すのは、この森辺においてお前一人だ！」

「ほう、たいそうな自信だな。まあ、他の氏族の連中には十分な恩を売ることができたのだろう。そのために、銅貨やトトスや荷車を配っていたのだろうからな」

「ラヴィッツの家長、お前は――――！」

「しかし、俺とて森辺の同胞であるのだぞ？　そして、二つの眷族を率いる親筋の家長だ。俺の血族は、俺の喜びを同じ喜びとして分かち合ってくれるはずだ」

そのように述べるデイ＝ラヴィッツの左右で、ナハムとヴィンの家長は石のような無表情を保っていた。きっとこの家長会議を迎える前に、意見は統一できているのだろう。原則として、子たる眷族は親筋の氏族に逆らうことはできないのだ。

そんな彼らの周囲にひしめく他の氏族の家長たちは、みんなうろんげな面持ちをしている。もともとファの家の行いに反対していたザザとベイムの血族でも、それは同様である。そんな人々の様子を見回してから、ダリ＝サウティはアイ＝ファに向きなおった。

「どうにも話がこじれてきたようだな。とりあえず俺がラヴィッツの家長と言葉を交わしてみようと思う。……アイ＝ファは腰を下ろし、しばしその問答を聞いているがいい」

「しかし――――！」とアイ＝ファは反論しかけたが、最後にデイ＝ラヴィッツの姿をにらみつけてから、荒っぽく腰を下ろした。

そんな中、悪びれた様子もないデイ＝ラヴィッツの声が響く。

「屋台の商売は、ジェノスの民との交流を深める場としても役に立っている、などと言っていたな。そのような場所に異国生まれの人間がまざっていることも、決して正しい行いとは思えん。森辺の民が西の民と正しい絆を深めるべきだというのなら、それは自分たちの手で為すべきであろうよ」

「しかし、最初にその場を作ったのは、他ならぬアスタであるのだぞ？」

「そうだからといって、アスタをずっとその場所に居座らせる理由にはなるまい。道が間違っていたならば、正しい道に戻るべきであろうが？」

「それが間違いであるならば、商売そのものを取りやめるべきではないか？」

「皆がそれを間違った行いであると考えるなら、取りやめればいい。俺はただ、その商売からファの家を外すべきだと言いたてているだけだ」

　デイ＝ラヴィッツの言葉はのらりくらりとしていて、あまりに取りとめがなかった。さしものダリ＝サウティも、「ううむ」と考え込んでしまっている。

「やっぱりよくわからんな。アスタの行いが正しいと認められるなら、アスタを外す理由はないように思える。それでは、アスタの苦労がまったく報われないではないか？」

「アスタが自分を森辺の民だと言い張るのなら、十分に報われているだろうさ。自分の行いによって同胞が幸福になるならば、それにまさる喜びはあるまい」

「しかしそれでは、大役を果たしたアスタをないがしろにすることになる。それでは、俺たちが自分の生を誇ることができまい」

「ふん。アスタが納得して身を引いてくれれば、誰の心も痛まないだろうさ」

　ダリ＝サウティは溜息をつきながら、俺のほうに向きなおってきた。

「ラヴィッツの家長は、このように述べている。アスタも、率直な意見を聞かせてほしい」

「ええ？　俺はもちろん、この先も屋台の商売に関わっていきたいと考えていますけれど……」

アイ＝ファが、火のような目つきで俺を見据えてきた。もっとしっかり反論せよ、ということなのだろう。もちろん俺も、ここで引く気はさらさらなかった。

「デイ＝ラヴィッツの言い分は、俺にもわからなくはありません。俺としても、当初は自分ぬきでも商売ができるようにという思いで、ルウ家の人たちに手ほどきをしていたのです。肉を売る商売に関しても、いずれはフォウとダイの人だけでもこなせるようにという思いで取り組んでいました」

「ふん。ならば、話はおしまいだな」

「いいえ。それはあくまで、俺が不慮の事態で生命を落としてしまってもきちんと商売を続けられるように、という考えにもとづいてのことです。そうでなかったら、俺は俺にできる限りの力を尽くしたいと考えています」

デイ＝ラヴィッツだけではなく、すべての家長に聞いてもらうために、俺は声を張り上げた。

「確かに俺は、異国の生まれです。異国の、町で生まれ育った人間です。だから、町で商売をしようだとか、美味しい料理を作りたいだとか、そんな風に考えることができたんです。そして俺は、俺みたいに胡散臭い人間を受け入れてくれた森辺の民に、深く感謝しています。だから、少しでも森辺の民の役に立ちたいと考えたんです」

「………」

「今でもその気持ちに変わりはありません。俺はあくまで森辺の民として、森辺の同胞のために、町の人たちとの架け橋になりたいんです。俺のしてきたことが間違いであったなら、それは身を引くしかないのでしょうが……もしも正しいと認めてもらえるなら、この先も森辺の民の一人として仕事を果たしていきたいと考えています」

「うむ！　何をどう考えても、アスタのほうが真っ当なことを言っているようだな！　すでに家長ならぬ身だが、俺はそう思うぞ！」

しばらく大人しくしていたダン＝ルティムが、そこで豪快な笑い声とともに発言した。

そのすぐ近くにいたギラン＝リリンも、「そうだな」と賛同する。

「どうにもラヴィッツの家長は、ファの家にことさら厳しい目を向けているように思える。だから、話に筋が通らないのだ。ラヴィッツの家長は、ファの家を嫌う特別な理由でもあるのか？」

「……ファの家を嫌って、おかしなことがあるか？」

「どうであろうな。理由があるなら、ぜひとも聞かせてもらいたいところだ」

デイ＝ラヴィッツは、不機嫌そうに「ふん」と鼻を鳴らした。

「女衆が狩人として生きることも、男衆がかまど番として生きることも、俺は気に入らん。ましてや異国の民を同胞として迎えることなど、もっての外だ」

すると、退屈そうに身体をゆすっていたラウ＝レイが「ふむ？」と首を傾げた。

「しかし、ドムの家は女衆に狩人となることを許したし、ルウの家は異国人のシュミラルを眷族の家人となることを許した。それが気に食わんのなら、どうしてさきほど声をあげなかったのだ？　森辺の習わしを重んじようというならば、相手が族長筋でも小さき氏族でも変わりはないはずだ」

「………………」

「まさか、ドンダ＝ルウやディック＝ドムに恐れをなしたわけではあるまいな？　それではあまりに惰弱に過ぎようというものだ」

「ふざけるな。俺はただ……ファの家の有り様が気に食わんだけだ」

「だから、それは何故なのかと問うている」

なんとなく違和感を覚えてラウ＝レイのほうを振り返ると、その水色の瞳には思いも寄らぬほど強い光がたたえられていた。獲物を狙う猟犬のごとき眼光である。

そして、そのような目つきをしているのは、ラウ＝レイばかりではなかった。ライエルファム＝スドラや、バードゥ＝フォウや、ランの家長、それにガズやラッツの家長なども、デイ＝ラヴィッツの姿を探るように鋭くねめつけていたのだった。

「ラヴィッツの家長よ。お前が森辺の行く末を案じて、ファの家の行いに異を唱えているのなら、それはそれでかまわない。そういった疑念を解消するためにこそ、俺たちは言葉を交わしているのだからな」

そのように述べたのは、バードゥ＝フォウであった。

「しかし、お前が何か自分の都合に左右されて、ファの家を敵と見なしているのなら、それは別の話として語り合うべきだろう。ファの家の有り様が気に食わないからといって、その行いを否定しようとするのは、とうてい正しいとは思えん」

「ふん。だから俺も、その行いのすべてを否定しているわけではないと言っただろうが」

「では、どうしてそのように憎まれ口を叩いているのだ？　お前には、何かファの家を憎む理由でもあるのか？」

「……ファの家とはもう何十年も関わりを持っていなかったのだから、ことさら憎む理由などあるはずもない」

　そのように述べてから、デイ＝ラヴィッツは深々と溜息をついた。

「ただ……かつてファの家は、ラヴィッツの眷族であったのだ。だったら、このような騒ぎを不快に思うのも当然のことであろうが？」

「なに？」と、バードゥ＝フォウは目を剥くことになった。

　他の家長たちも、いっせいにどよめき始めている。

　もちろん俺もびっくりまなこでアイ＝ファを振り返ることになったが、我が愛しき家長殿は最前までの張り詰めた表情を消して、きょとんとしているばかりであった。

「ファの家が、ラヴィッツの眷族だと？　そのような話は、聞いたこともないぞ。だいたい、ファとラヴィッツでは家が遠すぎるであろうが？」

「ファの家がラヴィッツの眷族であったのは、俺の祖父の代までだ。その頃に、ファの家は血の縁を絶たれて、俺たちから姿の見えぬ場所にまで家を移したのだと聞いている」

デイ＝ラヴィッツは立てた膝の上に頬杖をついて、またひとつ嘆息をこぼした。

「もちろんすでに血の縁は絶たれているのだから、ファの家がどのような騒ぎを起こそうとも、ラヴィッツの家には関わりのないことだ。しかし、かつての眷族がこのような騒ぎを起こして、森辺の平穏を大きく揺るがせば、居たたまれなくなるのも当然ではないか？」

「お、お前の祖父の代というと……それはモルガの森辺に移り住んで、まだ間もない時代なのだろうな。長老モガは、そのような話を記憶に留めているか？」

ダリ＝サウティに呼びかけられると、サウティの長老モガ＝サウティは「さてな……」と柔和な笑みを浮かべた。

「儂は分家の家長であったので、そこまでたびたび家長会議に加わっていたわけではない。しかし……言われてみると、ラヴィッツが眷族と血の縁を絶ったという話は、耳にした覚えがあるような気もするな」

「ふうむ。そうなのか。ラヴィッツの家では、よくもそのような時代のことが伝わっていたものだ」

ダリ＝サウティは感心しきった面持ちで、頑丈そうな下顎を撫でさすった。

まあ、森辺の民がモルガの森に移り住んだのは八十余年前のことであるのだから、それ以降の逸話が口伝で残されていても何らおかしいことはないのだが――過酷なギバ狩りの仕事と貧しい生活にあえいでいた森辺の民は平均寿命が短く、モガ＝サウティやジバ婆さんほど長生きする人間はごく少ないのだ。なおかつ、血族ならぬ氏族とは交流する機会もほとんどなかったため、当事者でなければなかなか記憶に留められない話も山ほど存在するのだろうと思われた。

アイ＝ファなどは、すっかり可愛らしいびっくりまなこになってしまっている。まさか、前々から口うるさかったデイ＝ラヴィッツがかつての血族であったなどとは想像の外であったのだろう。俺自身、そんな話は夢にも考えていなかったのだった。

「……ふん。ファの家には決して関わるなと、祖父から父に、父から俺にと伝えられることになったのだ。そのような時代から、ファの人間は厄介者の集まりであったのだろうよ」

デイ＝ラヴィッツは、不機嫌そうに俺とアイ＝ファを横目でにらみつけてきた。

「そんな厄介者の集まりだから、家を移した後も血の縁を広げることができず、滅びに瀕することになったのだろう。それがまさか、最後の最後でこのような騒ぎを起こそうとはな」

「これが最後とは限るまい！　アイ＝ファとアスタの間で子が生されれば、ファの氏も絶えずに済むのだからな！」

豪快な笑い声とともに、ダン＝ルティムがそのように言い放つ。思わぬ奇襲攻撃をくらい、俺とアイ＝ファはひそかに顔を赤らめることになった。

「ともあれ、そのように古い話にお前さんが引きずられる必要はあるまい！　むしろお前さんは、かつての眷族がこれほどのことを成し遂げたのだから、それを誇りに思うべきであろうよ！」

「何を誇りに思えるものか。これをきっかけに森辺の民が滅んでしまっても、俺は驚く気にはなれん」

「ふふん。どうして森辺の民が滅んだりするものか。アスタが森辺に現れて以来、愉快なことしか起きていないではないか！」

そう言って、ダン＝ルティムはまたガハハと笑った。

「俺たちは、美味い食事を口にするという楽しみと、それに必要な銅貨を稼ぐ手段を知った！ついでに猟犬やトトスという便利なものまで手に入れて、これまで以上に大きな力を得たのだ！　これは、黒き森に住まっていた時代のように外界との縁を絶っていたならば、決して得られなかった力であろう？」

「はい。そして、外界への扉を開いてくれたのは、他ならぬファの家です。私はアイ＝ファやアスタと友になれたことを、心から誇らしく思っています」

豪快に笑う父親のかたわらで、ガズラン＝ルティムもそのように発言した。

「アイ＝ファとアスタがいなければ、私たちはいまだに西の民と手をたずさえることもかなわなかったことでしょう。それどころか、スンとルウの間に戦が起きて、ともに滅んでいたかもしれません。アイ＝ファがアスタを家人として迎え入れたからこそ、森辺の民は新たな道を切り開くことができたのだと思います」

「ふん。その道が滅びに向かっていないと、誰にわかるのだ？」

「そのようなことは、誰にもわかりません。ただ私たちは、正しいと信ずることのできる道を探して、進むのみです。……そして私は、この道が正しいのだと信ずることができています」

ガズラン＝ルティムは穏やかに微笑みながら、そのように言葉を重ねていった。

「ラヴィッツの家長、あなたも自分の心で、ファの家の行いを判じてください。祖父の代から受け継がれてきた反感をねじふせるというのは、とても難しいことなのでしょうが……ラヴィッツとファの間に不和がもたらされたのは、もう数十年も昔の話です。今を生きるあなたが、今を生きるアイ＝ファとアスタを見て、信ずるに値する人間であるかを見極めなければならないのでしょう。私は、そのように思います」

「……たかが数回顔をあわせたぐらいで、そのようなことを見極められるものか」

そのように述べるなり、デイ＝ラヴィッツはのそりと立ち上がり、光の強い目で周囲の家長たちを見回していった。

「俺にはどうしても、得心がいかないのだ。この一年で森辺に騒動が起きるとき、その中心にはいつもファの家のアスタが存在しているように感じられてしまう。スンの家が滅んだときも、貴族の罪を暴いたときも、町の人間と絆を結ぶときも、すべてにおいてだ。森辺の民が正しく生きるために、ここまで異国生まれの人間を頼るということが、本当に正しい行いなのだろうか？」

「それは……さきほどアイ＝ファが言っていた通り、血筋ではなく魂の在りように重きを置くべきではないだろうか？」

反感の色を消した静かな面持ちで、バードゥ＝フォウがそのように答えた。デイ＝ラヴィッツは、険しい面持ちでそちらを振り返る。

「アスタとは本当に、森辺の同胞に相応しい魂を有しているのか？　アスタのことを家人として迎えたファの家長の行いは、本当に正しかったのか？　俺は伴侶をアスタのもとで働かせていたが、その言葉だけでは確信することはできなかった。……フォウの家長よ、お前の家はもっともファの近在にあったはずだな？」

「ああ。俺はアスタが森辺の同胞に相応しい人間だと信じている」

「ならば、ドンダ＝ルウはどうだ？　ルウの家は、フォウの家よりも古くからアスタと絆を深めていたのであろう？」

「……ファの家のアスタが森辺の同胞に相応しい人間でなければ、俺の血族たちが絆を深めることを許したりはしなかった」

重々しい声音で、ドンダ＝ルウはそう言ってくれた。

「ならば、ガズとラッツの家長らはどうだ？　お前たちは、それほどアスタ自身と言葉を交わしていたわけではあるまい？　それでも、アスタを信ずることができるのか？」

「できる。ファの家の行いに関しては、もう何ヶ月にもわたって女衆から話を聞いていたからな」

「ああ。正直に言って、アスタが異国の生まれであることなどは、ここ最近では頭になかったほどだ」

するると、少し離れた場所に座していたダイの家長も声をあげた。

「ファの家の行いに賛同する氏族の中で、もっとも縁が薄かったのはダイの家でありましょう。わたしはファの家のアスタともアイ＝ファともほとんど言葉を交わしたことのない身でありますが……その行いをもって、ファの家は正しいのだと信じておりました」

デイ＝ラヴィッツは、無言で唇を噛みしめる。すると、普段の沈着さを取り戻したライエルファム＝スドラが「ラヴィッツの家長よ」と静かに呼びかけた。

「俺も去年の家長会議ではダイの家長と同じ心情だったが、それから一年をかけてファの家と絆を深めてきた。もしもそれでアスタが森辺の同胞に相応しからぬ人間であったと感じていたならば……おそらく俺は、絶望に打ちひしがれていたことだろう。豊かな生を手に入れるという希望を、自ら手放すことになっていたのだろうからな」

「………………」

「しかし、そのように不幸な事態には至らなかった。だからこそ、俺は……アスタの生命を脅かすスン家の大罪人を、この手で斬り捨てたのだ」

祭祀堂の内部は、水を打ったように静まりかえった。

そんな中、ライエルファム＝スドラの声だけが低く響きわたる。

「たとえ大罪人であろうとも、かつては森辺の同胞であった男を、俺は殺めた。アスタもまた森辺の同胞であるのだと信じていない限り、そのような真似ができるわけもない。俺はそのような思いで、アスタを信じ……そして、報われたのだ。ガズラン＝ルティムと同じように、俺はアスタやアイ＝ファと友になれたことを心から誇りに思い、母なる森に感謝している」

「………………」

「俺と同じぐらいファの家と親しくしていた人間は、みんな同じ思いであるはずだ。そして、これまでファの家と縁の薄かったお前やダイの家長などは、これから時間をかけて、より深い絆を――」

「もういい」と、デイ＝ラヴィッツがぶっきらぼうにライエルファム＝スドラの言葉をさえぎった。そして、ひょっとこのように額を皺だらけにしながら、もといた場所に腰を下ろす。

「これ以上の問答は不要だ。さっさと会議を進めるがいい」

「うむ？　ラディッツの家長は、得心がいったのか？」

ダリ＝サウティが問うと、デイ＝ラヴィッツは「ふん」と鼻を鳴らした。

「俺がこの場でこれ以上言葉を重ねても意味はあるまい。……ファの人間は屋台の商売から手を引くべきであるというさきほどの言葉は、いったん取り消させてもらう」

「そうか」と、ダリ＝サウティは微笑した。

「どのみちそれは、ファの家の行いが正しいと認められて、商売を続けていくと断じられてからの話だ。まずはそちらから、決を取るべきだろう」

そう言って、ダリ＝サウティは家長らを見回した。

「他に不明な点がなければ、ここでいったん決を取りたいと思うが……誰も異存はないだろうか？」

声をあげる人間はいなかった。

慌てふためいたのは、俺である。デイ＝ラヴィッツからの思わぬ告白や、ライエルファム＝スドラたちの言葉によって、気持ちも考えもとっちらかったままであったのだ。

「あ、あの、もう決を取ってしまうのですか？　俺はまだまだ自分の気持ちや考えを語り尽くしていないように思うのですが……」

「ふむ？　これで意見が割れたときは、また存分に語ってもらうつもりでいるぞ。その前に、それぞれの氏族の考えを一度明らかにしておくべきだと思うのだ」

そう言って、ダリ＝サウティはゆったりと笑った。

「心配せずとも、すべての氏族の気持ちがひとつとなるまで、会議を終えるつもりはない。今日一日で話が終わらなければ、また別の日に集まってもらうまでだ」

「そ、そうですか……承知しました。余計な口をはさんでしまって申し訳ありません」

「うむ」とうなずいてから、ダリ＝サウティは姿勢を正した。

「それでは、決を取る。ジェノスの町で商売をして、これまで以上の富を得ようというファの家の行いは、森辺の民にとって毒であるか薬であるか……ファの家の行いに異を唱える家長があれば、立ち上がり、その理由を申し述べてもらいたい」

俺はなんだか、居ても立ってもいられないような心地であった。胃袋がきゅっと縮みあがり、寒くもないのに震えそうになってしまう。

すると――膝の上にのせた俺の手に、アイ＝ファの手が重ねられてきた。

その温もりが、固く強ばった俺の心を優しく解きほぐしていく。

とりあえず、俺たちの周囲で腰を上げる人間はいなかった。まあ、すぐそばにいるのはフォウの血族の人々であるし、その向こう側に陣取っているのはルウの血族の人々であるのだから、それも当然だ。

では、それよりも遠くに座している人々はどうなのか。俺が覚悟を固めて、そちらを振り返ろうとしたとき――「そうか」というダリ＝サウティの声が聞こえた。

「さしあたって、ファの家の行いに反対する者はいない。……それでいいのだな、家長たちよ」

俺はいっそう心臓をどきつかせながら、ようよう祭祀堂の内部を見回した。

すべての人間が、敷物の上に座したままである。満足そうに微笑んでいたり、まったくの無表情であったり、不機嫌そうな仏頂面であったりと、表情は人それぞれであったものの、誰ひとり立ち上がろうとはしなかったのだ。

俺が脱力してその場にへなへなと崩れ落ちそうになると、アイ＝ファが力強い指先でぐっと腕を支えてくれた。

「気を抜くな。まだ話が終わったわけではないのだぞ」

「ああ、うん、わかってる。……ただ、ちょっぴり驚かされただけだよ」

俺は何とか気力を振り絞り、ぴしっと背筋をのばしてみせた。

そこに、ダリ＝サウティの声が響きわたる。

「……では、グラフ＝ザザもファの家の行いに賛同したと見なしていいのだな？」

俺がハッとして視線を巡らせると、グラフ＝ザザはどっしりと座したまま、「ふん」と下顎をさすっていた。

「有り余る富が森辺の民にもたらすのは、堕落か繁栄か……現時点でそれを判ずることはできないと、俺は考えている。また、いまだに森辺の民は有り余る富を得たわけではないというアイ＝ファとガズラン＝ルティムの言葉にも、いちおうは賛同しておく」

「なるほど。有り余る富を手にして、堕落するような人間が現れたときは、改めて是非を問うということか。ならば、俺も同じ心情だ」

そのように述べながら、ダリ＝サウティは家長たちのほうに視線を巡らせた。

「では、かつてファの家の行いに反対していた氏族にも話を聞かせてもらいたい。まずは――スンの家長は、どのような考えであるのだ？」

「うむ。ファの家の行いに異を唱えていたのは、先代家長のズーロ＝スンだ。俺も俺の血族たちも、ファの家の行いに異を唱えようとは思わない」

新たな本家の家長と定められたその人物は、決然とした表情でそう言った。一年前には腐(くさ)った魚のような目をしていた、分家の家長である。その表情に、迷いや躊躇(ためら)いの色はなかった。

「それでは、ベイムの家長はどうであるのかな。ベイムの家長は、ファの家の行いに反対していた氏族の代表として、族長の集まりに加わっていたはずだ」

「……最初に言っておくが、俺は有り余る富が森辺の民を堕落させると思って、ファの家の行いに反対していたわけではない。俺はむしろ、町の人間と絆を深めるという行いに疑問を抱いていたのだ」

「ああ……ベイムの家は、かつて血族を町の人間に害されたのだったな」

「うむ。血族の一人は町の無法者に害され、その復讐(ふくしゅう)を果たした血族は大罪人として処断されることになった。俺たちほど町の人間を恨んでいる人間は、森辺でも他になかったことだろう」

ベイムの家長は、ぶすっとした顔でそう述べたてた。

「しかし、俺たちは西方神の子として西の民と絆を深めねばならぬのだろう？　それが決された時点で、俺たちが宿場町での商売に反対をする理由はなくなった。ただそれだけのことだ」

「なるほどな。では、ラヴィッツの家長は――」

「俺は別に、何から何まで賛同したわけではないぞ。しかし、猟犬やトトスを引き合いに出されては、うかうかと反対の声をあげるわけにもいかなくなってしまうではないか。……まったく、小賢しい真似をする連中だ」

「小賢しいと言っても、ファやルウの家が猟犬やトトスを森辺に持ち込んだわけではないのだぞ？　それらはすべて、思いもよらぬ道筋から森辺にもたらされたのだからな」

わずかに苦笑を浮かべつつ、ダリ＝サウティはうなずいた。

「では、すべての氏族がファの家の行いに賛同したと見なした上で、話を進めさせてもらおう。今後、俺たちはどのような形でジェノスでの商売を続けていくべきか――」

すると、アイ＝ファが「待たれよ」と声をあげた。

「森辺に豊かさをもたらしたいという私たちの言葉が正しいと認めてもらえたことは、非常に嬉しく思う。……ただ、美味なる料理に関しては、どうなのであろうか？」

「うむ？　美味なる料理が、どうしたと？」

「私とアスタは、美味なる料理というものも、森辺の民にこれまで以上の力と喜びを与える存在だと言いたてていたのだ。今ではすべての氏族が血抜き(ちぬき)の技を習得し、ポイタンを焼きあげる方法を知った状態になったはずだが……これも正しき行いであると認めてもらうことはかなったのだろうか？」

ダリ＝サウティは、不思議そうに目を丸くしていた。

「まさか今さらそのようなことを問われるとは思っていなかったな。美味なる料理というものに手間をかけることは、森辺の民にとって害となる――そのように考える家長はいるか？　いれば、腰を上げてもらいたい」

立ち上がる人間は、いなかった。

アイ＝ファは「そうか」と息をつく。

「それならば、いいのだ。余計な手間を取らせてしまったな」

「いや、アイ＝ファの立場であれば、そこに懸念(けねん)を覚えるのも当然の話なのだろう。そこまで思いを巡らせることができず、申し訳なかった。……ただ、今さら美味なる料理に文句をつける人間はいないだろうと、俺も頭から思(おも)い込んでいたのでな」

大らかに笑いながら、ダリ＝サウティは俺を振(ふ)り返ってきた。

「俺たちは、アスタのおかげで美味なる食事の存在を知ることができた。すべての氏族、すべての同胞が、アスタに感謝していることだろう。あらためて、礼を言わせてもらいたい」

「いえ、俺は――」と言いかけて、俺は咽喉(のど)を詰まらせてしまった。

思いも寄らぬ激情が、胸の奥底(おくそこ)からせりあがってくる。俺は、口からこぼれそうになる嗚咽(おえつ)

を呑みくだすために、必死に奥歯を噛みしめることになった。

ガズラン＝ルティムや、ライエルファム＝スドラや、ダン＝ルティムや、バードゥ＝フォウや、ドンダ＝ルウや――これまでみんなが語ってくれた言葉が、ぐるぐると頭の中を巡っている。その言葉のひとつひとつが、あらためて俺の心にしみいってきたかのようだった。

「どうしたのだ、アスタ」と、アイ＝ファが顔を寄せてくる。その綺麗な細面が、ふいにぼやけた。嗚咽を呑みくだすことはできても、涙を止めることはできなかったのだ。

俺はどうしても、感情を抑制することがかなわなかった。この一年の行いは、決して間違ったものではなかったと、すべての氏族の家長たちに認めてもらうことができたのだ。それを実感できた瞬間に、俺はとてつもない勢いで情動を揺さぶられてしまったのだった。

「何だ、何を泣いているのだ？」

「ダリ＝サウティの言葉を聞いたであろう？　誰もアスタの行いを害だなどとは思っておらんのだぞ」

と、バードゥ＝フォウやライエルファム＝スドラまでもが、心配げに顔を寄せてくる。しかし、そんなことをされてしまうと、俺はますます感情の抑制がきかなくなってしまった。

一年前――ルウの血族の他には一人の仲間もなかったファの家の言葉に、真っ先に賛同してくれたのは、このバードゥ＝フォウであった。そして、そんなバードゥ＝フォウたちにディガが脅しの言葉を吐いた後、それをはねのけるようにして賛同の意を示してくれたのが、ライエルファム＝スドラであったのだ。

あの頃は、二人の顔も名前も知らない、初対面の間柄であった。そんな二人が、アイ＝ファと一緒になって俺の心中を思いやってくれている。いや、きっとその後ろではさらに多くの人たちが、こちらの様子を気にかけてくれているのだろう。

ドンダ＝ルウも、ダン＝ルティムも、ガズラン＝ルティムも、ラウ＝レイも、ギラン＝リリンも——俺がまだ名前を覚えきれていない、たくさんの人々も——もしかしたら、ダルム＝ルウやグラフ＝ザザやディック＝ドムまでもが、いったい何事かと眉をひそめているかもしれない。

この一年で、俺はそれだけの人々と縁を結ぶことができたのだ。

それを思うだけで、俺はなかなか涙を止めることができなかった。

5

「……では、次の議題に取りかかりたいと思う」

ダリ＝サウティがそのように宣言したのは、ちょっとした休憩時間を終えたのちのことであった。

俺がいつまでも泣きやまないので、ずいぶん早々に小休止を入れることになってしまったのだ。何とか平常心を取り戻すことのできた俺は、大いなる気恥ずかしさを胸にその言葉を聞いていた。

「肉を売る商売に関してもまだまだ話し合わねばならない部分が残されているが、うかうかしていると日が暮れてしまいそうだからな。そちらに関しては、他の議題を片付けてから時間を作りたいと思う。それで異論はないだろうか？」

　異論を唱える家長はいなかった。アイ＝ファもまた、ぶすっとした面持ちでダリ＝サウティの言葉を聞いている。ダリ＝サウティの言葉に不満があるわけではなく、俺がいらぬ心配をかけてしまったためにご機嫌を損なってしまったのだろう。それに関しては、あとでもういっぺん謝らせてもらうしかなかった。

「まず気にかかるのは……ルウの集落に滞在している客人たちについてであろうかな。マサラの狩人たるバルシャとジーダ、トゥランの民たるミケルとマイム、この四名はもう長らく客人としてルウの集落に留まっているが、いまだそれぞれの家に戻る予定は立っていないのだろうか？」

　ダリ＝サウティの言葉に、ドンダ＝ルウが「うむ」とうなずく。

「ミケルとマイムに関しては、トゥランという土地の安全が確保できるまではうかうかと帰せない状態にある。それに関しては、領主の息子であるメルフリードが衛兵どもの尻を叩いているさなかであったのだが……今はあの男も、ジェノスを離れてしまっているのでな」

「うむ。メルフリードはジェノスに叛意がないと伝えるために国王のもとまでおもむいているのだから、文句をつけるわけにもいくまいな。……それでは、バルシャとジーダに関しては？　ジーダはギバ狩りの仕事にも加わっているそうだが、そのままルウ家の家人となることを願っているのだろうか？」

「さあ、どうだかな。少なくとも、俺はそのような話を持ちかけられたことはない」

するとジーンの家長が両者の会話に割って入った。

「ジーダにバルシャという者たちが客人となってから、すでに一年近い時間が経っているはずだ。そこまで長きにわたって集落に留まる客人などいるものだろうか？　いっそそやつらを家人として迎えるつもりだと聞かされたほうが、まだしも筋は通っているように思えるのだが」

「ふん。ジーダというのは、ルウの血族の力比べで勇者となるほどの力を持った狩人だ。あいつを森辺の家人として迎えることに、異を唱える人間などはそうそういないのかもしれんな」

そう言って、ドンダ＝ルウは針金のように硬そうな顎髭をまさぐった。

「だが、俺はジーダを狩人として導いてほしいとバルシャに願われただけだ。その用事が足りたかどうかを判ずるのは、バルシャだろう。……ジーダはいまだ十五歳の身であるので、俺としてはことさら急き立てるつもりもない」

「十五歳という若さでルウ家の勇者に選ばれるというのは、かなりの力量だな。それでもまだ、魂は育ちきっていないということか？」

「同じ十五歳で、ジーダよりも未熟な狩人もいれば、成熟した狩人もいるだろう。しかしまあ……底が見えていないという意味では、まだまだ育ちきってはいないだろうな」

「そうか。家人として迎えるのもやぶさかではないという相手であるならば、俺もむやみに急き立てる必要はないように思うが……皆は、どう思うだろうか？」

ダリ＝サウティが問いかけると、ラッツの家長がそれに答えた。サウティに次ぐ大きな氏族の家長でありながら、ダリ＝サウティよりもなお若い、いかにも勇猛（ゆうもう）そうな面立（おもだ）ちをした男衆である。

「森辺の民の害になるような相手でないならば、ドンダ＝ルウの判断に任せてかまわないと思う。ただ、できれば顔ぐらいは拝ませてほしいところであったな」

「そうか。リリンの家のシュミラルやドムの女狩人の件もあったので、これ以上は余計な人間を連れてくるべきではないと考えていた。次に同じような機会があれば、客人たちにも同行してもらうことにしよう」

それでとりあえず、話は一段落したようだった。

ダリ＝サウティは、「さて……」と腕を組む。

「では、次は……六氏族によって行われた収穫祭（しゅうかくさい）について話を聞かせてもらおうか。リッド、ディン、フォウ、ラン、スドラ、ファの六氏族は、数日前にもともに収穫祭を行ったそうだが――今後もそれを続けていく心づもりなのだろうか？」

「うむ。俺たちはそのように考えている。血族ならぬ相手と収穫祭を祝うというのは森辺の習わしにそぐわない行いなのであろうが、俺たちはこれまで以上の大きな喜びを抱くことができたのだ」

バードゥ＝フォウの落ち着いた返答に、ダリ＝サウティは「ふむ」とうなずく。

「族長筋の人間とベイムの人間が、その収穫祭をひとたびは見届けている。血族ならずとも森辺の同胞であるのだから、喜びを分かち合うことに問題はないように思えるが……しかし、血族ならぬ氏族と休息の時期を合わせるには、いくばくかの手間がつきまとうはずだな？」

「ああ。六つの氏族の狩場から、いっせいにギバが消え失せるわけではないのでな。しかしそれは、族長筋のように眷族の多い氏族も同じことであろう？」

「うむ。狩場の恵みをギバに食い尽くされてしまった氏族は別の氏族の仕事を手伝うことによって、休息の時期を合わせている。そちらでは、手の空いた狩人をスン家の狩場に送ることによって、時期を合わせていたそうだな」

「その通りだ。スドラはもともとスンの仕事を手伝っていたし、そこにはジーンの狩人も加わっていたので、血族であるディンとリッドが出向くことにも不都合はなかった。それだけの狩人が手を貸しても、スンの狩場のギバを狩り尽くすことはできなかったようだしな」

バードゥ＝フォウの言葉を受けて、ダリ＝サウティはジーンの家長に目を向ける。

「ジーンの家は、スンの人間にギバ狩りの手ほどきをするために狩人をよこしていたのだったな。それから一年近くが経ったわけだが、そちらの仕事に関してはどうなのだろうか？」

「スンの狩人たちも、それなりに力を取り戻すことはできたのだと聞いている。……しかし、スンの狩場にはギバの数が多いので、いまだにスンの狩人だけでは手に負えないのではないかという話だ。スンの人間は、もともとの人数の半分ていどしか集落に残されていないのだからな」

肉厚の身体を揺すりながら、ジーンの家長は周囲の血族たちを指し示した。

「だから今では、ダナやハヴィラの狩人も数名ずつ仕事に加わっている。スンには一頭の猟犬がいるので、その扱いを学ぶためにも都合がよかったのだ」

「そうか。これもトトスと荷車の恩恵だな。そうでなくては、そのようにあちこちの氏族がスンの集落に集まることはできなかったはずだ」

「うむ。スン家はまだしばらく余所の氏族と血の縁を結ぶことも許されないのだろうから、こうして俺たちが力を添えてやるべきだろう。……それに、スンの集落に出向いていた連中からは、リッドやディンやスドラの狩人と絆を深めるいい機会だったという言葉を聞かされている」

「ほう、血族であるリッドやディンばかりでなく、スドラともか？」

「ああ。スドラというのは俺たちと異なる作法でギバを狩っているようでな。猟犬の力も相まって、普段以上の収獲をあげられているそうだ」

ダリ＝サウティに目を向けられると、ライエルファム＝スドラも「うむ」とうなずいた。

「俺たちもジーンの狩人の勇猛さには感じ入っていたし、ダナやハヴィラの狩人たちとも絆を深められたことに喜びを感じていた。これまでは、なかなか縁を結ぶ機会もなかった相手であるからな」

そのように述べてから、ライエルファム＝スドラは少し居住まいを正した。

「ところで、血族ならぬ相手と収穫祭を祝うという行いに関しては、他の話と同時に論ずるべきではないだろうか？」

「他の話？　とは、何のことだ？」

「それは、ドムとルティムの婚儀にまつわる話についてだ。その話も、今日の内に是非を問うのであろう？」

ジーンの家長の隣で巨大な石像のように座していたディック＝ドムが、分厚い肩をぴくりと震わせた。その正面に座したグラフ＝ザザは、うろんげにライエルファム＝スドラをねめつける。

「むろん、その話も是非を問わねばなるまい。しかし、それが収穫祭の話とどのように絡んでくるのだ？」

「その前に確認させてもらいたい。ルティムの家長はドムとルティムのみならず、あらゆる氏族が独自に血の縁を結ぶことを許すべきではないかと申し立てたのだな？」

「はい。それぞれの親筋や血族とは関わりなく、婚儀を挙げる氏族同士だけが血の縁を結ぶ。そういった婚儀を認めてほしいと、私は三族長に提案しました」

ガズラン＝ルティムが穏やかな表情で応じると、ライエルファム＝スドラは「うむ」とうなずいた。

「森辺の民はこの八十年ばかりで、氏族の数がずいぶん少なくなってしまった。このままでいくと婚儀の相手を探すのにも不都合が生じてしまうため、習わしを改めるべきではないかと考えた——という話であったな？」

「はい。たとえばルティムとドムが血の縁を結ぼうとすると、ルウとザザを親筋とするすべての氏族が同じ血族ということになってしまいますし……また、ルウとザザのどちらかが親筋となり、どちらかが眷族とならなければなりません。親筋というのは眷族の行く末を担うべき存在であるのですから、どちらも易々とその座を譲ることはできないことでしょう」

　そう言って、ガズラン＝ルティムはにこりと微笑んだ。

「またそれは、ルウやザザほど大きな氏族でなくとも同じことです。サウティ、フォウ、ガズ、ラッツ、ベイム。ラヴィッツ、ダイ――いずれの親筋の氏族でも、そう簡単に親筋の座を譲る気持ちにはなれないはずです。しかし、スドラとヴィンがそれぞれフォウとラヴィッツの眷族となった今、眷族を持たない氏族はスンとファしか残されていません。これから先は血族の中だけで血の縁を深めていくか、親筋の座を譲ってでも余所の血族と血の縁を交わすしかなくなってしまうのです」

「ふむ。それでもしばらくは、血族の中だけでも婚儀の相手に困ることはないのであろうが……ルティムの家長は、さらにその先を見据えた上で、そのように述べたてているのだな」

「はい。それが十年後なのか、五十年後なのか、百年後なのかは、私にもわかりません。しかし、いずれは必ず訪れる未来です。これはもう、民の数がここまで減ってしまった時点で決された運命であるのでしょう」

　そのように語りながら、ガズラン＝ルティムはやわらかい視線を他の家長たちにも巡らせていく。

「我らの祖がモルガの森辺に移り住んだ時、民の数は千名を超えていたと聞きます。また、黒き森で暮らしていた頃は、さらに数多くの同胞が存在したのでしょう。黒き森が戦火に焼かれた際と、ジャガルから遠く離れたモルガの森に向かう道行きでも、数多くの同胞が魂を返したはずなのです。もともとの人数は、二千名ほどもあったのではないでしょうか」

「うむ。そして現在の森辺の習わしは、その時代から受け継がれてきたものであるということだな」

「はい。その頃には正しく機能していた習わしが、現在では正しく機能しなくなってしまった……つまりは、そういうことなのだと思います。民の人数がそこまで異なれば、それもしかたのないことなのでしょう」

「ああ。だからルティムの家長は、これまでの習わしに縛られず、新たな習わしを作るべきだと考えたのだな」

そこで、ライエルファム＝スドラのかたわらに座していたバードゥ＝フォウが発言した。

「ドムとルティムが婚儀を挙げても、親筋や他の血族に血の縁は及ばない。ただ、ドムとルティムだけが血族となる。……つまりは、そういう話であるのだな？」

「はい。もちろん他の血族との縁を絶つわけではなく、ルティムはルウの子のまま、ドムはザザの子のまま、新たな血族を得るのです」

「ふむ。しかし、これまでの習わしをすべて打ち捨てるわけではないのだろうな？」

「はい。これまで通りの婚儀の有り様も、私は間違った習わしだとは考えていません。そうしていずれはすべての氏族が血の縁を結び、唯一となった親筋が族長筋として同胞を導いていく——それもまた、ひとつの理想であるように思えるのです」

あくまで沈着な表情のまま、ガズラン＝ルティムはまた微笑んだ。

「ですから、これまでの習わしも残したまま、新たな習わしを加えたい。私はそのように考えています。余所の血族と婚儀を挙げる際はどちらの習わしに従うか、自分たちで正しいと思える道を選ぶのです」

「うむ。いささかならずややこしい話ではあるが、俺にも理解できたと思う。ライエルファム＝スドラ、話を続けてくれ」

「うむ。もしもその新しい習わしが認められるのならば、血族ならぬ相手と収穫祭を祝うという行いにも、新たな意味が生まれるように思うのだ。……というか、そうして収穫祭でもともにしない限り、なかなか余所の氏族と縁を深める機会もないだろうからな」

「それはつまり――」と、グラフ＝ザザが底ごもる声をあげた。

「フォウの血族がディンやリッドと血の縁を結ぶことも容易くなる――という意味か？」

「うむ、まさしくそういう意味だ。しかし、北の一族はディンやリッドと血の縁を深めようとしているさなかであるのだろう？　それに先んじて、フォウの血族が出張ることはない」

「ああ。そもそも俺たちとて、スドラを新たな眷族に迎えたばかりであるからな。べつだん、婚儀の相手に困っているわけではないのだ」

バードゥ＝フォウも取りなすと、グラフ＝ザザは「ふん」と鼻息をふいた。

「ならば、お前たちが血族ならぬ相手と収穫祭を祝う甲斐もないのではないか？　スドラの家長は、新たな意味がどうとか述べていたようだが」

「それは、俺たちの話ではない。俺たち以外の氏族も、血族ならぬ相手と収穫祭を祝ってみてはどうかと言おうと思っていたのだ」

すると今度は、ダリ＝サウティがけげんそうに首を傾げた。

「他の氏族とは、どの氏族のことを言っているのだ？　やはり、族長筋ならぬ氏族のことであるのだろうか」

「ああ。たとえば、ガズとラッツとベイムはそれなりの近在に住まっている。ダイの家は、ルウとサウティの眷族と近在であろう。ラヴィッツは……たしか、ラッツの眷族の近在ではなかったか？」

「うむ。俺の家は、ラヴィッツの近在だな」

そのように声をあげたのは、ラッツの眷族であるミームの家長であった。ミームの家はファの近在の六氏族よりも北側にあり、ラッツの家は南側にある。小さき氏族にしては珍しく、ずいぶん遠距離の位置関係であったのだ。

「それだけ家が離れているということは、ミームとラッツは収穫祭をともにしていないのではないか？」

「ああ。昨年までは、メイの家と収穫祭を祝っていた。しかし、メイの人間は数が少なくなってしまったので、氏を捨ててミームの家人となったのだ。それ以降は、ミームの家のみで収穫祭を祝っているな」

「ふむ。それはそれで幸福なのだろうがな。しかし、大勢の人間で収穫祭を祝うというのも、楽しいものだぞ」

　そう言って、ライエルファム＝スドラは子猿のように顔をくしゃくしゃにした。

「俺たちスドラの家も、これまでは自分たちだけで収穫祭に取り組んでいた。わずか九名の家人であっても、それは大きな喜びだった。……しかし、六つもの氏族が寄り集まって行う収穫祭は、それ以上の幸福を俺たちにもたらしてくれたのだ」

「ふむ。俺たちとて、婚儀の祝宴などでは数多くの血族たちと喜びを分かち合っている。それがどれほど幸福なことかは、存分に知っているつもりだが……しかし、血族ならぬ相手と収穫祭を祝うというのは、どうなのだろうな」

　そう言って、ミームの家長はデイ＝ラヴィッツのほうをちらりと見た。

　デイ＝ラヴィッツは「ふん」と鼻を鳴らしている。

「相手が俺たちでは面白くもないと言いたげだな。同じ言葉をそのまま返してやろう」

「そのように頭から否定するものではない。余所の氏族と力比べに取り組むというのは、なかなか昂揚するものであるのだぞ」

　同じ表情のまま、ライエルファム＝スドラはそう言いたてた。

「俺たちは新たな血族たるフォウやランばかりでなく、ファやディンやリッドとも力比べを行うことになり、大いに奮起することになった。余所の血族に後れを取りたくないという気持ちもあるし、余所の氏族の強靭さを思い知らされたという気持ちもある。それはどちらも、狩人として生きる俺たちに新たな力を与えてくれるはずだ」

「おお、それは確かにな！　これまでは余所の狩人と力比べをする機会などなかったから、俺も大いに奮起させられたぞ！」

と、遠い位置からラッド＝リッドが賛同を示すと、ライエルファム＝スドラは「そうであろう」とうなずいた。

「また、新たな婚儀の習わしが許されるようになれば、余所の血族と絆を深める行いにも新たな意味を見出すことができる。だからこれは、同時に話を進めるべきではないかと考えたのだ」

「なるほどな。スドラの家長の言い分はわかったように思う。では……ドムの家長の言葉を聞かせてもらおうか」

ダリ＝サウティがそのようにうながすと、ディック＝ドムはギバの頭骨の陰で鋭く双眸を光らせたようだった。

「俺が、どうしたと？　いったい何を語るべきなのだろうか？」

「まず、ドムはルティムの申し出について、どのように考えているかだな。嫁入りを願っているルティム本家の末妹は、もう長きにわたってドムの集落に滞在しているのだろう？」

「…………」

「この期間で、両家の絆は深まったのだろうか？　まずは、そこから聞かせてもらいたい」

ディック＝ドムは重々しく、「いや」と応じた。

「ドムとルティムの家は遠いので、これといって大きな変化はない。ただ、ルティムの末妹は何回か自分の家に戻っていたので……それを迎えに来たルティムの家人とドムの家人が、いくばくか言葉を交わしたぐらいだな」

「それに関しては、私からもよろしいでしょうか」

と、ガズラン＝ルティムが声をあげた。

「今はまだ新たな習わしが認められたわけではないので、私たちも軽はずみな真似をしないように自重していました。もしも新たな習わしが正しい行いであると認められたときは、絆を深める機会を自分たちで作りたいと考えています」

「ふむ。絆を深める機会というのは？」

「まずは、おたがいの家人を行き来させるべきでしょう。以前の、血抜きやかまど仕事の手ほどきのときと同じように、おたがいの家に家人を預けるのです。それに……許されるならば、収穫祭の折にも何名かの人間を客人として招くことができればと考えています」

「収穫祭か。しかし、これは他の血族とは関わりのない行いであるのだろう？　ルティムの収穫祭にはルウの血族が、ドムの収穫祭にはザザの血族がともに加わっているはずだ」

「はい。ですが、ルティムとドムが絆を深めるには、おたがいの血族のことも知るべきだと思うのです。ドムの血族にしてみても、ルティムというのがどのような氏族であるかを知っていないと、心が休まらないことでしょう」

するとと、グラフ＝ザザが鋭い目つきでガズラン＝ルティムをにらみすえた。

「ルティムが力を持つ氏族だということは、お前と先代家長を見ているだけで、あるていどは想像がつく。……しかしこれは、ザザにとって何ら得にならぬ話なのではないだろうか？」

　ガズラン＝ルティムは、落ち着いた面持ちでグラフ＝ザザのほうを振り返る。しかしグラフ＝ザザは、ギバの毛皮のかぶりものの下で爛々と双眸を燃やしていた。

「ドムの家長ディック＝ドムは、ザザの血族において一、二を争うほどの力量を持つ狩人だ。その強き血を余所の氏族に奪われては、ザザの力を損なうことにもなりかねないはずだ」

「はい。よりにもよってドム本家の家長にこのような申し出をしてしまったことは、非常に心苦しく思っています。ただ、ドムの家は嫁を迎える立場です。ドムとルティムの間に子が生されても、それはザザの血族となるのですから、その力を損なうことにもならないのではないでしょうか？」

「それはそうかもしれんが――」

「また、ディック＝ドムに嫁入りを願っているのは、他ならぬ私の妹です。先代家長ダン＝ルティムの血を受け継いだ末妹モルン＝ルティムであればまたとなく強い子を生せるはずだと、私は信じています」

　ガズラン＝ルティムは、気負う様子もなく微笑んでいた。

　そのかたわらで、ダン＝ルティムもにんまりと笑っている。

「そして私は、心からひかれあった男女が子を生すことこそが、もっとも正しい道だと考えています。末妹モルン＝ルティムはザザの血族であるディック＝ドムに想いを寄せてしまったことを、何ヶ月にもわたって思い悩み――その末に、嫁入りを願ったのです。それだけの強い気持ちがなければ、私も家長として妹の申し出を受け入れることはなかったと思います」

「ふむ。ルティムの側としては、当然そうなのだろう。しかし、ドムの側としては、どうなのであろうかな？」

と、ダリ＝サウティがまたディック＝ドムのほうに目をやった。

「ルティムの末妹がドムの集落に滞在して、もう三ヶ月ほどが経ったはずだ。ドムの家長は現在、どのような心情であるのだろうか？」

「……どのような、とは？」

「それはもちろん、その末妹を嫁として迎える気持ちがあるかどうかだ。……このような場で問い質すのは無粋なことであるとわきまえてはいるが、いちおう聞いておかねばなるまい」

ディック＝ドムは、底光りする目でダリ＝サウティを見返した。

「……この会議で新しい婚儀の習わしが認められない限り、俺がルティムの女衆と婚儀を挙げることは許されない。だから、迂闊に心を寄せてしまわないように自分を戒めていた」

「ふむ。今のところは、是も非もないということか。しかし、自分を戒める必要にかられるぐらいの相手ではあったのだな」

誰よりも大きなディック＝ドムの身体が、みしりと軋んだように感じられた。ダリ＝サウティは、それをなだめるように微笑する。

「いや、本当に無粋な話であったな。俺も族長として自分の仕事を果たさなければならなかったので、どうか容赦してもらいたい」

「…………」

「さて、どうしたものだろうな。ここで決を取るのは早すぎるようにも思えるし……かといって、これ以上は何を取り沙汰するべきなのか……」

　すると、ライエルファム＝スドラが「いいだろうか？」と発言した。

「そもそもルティムとドムは、いまだに深い絆を結んだわけでもないのだ。相手がどのような氏族で、どのような家人を抱えているか、それを知らぬ内に婚儀の話を進める気持ちにはなれないように思う」

「ふむ。それはもっともな話だな。では、どうするべきであろうか？」

「さきほどルティムの家長が言っていた通りのやり方で、絆を深めていけばいいと思う。俺たちスドラの家も、そうしてフォウやランの家と絆を深めながら、血の縁を結ぶべきかどうかを見極めたのだ。そこは、古きよりの習わしを重んずるべきであろう」

　誰よりも小さな体躯をしたライエルファム＝スドラは、物怖じすることなくそのように言いたてた。

「その上で、ドムの家長はルティムの末妹が伴侶に相応しい女衆であるかを見極めればいいし……それ以外の家人の間でも、思慕の気持ちがつのることもあるかもしれん。けっきょくは婚儀を挙げたいと願う人間が現れない限り、新しい習わしもへったくれもないのだからな」

「おお、俺たちはいつでも家人を送りつける準備があるぞ！　……と、そうであったな、ガズランよ？」

「はい。そうして一歩ずつ進まぬことには、新しい道を切り開くこともかなわないでしょう」

そう言って、ガズラン＝ルティムは静かに微笑んだ。

「私はスドラの家長が提唱していた、血族ならぬ相手と収穫祭を行うという話にも、全面的に賛同します。これらの新しい習わしが、森辺の民にとって毒となるか薬となるか――やはりそれは、実際に足を踏み出さないことには、見極めることも難しいのではないでしょうか？」

「そうだな……町で商売を行うという話も、アスタが実際に手を出す前に決を取っていたら、おそらくすべての家長が異を唱えていたことだろう」

ダリ＝サウティは大きくうなずいてから、他なる家長たちを見回していった。

「それではここで、いったん決を取りたいと思う。新しい婚儀の習わしに取り組むことを、是とするか非とするか……これで是と認められたとしても、実際に取り組んだのちに何か問題が生じたときは、あらためて是非を問う。そのような形でどうだろうか？」

「……これで意見が分かれたとしても、おたがいが納得いくまで論じ合うのであろうな？」

ラッツの家長がそのように尋ねると、ダリ＝サウティは「無論だ」とうなずいた。

「これほど大きく習わしを改めようという話であるのだから、すべての家長が納得するまで論じ合うべきだろう。各自、そのように考えてほしい。……それでは、決を取る。新たな婚儀の習わしに取り組むことを、是とするか非とするか――非とする家長は立ち上がり、その理由を述べてもらいたい」

俺はそれなりに胸をどきつかせながら、周囲の様子を見回すことになったが――立ち上がろうとする家長は、いなかった。

「……では、血族ならぬ相手と収穫祭をあげたり、おたがいの家人を預けて絆を深めたりする行いを、非とする家長はあるだろうか？」

三十七名の家長たちは、やはり誰一人として立ち上がろうとしなかった。

ダリ＝サウティは少なからず驚いた様子で、グラフ＝ザザを振り返る。

「まさか、反対の声がひとつもあがらないとは考えていなかった。グラフ＝ザザも、それでよいのか？」

「……どうして俺にだけ、そのような言葉を向けるのだ？」

「それはまあ、北の一族はどの氏族よりも古い習わしを重んずると聞いているし……眷族であるドムの家も関わる話であるしな」

「ふん。何か問題があったときは、あらためて是非を問うのであろうが？　ならば、今から文句を言いたてても しかたあるまい」

そのように述べてから、グラフ＝ザザはガズラン＝ルティムのほうをねめつけた。

「だが、ひとつだけ確認させてもらおう。もしもディック＝ドムとルティムの末妹が婚儀を挙げたのちに、この新しい習わしが間違ったものであると断じられた場合は、どうする心づもりであるのだ？」

「何があろうとも、いったん交わした婚儀の契をなかったことにはできません。そのときは、ルティムの家がモルン＝ルティムと血の縁を絶つ他ないでしょう。モルン・ルティム＝ドムが、モルン＝ドムとなるのです」

「その覚悟が、すでにできているというのだな？」

「はい。私やモルン＝ルティムばかりでなく、ルティムの家人全員がその覚悟を固めた上で、モルン＝ルティムをドムの集落に送り出したのです」

そのように述べてから、ガズラン＝ルティムはふわりと微笑んだ。

「むろん、そのように悲しい未来が訪れないことを、私たちは信じています。そのために、これからはいっそうドムの家と正しい絆を深めていきたいと考えています」

「ならばいい」と、グラフ＝ザザは口をつぐんだ。

そのかたわらで、ダリ＝サウティもようやく笑顔になっている。

「それにしても、これだけ大きな変化をすべての家長がすみやかに受け入れるとは考えていなかった。俺たちは、この結果を大いに寿ぐべきだろう。……そうは思わぬか、ドンダ＝ルウよ」

「ふん。べつだん、驚く気にはならんがな。失敗しても取り返しのつく話であるならば、まずは道を進むべきだろう。どれほど素っ頓狂な話でも、それがいずれは大きな喜びや力を生み出すこともある……というのは、ファの家がその身をもって示した事実であるのだからな」

そのように述べながら、ドンダ＝ルウはにやりと笑った。

「俺たちは、かつてのザッツ＝スンとは異なるやり方で、これまで以上に強く、正しくあらねばならない。この場にいる全員が、それを忘れていなかったということだ」

ドンダ＝ルウのその言葉は、俺の心を大いに揺さぶってやまなかった。森辺の民は全員がその胸に、ザッツ＝スンという巨悪を生み出してしまったという原罪を抱えて生きているのである。

(俺はザッツ＝スンと言葉ひとつ交わしたこともないし、決してその罪を許すこともできないけれど……でも、ザッツ＝スンがあそこまで道を大きく踏み外したからこそ、森辺の民は新たな道に足を踏み出す決意を固めることができたんじゃないだろうか)

ザッツ＝スンはあれでも、森辺の狩人として正しく生きたいと願っていた人間であるのだ。そうであるからこそ、森辺の民に不自由な生を強いるジェノスの人間を激しく憎み――そうして道を踏み外すことになってしまったのだ。

もしも城下町で選出された調停役がサイクレウスではなく、メルフリードのように誠実な人間であれば、ザッツ＝スンももっと別の道を歩むことができたのではないだろうか。ジェノスの民を憎むのではなく、同胞として手を取り合うこともできたのではないだろうか――俺には、そんな風に思えてならなかったのだった。

(南方神ジャガルに災いあれ、西方神セルヴァに呪いあれ。我々は、二度までも仕える神を間違えてしまったのだ――ザッツ＝スンは、そんな風に叫んでいた)

だけど今の森辺の民は、西方神セルヴァの子として正しく生きようと懸命に努めている。森辺の民としての力と誇りをなくさぬまま、どのように生きていくべきかを懸命に模索している。その覚悟が、さまざまな変化を受け入れようという決断につながったのだろう。

(ザッツ＝スン……それに、テイ＝スンも……恨みや憎しみや悲しみの中で死んでいった人たちの魂は、母なる森に返されて……今も同胞の姿を見守っているんだろうか)

俺がそんな風に考えたとき、「おい」と肩を揺さぶられた。

振り返ると、アイ＝ファが怖い顔で俺をにらみつけており――そして、その顔がいくぶんぼやけて見えた。

「どうしてまた涙を流しているのだ。何もお前が心を乱すような話ではなかったはずであろうが？」

どうやら俺は、知らず内にまた涙を流してしまっていたようだ。ダリ＝サウティが何か語っているのを遠くに聞きながら、俺はアイ＝ファに笑いかけてみせた。

「ごめん。落ち着いたつもりだったけど、そうでもなかったみたいだ。何も心配する必要はないよ」

「……お前が涙を流しているのに、心配せずにいられるか」

アイ＝ファはいっそう怖い顔をしながら、詰め寄ってくる。

頬を濡らす涙をぬぐいながら、それでも俺は笑顔を返すことしかできなかった。

6

そうして細々とした話を重ねていく内に、ついに太陽は西に没した。

家長会議が開始されて、およそ四刻。ついに終わりのときが訪れたのである。

「まだまだ語り尽くせていない部分もあるように思えるが、今日のところはこれまでとしよう。

あとは三族長の間で言葉を交わす時間を作り、皆のもとにも使者を走らせようと思う」

それがダリ＝サウティによる、閉会の言葉であった。さしもの頑健なる家長たちも、よほど疲れていたのだろう。祭祀堂のあちこちで、脱力気味の息がつかれている気配が感じられた。

「ああ、ようやく終わったな。とりあえずはすべての話が丸く収まって、何よりだった」

そのように述べながら、バードゥ＝フォウが身を寄せてくる。ライエルファム＝スドラもランの家長も、チム＝スドラを始めとするお供の男衆も、みんな温かい眼差しで俺とアイ＝ファを見つめていた。

「ファの家の行いが間違っていなかったと認められたのも、すべてはバードゥ＝フォウらのおかげであろう。心から感謝の言葉を述べさせてもらいたい」

「何を言っているのだ。アイ＝ファたちは、最初から正しい行いをしていた。俺たちは、それを見届けただけのことだ」

バードゥ＝フォウがそのように答えたとき、出入り口から見慣れた少女の姿が覗いた。ルウ家の側の取り仕切り役、レイナ＝ルウである。

「家長の皆様がた、お疲れ様でした。晩餐をお持ちしてもよろしいでしょうか？」

「おお、いつでも持ってきてくれ！　さんざん頭を使ったので、もう腹ぺこだ！」

ダン＝ルティムが元気いっぱいに応じると、レイナ＝ルウは「承知しました」と姿を隠す。それからすぐに他の女衆が鉄鍋やお盆を手に現れると、そこかしこから歓声があがった。誰もがダン＝ルティムと同じ心情であったのだろう。

それにまぎれて、ティアとレム＝ドムも入室してくる。ティアは器用に松葉杖を使いつつ、家長たちの間をすいすいとぬって俺たちのほうに近づいてきた。

「アスタ、ようやく話し合いが終わったのだな！　食事の間は、ともにいることも許されるのだろう？」

「うん。ずいぶん長々と待たせちゃったね」

「それは森辺の習わしなのだから、しかたのないことだ。でも、アスタのそばに戻ることができて、とても嬉しく思う」

ティアはこれ以上ないぐらいににこにこと笑いながら、俺の隣に腰を下ろした。男女がみだりに触れ合うのは禁忌であると教えられているために、肌が触れ合うぎりぎりの位置である。

「アイ＝ファにアスタ、お疲れ様。野人の娘は、確かに返したわよ」

少し遅れてやってきたレム＝ドムが、立ったまま俺たちに笑いかけてくる。その引き締まった顔は上気していて、何だかむやみに艶めいていた。

「そちらこそ、ずいぶんくたびれ果てているようだな。何か鍛錬にでも励んでいたのか？」

「ええ、時間を無駄にすることはできないからね。その娘にも、ちょっぴり力を貸してもらったわ」

そう言って、レム＝ドムは色っぽく息をついた。

「その娘の力は驚くべきものね。棒引きの勝負でも木登りの勝負でも、まったく歯が立たなかったわ」

「なに？　足の折れているこやつと力比べなどに興じていたのか？」

「ええ。アイ＝ファだって、的当ての力比べに興じていたそうじゃない。何も無理はさせていないから、心配はご無用よ」

アイ＝ファにじろりとにらまれても、ティアは屈託のない笑顔のままであった。

「ティアもたくさん身体を動かせたので、楽しかった。足の骨が繋がる日を待ち遠しく思う」

「足の骨が繋がったら、闘技の力比べにも挑ませてほしいものね。まあ、やっぱりわたしでは相手にならないのでしょうけれど」

「森辺の族長やアイ＝ファが許すなら、ティアはかまわない」

アイ＝ファは溜息を噛み殺しつつ、レム＝ドムに向かって手を振った。

「いいから、血族のもとに戻るがいい。晩餐が済むまでは、血族とともにあるのが習わしであろうが」

「ええ、晩餐が終わったら、ともに果実酒を楽しみましょうね」

そうしてレム＝ドムが姿を消す頃には、晩餐の準備もすっかり整っていた。とはいえ、鉄鍋の料理はこれから配膳であるので、俺たちのもとに届けられたのは木匙や焼きポイタンの皿だけだ。

「これから料理を配りますので、少々お待ちください」

壁際には四つのかまどが設置されているので、そこに載せられた鉄鍋から料理が回されていく。七十七名の人間に対してかまど番の数は三十名ぐらいにも及んでいたので、作業に滞りはないようだった。

ただし、かまど番の十名ぐらいはスン家の女衆であるので、この配膳が済んだのちにはそれぞれの家に戻っていく。今宵はスン家の家人たちにも、これらと同じご馳走が準備されているはずであった。

「お待たせー！　いーっぱい食べてねー！」

と、大きなお盆を手に、リミ＝ルウがよちよちと近づいてくる。そこに載せられていたのは、ルウ家自慢の『ギバ肉の香味焼き』と『クリームシチュー』、そして肉じゃがならぬ『肉チャッチ』であった。

俺にしてみると、それはエスニック料理と洋食と和食のチャンポンであるように思えてしまうものの、他の人々にしてみれば疑問の抱きようもない献立である。むしろレイナ＝ルウにしてみれば、さまざまな味わいの料理で人々に喜びを与えようという思いであるのだろう。

また、俺のすぐそばにいるフォウとルウの血族たちにとっては、どれも目新しい料理ではない。しかし、その輪の外にいる人々の多くは、驚きの声をあげているようだった。

「ふむ。これは前回よりもいっそう凝った料理であるようだな」

「この白くてどろどろとした煮汁は、ポイタン汁なのだろうか？　それにしては、ずいぶん美味そうな匂いをあげているが」

「こちらの料理は、すごい香りだな！　食べる前から、汗が出てきてしまったぞ」

驚きの度合いは、どれだけファやルウと交流があるか――そして、普段どれほどの銅貨を食

材にかけられるかで、大きく異なってくるはずだ。たとえばガズやラッツの血族であれば、ファの家と交流が深く、銅貨にも困っていないので、いずれの料理も口にした経験があるに違いない。『ギバ肉の香味焼き』はちょっと馴染みが薄いやもしれないが、『クリームシチュー』や『肉チャッチ』であれば、ファの家の勉強会でも存分に手ほどきされているはずであるのだ。

いっぽう、ベイムとラヴィッツの血族はごく少数の女衆しかファの家に関わらせていないし、肉を準備する仕事にも加わっていないので、あまり高値の食材に手を出す財力を有していない。ベイムの家では、砂糖やタウ油やカロン乳などをわずかに買いつけるぐらいであると俺は聞いていた。

そしてダイの家はこのふた月でたくさんの銅貨を手にすることになったものの、勉強会の類いにはほとんど参加していない。以前の休息の期間に、ごく限られた調理法を手ほどきされたぐらいである。

さらにサウティは、はるかな昔に手ほどきをされたていどで、町での商売にもいっさい関わっていないので、目新しい食材にも触れる機会は少なかったことだろう。また、森の主の一件で大きなダメージを負ったために、経済面ではそれなりに苦しい立場であるはずだった。

(そう考えると、ファ、ルウ、フォウの次に舌が肥えているのは、ザザの血族ってことになるのか。何せ、祝宴のたびにトゥール＝ディンを引っ張り出していたんだからな)

俺がそんなことを考えている間に、すべての人々に料理が届けられたようだった。そこで、ダン＝ルティムが「むむ！」と声をあげる。

「料理は、これしか準備されていないのか？　これでは腹が膨れる前に食べ終えてしまいそうだぞ！」

「これは、ルウの血族が準備した料理となります。皿の置く場所に限りがありますので、これを食べ終えたのちにザザとフォウの血族がこしらえた料理を運んでくる手はずになっています」

レイナ＝ルウが笑顔で応じると、ダン＝ルティムもぱあっと表情を輝かせた。

「では、これで半分の量なのだな？　うむ、それならば十分だ！」

「いちいちやかましい野郎だな。家長の座を退いたんなら、少しは身をつつしみやがれ」

親筋の家長であり昔年の朋友でもあるドンダ＝ルウが、仏頂面で声をあげる。族長たちも、それぞれの血族の輪に加わっているのだ。

ラウ＝レイの隣にはヤミル＝レイが、ダルム＝ルウの隣にはシーラ＝ルウが座し、そして、リミ＝ルウがしきりにヴィナ＝ルウの腕を引っ張っている。おそらく、姉をシュミラルの隣に座らせようと奮闘しているのだろう。なんとも微笑ましい光景である。

あと、ガズラン＝ルティムに耳打ちされているモルン＝ルティムが、うつむきながら頬を赤らめている姿が見えた。きっと、家長会議の結果を伝えられているに違いない。彼女の一途な想いが報われることを、俺は陰ながら祈らせてもらうことにした。

そうしてすべての女衆が血族のもとに落ち着いたのを見計らって、ダリ＝サウティが最後の仕事とばかりに声を張り上げる。

「あらためて伝えておくが、今日の晩餐の準備をしてくれたのはルウ、ザザ、フォウの血族とスンの女衆であり、食材の準備をしてくれたのはルウとファの家だ。なおかつ、その代価はすべてルウ家が族長筋の責任として支払ってくれた。次回からは、ザザとサウティがその責任を負わねばならないだろうな」

そういえば、前回の家長会議においては、各氏族から晩餐の食材費が徴収されていたのである。銅貨を貯め込むことに腐心していたスン家は、以前から同じ真似に及んでいたのだろう。

「聞くところによると、最初に出されたこれらの料理は、すべて宿場町で売られているものであるらしい。宿場町の民はこれらの料理を口にすることによって、ギバの肉に価値を認めたのだ。それを頭の片隅に留めながら、美味なる料理を楽しんでもらいたい」

そのように述べてから、ダリ＝サウティはまぶたを閉ざした。

「森の恵みに感謝して、火の番をつとめたルウ、ザザ、フォウ、スンの血族の家人に礼をほどこし、今宵の生命を得る」

九十名ぐらいにも及ぶ人々が、食前の文言を復唱する。

それを終えると同時に、人々はいっせいに木皿を取り――――そうしてまた、あちこちから驚きや感心の声が響きわたった。

「うむ。ティアはこの料理が大好きだ」

と、ティアも満面の笑みを浮かべつつ『ギバ肉の香味焼き』を頬張っていた。ティアはとにかく、香草の使われた料理を何よりも好んでいるのである。

しかし、初めてこの料理を口にする人々の中には、悲鳴のような声をあげている者もいた。シムの香草はそれなりに値の張る食材であるので、馴染みの少ない人間も多いのだろう。

「ううむ、辛い！　これは舌がどうにかなってしまいそうだぞ！」

「ああ、ミャームーをそのままかじっても、ここまで舌が痛むことはないだろうな」

「……しかし何故だか、ついつい口に運びたくなってしまうな」

森辺において、食事を残すことは許されない。その習わしを逆手に取って、レイナ＝ルウはこの刺激的な『ギバ肉の香味焼き』を本日の献立に取り入れたのかもしれなかった。ただしそれでも、辛みはずいぶん抑えられているのだろう。宿場町で売られている料理に比べれば、口あたりはかなりマイルドであるように感じられた。

（アイ＝ファやルウの人たちだって、初めてチットの実を食べたときは同じような反応だったからな。……あ、いや、アイ＝ファはうっかり辛さの強い俺の分を口にしちゃって、大騒ぎすることになったんだっけ）

あのときのアイ＝ファのように、のたうち回っている人間はいない。これならば、刺激的な味付けに理解を得られることも期待できそうだった。

そして『クリームシチュー』と『肉チャッチ』であるが、こちらに関しては非難がましい声をあげている人間もいっさい見受けられなかった。リミ＝ルウの手によってブラッシュアップされた『クリームシチュー』と、もう一年ぐらいは作り続けてきた『肉チャッチ』であるのだ。すでに食べなれている俺にしてみても、それらの料理の完成度は申し分なかった。

「ううむ、さすがにルウ家の女衆というのは、大した腕を持っているのだな。いささか、悔しく思えてしまうほどだ」

少し離れた場所でそのように述べていたのは、ラッツの若き家長であった。ラッツの家は何人ものかまど番を勉強会に送り込んでいるし、どのような食材でも買いつけることのできる豊かさも有している。が、ルウ家に比べると、どうしても調理技術の差を思い知らされてしまうのだろう。

それはきっと、レイナ＝ルウやシーラ＝ルウのようなかまど番が存在するかどうかで生まれる差なのではないかと思われた。そちらの両名は俺から手ほどきを受けるばかりでなく、それを自分たちなりにアレンジできる力量を有しているのだ。それに、俺が不在の日にはレイナ＝ルウたちが血族の女衆に手ほどきをしているのだから、血族全体の技術が飛躍的に底上げされているはずだった。

「確かにこれは、美味ですね。……でも、わたしたちの料理で落胆させることにはならないはずですので、ご安心ください」

ともに晩餐を囲んでいたフォウの女衆が小声でそのように伝えると、バードゥ＝フォウは「そうか」と笑顔を返した。

「べつだんルウ家と張り合う必要はないが、そのような言葉を聞けるのは心強いことだな」

「はい。それもこれも、アスタとトゥール＝ディンのおかげなのですけれどね」

そのトゥール＝ディンは、ザザの血族と晩餐を囲んでいた。グラフ＝ザザやディック＝ドムといった魁偉なる狩人の姿が目立つ一団の中で、レム＝ドムとスフィラ＝ザザにはさまれた小さな後ろ姿が見え隠れしている。

「ねえねえ、いっぱい食べてるー？」

と、俺とアイ＝ファの間から、にょきんと赤茶けた頭が生えた。ちょうど『クリームシチュー』をすすっていたアイ＝ファは、そちらに「うむ」と優しげな眼差しを向ける。

「この料理はリミ＝ルウがこしらえたのだろう？　とても美味だぞ」

「えへへ、ありがとー！　キミュスの骨ガラは家で煮込んで、それをここまで持ってきたんだー」

アイ＝ファの身体にぴったりと寄り添いながら、リミ＝ルウはにこにこと微笑んでいる。その笑顔を見やりながら、ティアが不思議そうに首を傾げた。

「食事の最中はむやみに動くものではないと、ティアは叱られたことがあるのだが。リミ＝ルウは、もう食べ終えたのか？」

「うん！　アイ＝ファとおしゃべりしたいから、急いで食べてきたの！　ほんとはアイ＝ファの隣に座りたかったなあ」

そのように言ってから、リミ＝ルウは俺に向きなおってきた。

「ダン＝ルティムとかラウ＝レイとかも、早くアスタとおしゃべりしたいって言ってたよ！　この前の祝宴では時間が足りなかったから、今日が楽しみだったんだって！」

「そっか。そんな風に言ってもらえるのは、とても嬉しいよ」

こちらはフォウの血族とご一緒しており、女衆も加わったので、なかなかの大所帯になってしまっている。それでルウの血族のほうはさらなる大所帯であるために、隣り合わせでもけっこう距離ができてしまっているのだ。

「でも、それだけファの家が他の氏族と仲良くなれたってことだもんね！　ギル＝ファも、ぜーったい喜んでるよ！」

リミ＝ルウが笑顔でそう言うと、アイ＝ファはいっそう目を細めて「そうだな」とうなずき返す。無言で食事を続けていたライエルファム＝スドラが、その言葉で振り返った。

「ギル＝ファというのは、先代の家長か。俺は家長会議ぐらいでしか顔をあわせる機会もなかったが、あれは立派な狩人であったな」

「ああ。ギル＝ファは底知れない力を持つ狩人だった。あのような若さで魂を返したのが信じられぬほどだ」

バードゥ＝フォウが神妙な面持ちで相槌を打つと、アイ＝ファは「そうか」と口もとをほころばせた。

「ライエルファム＝スドラやバードゥ＝フォウにそのように言ってもらえるのは、とても光栄なことだ」

「うむ。俺も以前は、ギル＝ファと小さからぬ縁を結んでいたからな。このような話は、アイ＝ファにとって不愉快かもしれないが……ギル＝ファには、フォウの女衆を嫁にする気はないかと持ちかけたこともあったほどであるのだ」

「ふむ。それは、私の母メイが魂を返したのちの話であろうか？」

「その前も、その後もだ。俺がファの家と懇意になったとき、すでに若い家人はギル＝ファとメイ＝ファしかなかったので、それぞれがフォウの血族と血の縁を結んではどうかと持ちかけた。しかしギル＝ファは、メイ＝ファと婚儀を挙げる道を選んだのだ」

　そう言って、バードゥ＝フォウは遠くを見るように目をすがめた。

「そうしてメイ＝ファが魂を返したのちにも、俺は婚儀の話を持ちかけた。アイ＝ファはすでに十三歳に育っていたが、ギル＝ファほどの狩人であれば婚儀を受け入れようという女衆もいなくはなかったのでな。……しかし、それも断られた。自分は魂を返すその日まで、メイ＝ファだけを想い続けると言われてしまったのだ」

「ああ……父ギルであれば、そのように答えるであろうな」

「うむ。そしてギル＝ファはファの氏を捨てる気もなかったようなので、俺は血の縁を結ぶことをあきらめた。そして……二度までも婚儀の話をはねのけられて、少なからず心が離れてしまったのだろうと思う」

　同じ目つきのまま、バードゥ＝フォウは視線を下げた。

「そして、ギル＝ファまでもが魂を返し……アイ＝ファがスン家と悪縁を結んだことによって、俺はファの家との絆を完全に断ち切ってしまった。そのような道を選ぶことしかできなかった自分を、今でも恥じている」

「何を言っているのだ。バードゥ＝フォウは数多くの血族の行く末を担う身であったのだから、何も間違っていなかったはずだ」

　そのように述べてから、アイ＝ファは「ああ」とうなずいた。

「もしかしたら、ラヴィッツの家長の言葉を気にしているのか？　余所の氏族と上手く縁を結べなかったのは、私や父ギルが偏屈者であったためだ。何もバードゥ＝フォウが気にするような話ではない」

「いや、ギル＝ファがどれほど立派な狩人であったかは、誰もが知っている。それを受け入れることができなかったのは、俺たちが狭量であったためなのだろう」

　バードゥ＝フォウは顔を上げると、楽しげに食事を進めている人々の姿を見回していった。

「どうしてもこのような日には、ギル＝ファのことを思い出してしまうな。ファの家はどの氏族よりも家人が少なく、長きにわたって滅びに瀕していたのに、ギル＝ファは何を恥じることもなく、堂々と家長会議に加わっていた。スン家の人間たちにどれだけ侮蔑の言葉を向けられても、決して屈することもなかったのだ」

「うむ。私もひとたびだけ、その姿を見ているぞ。十五の年に、私を供として家長会議に連れてきてくれたからな」

　そう言って、アイ＝ファはまたやわらかく微笑んだ。

「女衆を見習いの狩人として扱うことも、見習いの狩人を家長会議の供にすることも、森辺の習わしに背く行いであっただろう。しかし父ギルは、誰に何を言われようとも平然としていたな」

「ああ。あれほど心の強い人間は、他にないはずだ」

「しかし、父ギルはその強さでもって森辺の習わしを踏みにじり、私に狩人としての手ほどきをしてくれたのだ。私自身はその行いを嬉しく思っていたが、余所の氏族の人間にとっては忌々しく思えて然りであろうよ」

　バードゥ＝フォウの顔を見つめながら、アイ＝ファは静かに言葉を重ねていく。

「ラヴィッツの家長の言う通り、私も父ギルも森辺の厄介者であったのだ。そんな私たちとそれぞれ縁を結んでくれたバードゥ＝フォウは、かけがえのない友だ。どうかこれからも、正しき絆を結んでもらいたく思っている」

「うむ……」とうなずいてから、バードゥ＝フォウはふいに俺のほうを振り返ってきた。

「俺にも少し、アスタの気持ちがわかってきたようだぞ。人間というのは、悲しくなくとも涙がこぼれそうになるものなのだな」

「はい。だけど、ここでバードゥ＝フォウが涙を流してしまったら、俺も絶対にもらい泣きをしてしまいますよ」

「日に三度も泣く人間があるか。お前はもっと心を強く持て」

　アイ＝ファがぶすっとした顔で言うと、ライエルファム＝スドラやランの家長が笑い声をあげた。そんな中、リミ＝ルウも「えへへ」と笑っている。

「なんだか、リミも泣きそうになっちゃった。みんなと仲良くなれて良かったね、アイ＝ファ！」

「うむ。……それもこれも、リミ＝ルウが私のような偏屈者を見捨てずにいてくれたおかげなのであろうがな」

「そんなことないよー」と応じながら、リミ＝ルウは子猫のようにアイ＝ファの肩に頭をこすりつける。そんなアイ＝ファたちの姿を眺めながら、ティアはまた首を傾げた。

「何だか色々とややこしいのだな。そういう部分は、赤き民とずいぶん異なっているようだ」

「赤き民は、余所の氏族とみんな仲良しなの？」

リミ＝ルウが反問すると、ティアは逆側に首を傾けた。

「みんなではない。マダラマを友とする一族とは仲が悪いので、近づかないようにしている。同胞と生命を奪い合うのは禁忌だが、顔をあわせればおたがいを傷つけることになってしまうからな」

「ふーん。赤き民も、みんな仲良しになれればいいのにね！」

リミ＝ルウがそのように述べたとき、遠くのほうからダリ＝サウティの声が聞こえてきた。

「そろそろルウ家の準備してくれた晩餐も食べ終える頃合いだろう。ザザとフォウの血族に、次なる料理の準備を始めてもらいたく思う」

男衆は歓声のような声をあげ、女衆はしずしずと立ち上がる。ルウの血族も配膳には協力するらしく、リミ＝ルウも名残惜しそうに立ち上がった。

「よかったら、俺も手伝おうか？」

俺がそのように申し出ると、ユン＝スドラに笑顔で「駄目です」と言われてしまった。

「今日のアスタは、アイ＝ファの供としてこの場にいるのでしょう？　わたしたちがトゥール

＝ディンのもとでどれだけの仕事を果たすことができたか、どうぞお見守りください」

「うん、わかったよ。それじゃあここで、みんなの料理を味わわせてもらうね」

「はい。どうぞ期待していてください」

空になった鉄鍋や木皿を抱えて、女衆が祭祀堂の外に出ていく。俺は大きな期待を胸に、料理が届けられるのを待たせていただくことにした。

7

「お、お待たせいたしました。こちらが、ザザとフォウのかまど番が準備した料理となります」

鉄鍋を抱えたトゥール＝ディンがそのように宣言すると、大勢の男衆が歓声で応えた。

トゥール＝ディンとともに鉄鍋を運んできたのはスフィラ＝ザザであるが、何も声をあげようとはしない。やはりこの仕事の取り仕切り役はあくまでトゥール＝ディンである、ということなのだろう。事情を知らない男衆の中には、どうしてトゥール＝ディンのように幼い娘が挨拶の声をあげているのかと、不思議そうにしている顔がいくつか見受けられた。

そんな中、他の女衆も次から次へと鉄鍋を運んでくる。その鉄鍋の数に、男衆の一人――たしかタムルの家長である人物が、ぎょっとしたように声をあげた。

「何だか、ものすごい数だな。さっきの倍以上もあるように思えるのだが」

「は、はい。今日はシャスカという特別な料理を準備したので、これだけの鉄鍋が必要になったのです」

鉄鍋の半数近くは、シャスカであるのだろう。本日は、親睦の祝宴のときよりもさらにたくさんのシャスカを準備しているのである。ひとり頭の分量でいえば、軽く三倍になるはずであった。

「シャスカというのは、シムから届けられた食材です。あちらではフワノやポイタンではなく、このシャスカを毎日食べているそうです。よって、これから先の料理には焼きポイタンの準備をしていませんので、どうかご了承ください」

見ているこちらが心配になるぐらい緊張しきった面持ちで、トゥール＝ディンが懸命に声をあげている。そうして誰かが鉄鍋の蓋を開けると『ギバ・カレー』の刺激的な芳香が一気にあふれかえり、それでまた何名かの男衆に非難がましい声をあげさせることになった。

「またずいぶんと辛そうな匂いだな。俺はまだ、さきほどの料理で少し舌が痛んでいるのだが」

すると、ずっと無言でいたスフィラ＝ザザが、声のあがった方向に鋭い視線を突きつけた。

「この料理にもシムの香草が使われてはいますが、さきほどの料理に比べれば辛みは強くないはずです。どうぞご安心してお食べください」

口調そのものは丁寧であるが、勇猛と名高いザザの血族であり、その身分に相応しい迫力を有したスフィラ＝ザザである。それ以降は、文句の声をあげる男衆も現れなかった。

まずは副菜である『タウ油仕立てのギバ・スープ』と、生野菜のサラダが回されていく。だけどやっぱり、人々の関心はシャスカ料理に注がれているようだった。

「親睦の祝宴で出されたという、かれーしゃすかというやつか。チムやユンから話は聞いていたので、俺は楽しみにしていたぞ」

俺のかたわらに控えていたライエルファム＝スドラは、そんな風に言っていた。シャスカとは白米に似た食材であり、ジェノスではほんのつい最近まで一部の人間しか口にする機会がなかったのだ。白米を知らない人々であれば、シャスカの味わいには心から驚かされるはずであった。

そんな中、木皿に盛られた『カレー・シャスカ』が次々と回されていく。スフィラ＝ザザの言う通り、『ギバ肉の香味焼き』に比べれば、この『カレー・シャスカ』のほうがまだしも辛さは控えめであろう。俺の知るカレーの度合いでいうと、甘口と中辛の中間ぐらいであるのだ。今日は初見の人も多いので、いっそう辛さは控えることになったのだった。

（きっとシュミラルなんかは、もっと辛いほうが好みに合うぐらいなんだろうな）

しかしそれでも、辛いだけがカレーの美点ではないはずだ。森辺でも宿場町でも城下町でも人気を博することのできた『ギバ・カレー』であるのだから、俺は何も心配していなかった。

（そもそもこれを家長会議で出してほしいって言いだしたのは、ダリ＝サウティだしな）

これでもしも『カレー・シャスカ』を非難する声があがっても、ダリ＝サウティがフォローしてくれることだろう。俺はそんな風に考えていたが――そんな心配も、けっきょくのところは杞憂であった。おっかなびっくり木匙を取った人々も、最終的には喜びと驚きの声をあげていたのである。

「何なのだ、これは？　何にもたとえようのない味だな！」

「上に掛けられている煮汁も不思議だが、この下の白いやつはもっと不思議だ。これが、シャスカとかいう料理なのか？」

「ううむ。奇妙だ。……奇妙だが、美味だな」

　気づけば、誰もが夢中で『カレー・シャスカ』をかきこんでいた。これが二度目の体験となるバードゥ＝フォウやチム＝スドラも、満足そうに吐息をついている。

「ああ、やはりこいつは見事な料理だ。早く俺の家でも、シャスカというものを買いつけたいものだな」

「うむ。この前の祝宴ではわずかな量しか口にできなかったので、とても残念に思っていたのだ」

　親睦の祝宴では、『カレー・シャスカ』も『ギバ・カツ丼』も、それぞれ半膳ぐらいしか準備されていなかったのである。本日は、男衆が一膳で女衆が半膳という分量であるはずだった。

　そして、男衆が舌鼓を打っている間に、トゥール＝ディンとモルン＝ルティムがひたすら『ギバ・カツ丼』の調理に取りかかっている。卵を半熟に仕上げて料理を完成させるこの仕事は、この両名にしか果たすことがかなわなかったのだった。

（レイナ＝ルウやシーラ＝ルウだったら、難なくこなせるんだけどな。やっぱりそこまでは手を借りられなかったのか）

　それでも、モルン＝ルティムがトゥール＝ディンの班に割り当てられたのは僥倖であっただろう。モルン＝ルティムは、ルウの血族でもかなりの腕を持つかまど番であったのだ。

そして、シャスカの盛りつけを担当していたのは、ユン＝スドラであった。勉強会で使えるシャスカはわずかであったが、ユン＝スドラはその希少な機会を活かしてこの日のために修練を積んだのだ。その修練の甲斐あって、シャスカは綺麗にふっくらと盛られていた。

女衆は自分の晩餐を後回しにして、次々に木皿を配っていく。そうして『ギバ・カツ丼』が回されると、また新たな賞賛の声が響きわたることになった。今度はもう、ひっきりなしに「美味い」という声が聞こえてくる。『ギバ・カツ』もまた、多くの人間にとっては初のお披露目であるのだ。ドンダ＝ルウやジザ＝ルウさえもが初見で美味であると認めていた『ギバ・カツ』は、ここでも多くの男衆を魅了できたようであった。

「ティアはかれーのほうが好きなのだが、肉はこのかつどんという料理のほうが美味いと思えるぞ」

木匙を逆手に持って『ギバ・カツ丼』を食していたティアが笑顔でそのように述べたてると、アイ＝ファが横目でそちらをねめつけた。

「お前は香草を使った料理を好むというだけのことであろうが？　お前の言葉は、あてにならん」

「うむ。この美味い肉がかれーに入っていたら、ティアは一番美味いと思う」

「あ、俺の故郷にも、そういう食べ方はあったよ」

すると、「そうなのか？」という声があちこちからあがった。とはいえ、俺たちの会話が耳に届くのはフォウの血族の人々ぐらいである。六名の狩人たちは、それぞれびっくりまなこで俺のほうを見つめていた。

「は、はい。名前もそのままで、『カツ・カレー』というんですけどね。それがどうかしましたか？」

「いや、かれーもぎばかつも別々の料理と考えていたので、そのような食べ方は想像していなかったのだ」

「なんだか味の想像がつかないな。どちらも美味なる料理であるのだから、美味であることに間違いはないかと思うのだが……」

「それに、かれーもぎばかつもずいぶん前から完成していた料理であるのに、そのような食べ方は女衆にも手ほどきしていないのであろう？」

「はい。その食べ方は、焼きポイタンよりシャスカのほうが合うと思うのですよね。だから今までは、試す気持ちになれなかったのです。シャスカが普通に買えるようになったら、試してみようと考えていました」

「では、どうして今日試さなかったのだ？　……あ、いや、この場にいる人間の大半は、かれーもぎばかつも初めて口にするのだったな」

「ええ。まずはそれぞれの料理の美味しさを知ってほしかったので、別々に食べてもらうことにしました。カレーは味が強いので、カツの味をかすませてしまう可能性がありますからね」

そのように語りながら、俺はちらりとアイ＝ファのほうを見た。黙々と『ギバ・カツ丼』を食していたアイ＝ファは、「何だ？」といぶかしげに見返してくる。

「いや、何でもない。シャスカを気軽に食べられる日が待ち遠しいよ」

虚言にならないていどに、俺は本心を隠させていただいた。俺の念頭にあったのは、もちろん『ハンバーグ・カレー』である。ハンバーグをこよなく愛するアイ＝ファであればどれだけ喜んでくれるかと、俺はひそかに心待ちにしているのだった。

「次の料理が、最後の料理となります」

トゥール＝ディンの宣言と同時に、最後のシャスカ料理が届けられてきた。これは、甘辛いタレで焼きあげたギバ肉をシャスカに載せた、シンプルな『ギバ丼』である。これは『ギバ・カツ丼』ほど難しい献立ではないので、フォウとランの女衆も調理に加わっていた。

いわゆる豚丼を参考に考案した料理であるが、牛丼の派生である豚丼ではなく、北海道で古くに生み出された豚丼のほうを参考にしていた。聞きかじりの知識であるが、北海道ではうな丼の代替料理として豚丼が開発されたらしい。薄く切り分けた肉を煮込むのではなく、それなりの厚みを持つ肉を甘辛いタレで焼き上げるのだそうだ。

まあ俺としても、親父が手慰みで作った豚丼を参考にしているだけであるので、本場の豚丼がどのようなものであるのかはわからない。とりあえず、肉はロースを使い、タレのほうは砂糖、タウ油、ミャームー、ケルの根を使用していた。というか、そういったアイディアをひねり出しただけで、後のことはすべてトゥール＝ディンに託してしまったのである。

俺としては、ひと品ぐらいはトゥール＝ディンの調理センスに託すべきではないかと考えたのだ。よって、調味料の配合なども、すべてトゥール＝ディンに一任している。前述の四品の他に調味料が使われていれば、それはトゥール＝ディンの判断によるものであった。

「ふむ。かれーやぎばかつに比べれば、これはずいぶん普通の料理であるようだな」

手もとに『ギバ丼』の皿が回されてくると、バードゥ＝フォウはその中身をしげしげと見つめながら、そう述べていた。しかし、それを口に運ぶと、実に満足そうに微笑んだものである。

「しかし、文句のつけようもなく、美味だ。なんというか……これぞギバの肉という料理だな」

「うむ。かれーやぎばかつに驚かされた者たちも、同じような心地なのではないだろうか」

ライエルファム＝スドラも、満足そうな笑顔でそう言っている。そんな両者の声を聞きながら、俺もトゥール＝ディンの心尽くしを口に運んだ。

タレの味付けは、俺の提案から大きく外れてはいないようだった。ただ、甘さがずいぶん控えられており、その代わりに豊かな風味が感じられる。きっと赤ママリアの果実酒を使っているのだろう。甘辛いタレに果実酒を使うというのは、ずっと昔からの定番でもあった。

ミャームーとケルの根は隠し味ていどに抑えられているが、それでもニンニクとショウガに似たそれらの食材は確かな存在感で味を支えている。そして、何といってもギバ肉のロースである。焼きあげた肉であるので噛み応えもしっかりとしているが、硬すぎることはまったくない。筋切りをしたのちに、繊維を潰すために叩いたのだろう。この見事なギバ肉を際立たせるための、甘辛いタレであるのだ。

もちろん、甘辛いタレが白米に似たシャスカと相性がいいことは言うまでもない。『ギバ・

カツ丼』ほど凝った料理ではないゆえに、肉とタレとシャスカの相性のよさがいっそう強く感じられるようだった。ごくシンプルに、なおかつダイレクトに、美味である。ラードを使用した『ギバ・カツ』はギバの旨みを凝縮したかのような鮮烈さを有しているが、こちらはもっと原初的な美味しさ——森辺の民の生命の糧である、ギバの肉の味を真正面に押し出した料理であった。

「おお、これも美味いな！　いいかげんに腹は膨れていたはずなのに、いくらでも食えてしまいそうだ！」

　バードゥ＝フォウらの向こう側で、ダン＝ルティムが高笑いをあげている。ルウ家の準備した晩餐をたいらげて、シャスカの料理も三膳目であるのに、もてあましている人間などは一人もいなそうだ。俺より小さな身体をしたライエルファム＝スドラでも、それは同じことであった。

　ちなみに俺は女衆と同じ量にしてもらっており、アイ＝ファは男衆と同じ量をたいらげている。かくも、森辺の狩人の食欲というやつは底なしであるのだ。

　ようやく配膳を終えた女衆も、自分たちのシャスカ料理を食し始めている。その姿を見回しながら、ダリ＝サウティは満足そうに微笑んでいた。

「どれも見事な料理だった。ザザとフォウのかまど番を取り仕切ってくれたのは、ディンの家のトゥール＝ディンだったな？」

「あ、は、はい。わたしはその、決められた通りに仕事を果たしただけですが……」

「うむ。しかし、ここまで見事にアスタの代わりがつとまるかまど番など、他にはそうそういないことだろう。その幼さで、本当に大したものだ」

そのように述べてから、ダリ＝サウティは俺のほうにも目を向けてきた。

「さて、大役を果たしてくれた女衆はまだ食事のさなかであるので、アスタに美味なる料理についての言葉をもらいたく思うのだが、どうだろうか？」

「あ、はい。俺でよろしければ」

ちょうどすべての料理を食べ終えたところであった俺は、恐縮しつつ立ち上がった。

「本日準備された料理は、どれも見事な出来栄えであったかと思います。辛みの強い料理には驚かされた方もいらっしゃるかもしれませんが、シムの香草というのは非常に滋養があると聞きます。食べなれれば美味しく感じると思いますので、よければチットの実などからお試しください」

「うむ。驚かされはしたが、決して不味いとは思わなかったぞ」

どこかの男衆がそのように答えてくれたので、俺は「ありがとうございます」と笑顔を返した。

「また、今日は修練の成果を見せるべきだという話をダリ＝サウティからいただいていたので、手間や銅貨を惜しまない献立が選ばれることになりました。これほどの手間や銅貨をかけなくとも、美味なる料理を作りあげることは可能ですので、ファの家とルウの家でそのお手伝いをさせていただければと考えています」

「では、今まで縁のなかった家の女衆にも手ほどきをしてくれるのか？」

「もちろんです。今後、肉を売る商売でこれまで以上の富を得ることができれば、少し値の張る食材を買いつけることも可能になるでしょう？　それを扱うための手ほどきを、ファとルウの家で受け持とうと考えています」

俺がドンダ＝ルウに視線を向けると、それはそのままレイナ＝ルウにパスされてしまった。まだ食事の途中であったレイナ＝ルウは、木皿を置いて立ち上がる。

「ルウの家も、いまだにアスタに手ほどきを受けています。ですが、それは一日置きの話ですので、アスタのいない日にルウの家を訪れていただければ、わたしどもが手ほどきをいたします。ルウの家から遠いサウティやダイの方々は、南寄りにあるルティムやミンやリリンの家でも、手ほどきをすることは可能ですので」

「しかし、どのような女衆でもこれほどの料理を作れるようになるものなのだろうか？　かまど番とて、狩人と同じように力量の差というものが生じるのだろう？」

そんな疑問を呈したのは、ベイムの眷族であるダゴラの家長であった。

「俺の家でも一人だけ、屋台の仕事をしながらアスタに手ほどきをしてもらっている女衆がいるのだが……それほど際立った力は身についていないようなのだ」

「それは、家で使える食材に限りがあるからではないでしょうか？　今後、さまざまな食材を買いつけることができるようになれば、きっとこれまでの知識や経験が活きてくるはずです」

俺は、そのように答えてみせた。

「それに、ダゴラの女衆が勉強会に参加していたのは、数日に一度のことでしたからね。屋台の当番でない日にも勉強会に参加するようになれば、いっそう力はつけられるはずです」

「うむ。まあ確かに、その女衆ももっと手ほどきを受けたいと嘆（なげ）いていたようだ。しかし俺たちは、あくまでファの家の行いを見定めるという名目を掲（かか）げていたために、屋台の当番でない日にまで女衆を送りつけることはできなかったのだ」

そう言って、ダゴラの家長が親筋たるベイムの家長のほうを振り返ると、そちらは「ふん」と鼻を鳴らした。

「ファの家の行いは正しいと認められたのだから、今後は俺たちも好きなだけ女衆を勉強会とやらに送り込むことが許されるのだろう。……しかし、ファの家では今でもかまど小屋いっぱいに女衆が訪れているのだろうが？　これ以上、ベイムやダゴラの女衆を預かることなど可能であるのか？」

「でしたら、ルウの血族を頼（たよ）ってはいかがでしょう？　北寄りにあるムファやマァムの家でしたら、ベイムの家からも遠くはないのではないですか？」

レイナ＝ルウが、笑顔で言葉をはさんでくる。

「今ではムファやマァムでも、優（すぐ）れたかまど番が育っています。だいたいの食材の扱い方（かた）は、手ほどきをできる状態にあるはずです」

「そうか。族長筋の眷族を頼るというのは、なかなか心苦しいものであるが……かといって、ファの家ばかりに重荷を担わせるわけにもいかんのだろうな」

「はい。ルウ家の家長が認めていることなのですから、どうぞご遠慮はなさらないでください」

レイナ＝ルウはドンダ＝ルウに視線を向けたが、今度はムファとマァムの家長にそれはパスされることになった。

「ああ。俺たちの家も長きの時間をかけて、ルウ家の女衆から手ほどきを受けたのだ。今度はその恩を、別の氏族に返そうと考えている」

「血の縁はなくとも森辺の同胞であるのだから、何も気に病む必要はないぞ」

マァムの家長はジィ＝マァムの父親であるので、かなり厳つい風貌をした大男である。が、その強面に浮かべられているのは、非常に大らかな笑みであった。

「ラヴィッツの家も、ベイムやダゴラと同じような状況であるはずだな。ラヴィッツの家からムファやマァムに通うのは難儀であろうから、ファの家に通うがいい」

アイ＝ファがいきなりそのような声をあげると、デイ＝ラヴィッツは額に皺を寄せつつ振り返った。

「何だ、お前らがラヴィッツの家を気にかける理由はあるまい？」

「そのようなことはない。お前とて、美味なる料理には大きな価値を見出しているのだろうが？」

アイ＝ファは真剣きわまりない面持ちで、そのように言葉を重ねた。

「また、ラヴィッツとファの間に悪い縁があったのならば、それを打ち消すために力を尽くすべきであろう。お前が心の平穏を得るためには、私やアスタがどのような人間であるかを見定める必要があるはずだ」

「ふん。知れば知るほど、心の平穏が失われてしまいそうなところだがな」

「……だったらそれを試してみよ、と申し出ているのだ」

デイ＝ラヴィッツが口をつぐんでしまうと、思わぬところから声があがった。血族の輪の中心で果実酒をあおっていた、グラフ＝ザザである。

「ラヴィッツの家長よ。ザザの家は、スンの家と血の縁を絶った。しかし、スンの家が正しき道を進めるように、ギバ狩り(がり)の手ほどきをしているのだ。たとえ血の縁を絶とうと森辺の同胞であることに変わりはないのだから、ことさら忌避(きひ)する理由にはなるまい」

「………………」

「逆に言うならば、悪縁が生じた相手を忌避しても正しき道が開けることはない。かつての俺たちとルウ家の関係を考えれば、それは明白であろうが？　俺たちは二十年も前に生じた悪縁にとらわれて、手を携(たずさ)えることがかなわなかったのだからな」

その言葉に、ダン＝ルティムがガハハと笑い声をあげた。

「そうか！　二十年前には、俺やドンダ＝ルウがこのスンの集落に押しかけたのだったな！　北の一族が邪魔立て(じゃまだ)していなければ、あの夜の内にルウとスンは刃(やいば)を交えていたかもしれんぞ！」

「ああ。あれは確かに、スン家の側に非があったのだろう。それでもザッツ＝スンの言葉を信じていた、俺たちが愚か(おろ)であったのだ」

グラフ＝ザザは、重々しい声でそう言った。

「ザッツ＝スンが族長の座を退いたときに、俺たちはルウ家と和解するべきだった。しかし俺たちはルウ家を忌避し続けて、さらなる悪縁を重ねていったのだ。過去の悪縁にとらわれて、目の前にいる相手から目を背けても、何も解決はしないということだ」

「…………」

「ファの家から、目を背けるな。お前の祖父が忌避したファの人間は、すでに一人として生き残ってはいない。かつての眷族の末裔がどのような人間であるのかを、お前はお前の目で見定めるがいい」

デイ＝ラヴィッツは溜息をついてから、つるりとした頭を撫でさすった。

「どのみち、ラヴィッツの家ではアリアとポイタンしか買ってはいない。かまど番の手ほどきなど、肉を売る商売で銅貨を手にするまでは無用の長物だ」

「では、ラヴィッツの家に肉を売る順番が回る日を待たせてもらおう」

それだけ言ってアイ＝ファが口をつぐむと、トゥール＝ディンが意を決したように立ち上がった。

「あ、あの、女衆もだいたい食事を終えたようですので、菓子を配ってもよろしいでしょうか？」

「なに？　菓子まで準備してくれたのか？」

ダリ＝サウティが応じると、トゥール＝ディンは「はい」とひかえめに微笑んだ。

「ルウ家のレイナ＝ルウと相談して、ひと品ずつ準備いたしました。量は、ささやかなものですが……」

「では、それを配ってもらおうか。果実酒を酌み交わすのは、その後だな」

すでに果実酒を口にしていた男衆は多数存在したので、口直しのチャッチ茶も人数分配られることになった。そののちに配膳されたのは、トゥール＝ディン自慢の『ガトーショコラ』と、リミ＝ルウ自慢の『チャッチ餅』である。ただし、スンの集落には石窯が存在しないので、普段通りの『ガトーショコラ』ではない。鉄板で焼きあげてもぎりぎり焦げつかないていどにギギの分量を抑えて、形状も平たくした、チョコ風味のホットケーキのような仕上がりであった。

生クリームのトッピングはなく、その代わりに落花生のごときラマンパの実を砕いたものを生地に練り込んでいる。俺は先日試食させていただいていたが、普段の『ガトーショコラ』よりは食感がやわらかく、それでいて濃厚な甘さと風味をあわせ持つ、素晴らしい出来栄えであった。

いっぽう、リミ＝ルウの指揮で作製された『チャッチ餅』は、今回もタウの実でこしらえたきなこと黒蜜のトッピングであった。半透明の餅にまんべんなくきなこがまぶされており、その上に黒い蜜がとろりと掛けられている。以前はギギの葉やカロン乳でアレンジしていたリミ＝ルウであるが、最近ではこのトッピングがお気に入りであるらしい。

それらの菓子は、どちらも男衆を大いに驚嘆させていた。初見の人間にしてみれば、見た目からして驚きに値したことだろう。また、甘い菓子を食するという習慣を持っていなかった森辺の民であるのだから、その味わいにはなおさら驚かされるはずであった。

「以前にも伝達した通り、トゥール＝ディンは貴族からじきじきに声をかけられて、この菓子というものを城下町に売っている。俺たちには馴染みのない味であるが、美味であることに疑いはないのだろう」

ダリ＝サウティが、そのように述べていた。

「それに、ルウの末妹リミ＝ルウもまた、トゥール＝ディンとともにその腕を買われて、城下町の茶会というものに招かれている。この菓子というものに関しては、アスタよりもトゥール＝ディンたちのほうが巧みに作れるのだという話であったな」

数多くの男衆がどよめきをあげると、トゥール＝ディンは恐縮しきった様子で縮こまり、リミ＝ルウは「えへへ」と頭をかいた。

「できれば青の月の間に、また両名を城下町に招きたいという話であったぞ。ルウとザザの家に異存がなければ、貴族たちとの絆を深めるために尽力してもらいたい」

「は、はい！　族長と家長の許しをいただけるのなら、わたしは是非ともお引き受けしたいと思います」

トゥール＝ディンは小さく縮こまりながら懸命に答え、リミ＝ルウは元気いっぱいに「はーい！」と手をあげた。

「では、これにて晩餐も終了だな。どの料理も、きわめて美味であったと思う。ルウ、ザザ、フォウの血族の女衆には、重ねて感謝の言葉を述べさせてもらいたい。この場にいる家長たちも、あらためて美味なる食事を口にする喜びを噛みしめることができたことだろう」

ダリ＝サウティは、笑顔で家長たちの姿を見回していった。

「あとは眠りに落ちるまで、好きな相手と果実酒を酌み交わすとしよう。女衆も、片付けを終えたらそれに加わるがいい。家長らも、異存はなかろうな？」

おおっ、と威勢のいい声があがる。

とても長かった今日という日も、いよいよ最終段階に差し掛かったようだった。

8

ダリ＝サウティの口から酒宴の開始が告げられると、どっさり準備されていた果実酒の土瓶が手から手へと回されることになった。そして、何やら猛烈な勢いで、俺とアイ＝ファのほうに押し寄せてくる人々がいる。ダン＝ルティムを筆頭とする、ルウの血族の面々だ。

「ようやく酒宴だな！　お前さんがたは、もう存分にアスタたちとも語らったのであろう？　よければ、俺たちに席を譲ってくれ！」

いつも豪快なダン＝ルティムばかりでなく、ラウ＝レイ、ギラン＝リリン、ガズラン＝ルティム、シュミラル、そしてその他の男衆も土瓶を手に笑っている。バードゥ＝フォウやライエルファム＝スドラらは、自分たちの果実酒を手に立ち上がることになった。

「それでは、俺たちは他の家長らと縁を結んでくることにしよう。アイ＝ファにアスタ、またのちほどな」

「あ、はい。またのちほど」

フォウの血族が姿を消すと、ダン＝ルティムたちは先を争うように俺とアイ＝ファを取り囲んだ。その勢いに、アイ＝ファもいささか目を丸くしている。

「いったいこれは、何の騒ぎなのだ？　ルウの血族とは、つい先日に祝宴をともにしたばかりであろうが？」

「何を言っている！　あれからすでに、十日近くも経っているではないか！」

「そうだぞ。それに、あの日は町の人間と縁を深めなければならなかったからな。お前たちとは、喋り足りていないのだ」

「俺などは、挨拶ぐらいしかしていないはずだぞ。今日こそ、ゆるりと語らせてもらおう」

「そうか」と、アイ＝ファは目もとだけで微笑んだ。

「むろん私たちも、ルウの血族をないがしろにしていたわけではない。今日の会議が無事に済んだのも、ルウの血族の尽力あってのことだからな」

「何を水臭いことを言っているのだ！　さあ、存分に酒を酌み交わそうではないか！」

ダン＝ルティムが、新しい土瓶をアイ＝ファに突きつける。

それを横目に、俺はガズラン＝ルティムに笑いかけた。

「ガズラン＝ルティム、お疲れ様でした。俺たちが今日までやってこられたのも、最初にガズラン＝ルティムが知恵と力を貸してくれたおかげです」

「とんでもありません。私などは、その背にそっと手を添えていたに過ぎません」

ガズラン＝ルティムの笑顔を見ていると、俺はまた危うく涙をこぼしてしまいそうだった。しかしここで粗相をしてしまったら、またアイ＝ファを心配させてしまうので、俺はぐっとこらえてみせる。

「アスタ。宿場町の商売、認められて、何よりでした」

「ありがとうございます、シュミラル。シュミラルも商団の仕事を続けられるようで、何よりでしたね」

「はい。ですが、その前に、リリンの氏、授かれるように、励みたい、思います」

シュミラルも、優しげに微笑んでくれていた。

その後も、ルウの血族の家長やお供の男衆が次から次へと言葉を投げかけてくる。この場に集っていないのは、ドンダ＝ルウとダルム＝ルウぐらいなのではないかと思われた。

「何だ、ものすごい騒ぎだな。俺たちにも挨拶をさせてもらいたいのだが」

そのような声とともに、ぐいぐいと割り込んでくる人物がいた。誰かと思えば、ラッド＝リッドである。けげんそうに振り返ったダン＝ルティムは、「おお！」と笑みくずれた。

「誰かと思えば、リッドの家長か！　お前さんはファの家とともに行った収穫祭で、勇者の称号を得たそうだな！」

「うむ。もっとも、荷運び以外ではひとつもアイ＝ファにかなわなかったがな！」

大きな笑い声が、交錯する。つねづね似たところのあると思っていたダン＝ルティムとラッド＝リッドが、ついに俺の前で顔をそろえたのである。

（この二人も、きっと去年までは敵対する氏族としていがみあってたんだよな）

　豪快に笑う二人の姿を見ていると、そんなこともまったく信じられないほどであった。そして、ひときわ大きな身体をした両名を邪魔そうに押しのけつつ、ディンの家長も顔を覗かせる。

「アスタよ、ついにザザの家もファの家の行いを正しいと認めることになった。今後はディンとリッドの女衆にも存分に仕事を手伝わせてほしいのだが、了承してもらえるだろうか？」

「ええ、もちろんです。これまでだって、ディンとリッドの方々にはさんざんお世話になっていましたからね」

「……しかしこれまでは必要以上の手を出さぬように、ごく限られた女衆しか預けていなかった。もっとたくさんの女衆まで面倒を見てもらえるものなのだろうか？」

「はい。そのあたりのことは、フォウの人たちと調整しましょう。ちょうどあちらは肉を売る商売で忙しくなっているさなかですし、ディンとリッドの方々に下ごしらえの仕事を手伝っていただけたら、とても助かります」

「そうか」とうなずきつつ、ディンの家長はさらに顔を寄せてきた。

「それで、アスタよ……ついでというわけではないのだが、お前に謝罪の言葉を申し述べておきたい」

「はい？　謝罪の言葉ですか？」

「うむ。俺はかつて、トゥールの作る甘い菓子というものに文句をつけてしまった。アスタが取りなしていなければ、トゥールはその仕事の修練を積むこともあきらめてしまっていたかもしれん。……そのことに関して、詫びの言葉を述べておくべきだろう」

「ええ？　それはだって……もうずいぶんと昔の話ですよね？」

トゥール＝ディンがそんな話でしょんぼりしていたのは、たしかサウティの集落における森の主の一件が落着してすぐの頃であったはずだ。であればそれは、太陽神の復活祭を目前に控えた紫の月の話であり――今から数えれば、八ヶ月以上も昔日の話になるのだった。

「しかし俺は、アスタに感謝の言葉も謝罪の言葉も伝えてはいなかった。様子を見ている間に、時期を逸してしまったのだ」

　眉間に気難しげな皺を寄せながら、ディンの家長はそう述べたてた。

「俺はいまだに、そこまで甘い菓子というものを好いているわけではないのだが……これだけ多くの人間がトゥールを賞賛しているということは、きっとかけがえのないことであるのだろう。家人を正しく導いてくれたことを、俺は深く感謝している」

「とんでもありません。俺は……トゥール＝ディンの背に、そっと手を添えていただけですよ」

　こっそりガズラン＝ルティムのほうを見やりつつ、俺はそんな風に答えてみせた。ガズラン＝ルティムは小声でシュミラルと語らっていたようであるが、俺の言葉も聞こえていたらしい。こちらに目を向けて、にこりと微笑んでくれた。

「謝罪の言葉も感謝の言葉も、俺には不要です。どうかそのお気持ちは、トゥール＝ディンに向けてあげてください」

「……そうするべきだとは思っているのだがな」

ディンの家長がそのように答えたとき、後片付けを終えた女衆が祭祀堂に戻ってきた。その内の半数ぐらいが、俺たちのほうに近づいてくる。その大半は、やはりルウの血族であるようだった。

「おお、ようやく戻ったか！　そら、お前も果実酒で咽喉を潤すがいい、ヤミルよ」

こちらの輪からラウ＝レイが呼びかけると、ヤミル＝レイは深々と息をついた。

「あなたはもうすっかり出来上がってしまっているようね。余計にくたびれてしまいそうだわ」

「フン、祝宴みたいな騒ぎだネ！　仕事が済んだんなら、とっとと休ませてほしいところサ！」

ヤミル＝レイのかたわらには、ツヴァイ＝ルティムの姿もあった。彼女もかまど番のメンバーとして招かれていたのだ。

「何を言っておるのだ！　お前さんたちは、森辺の民として正しく生きている姿を皆に見せておくべきであろうが？　余所の氏族の人間とも、存分に絆を深めておくがいいぞ！」

ダン＝ルティムがガハハと笑うと、そこにラッド＝リッドの笑い声も重なった。

「いや、そのたたずまいを見ているだけで、お前たちが健やかに生きていることは見て取れるぞ！　以前とは、すっかり別人のようではないか！」

リッドもかつてはスンの眷族であったのだから、もちろんヤミル＝レイたちのことは見知っていたのだろう。ヤミル＝レイとツヴァイ＝ルティムは、それぞれ複雑そうな眼差しでラッド＝リッドの笑顔を見返していた。

ヤミル＝レイもツヴァイ＝ルティムも――そしてもちろんトゥール＝ディンも、かつてはスンの家人であったのだ。しかもこちらの両名は本家の家人として君臨していた立場であったので、こういう場では余計に注目を集めるはずであった。

「以前の家長会議では、お前が弟どもに指示を下してアスタやアイ＝ファを害そうとしていたのだろうが？　俺とてその場に立ちあっていたはずなのに、とうてい真実とは思えぬほどだな！」

ダン＝ルティムに負けぬ豪放さでラッド＝リッドがそのように述べたてると、ヤミル＝レイは「ええ……」と俺のほうに目を向けてきた。

「そうね。あれからちょうど一年が経ってしまったのだわ。なんだかもう……十年ぐらいは経ってしまったような心地だけれどね」

「本当ですね」と、俺は笑いかけてみせた。

ギバの血にまみれながら、スン家に婿入りしろと迫ってきた、ヤミル＝スン――あのときの毒蛇のごとき妖しい笑顔と、今の取りすました表情を重ねることは、なかなかできそうになかなかった。

ツヴァイ＝ルティムは、それほど大きく変わったようには思えない。しかしそれは、変化が表に出ていないだけなのだろう。父や兄姉たちとの縁を絶たれて、祖父であるテイ＝スンとザッツ＝スンを失うことで、ツヴァイ＝ルティムも大きく変化しているはずだった。

（ディガやドッドは、どうしているだろう。あとでレム＝ドムに聞いてみなくっちゃな）

俺がそのように考えたとき、新たな一団がこちらに近づいてきた。ガズとラッツを親筋とする、五つの氏族の男衆である。ガズの家長は、眉をひそめながら周囲の人々を見回していった。

「おい、俺たちにもファの家に挨拶をさせてもらいたい。ちょっと席を空けてはもらえんか?」

「なに? 俺たちとて、ついさっき陣取ったばかりなのだぞ」

「しかしルウの血族は、普段からファの家と縁を深めているのだろう? 俺たちは、こういう機会でもないとなかなか言葉を交わすこともできないのだ」

「それは俺たちも同じことだ。俺たちよりも、お前たちのほうがファの家とは近在なのだろうが?」

「家が近在でも、行き来しているのは女衆だけだ。お前たちは、祝宴などをともにしているのだろう?」

「それでも俺たちは、アスタたちと喋り足りていないのだ。先に陣取ったのは俺たちなのだから、順番を待て」

「……それは、族長筋としての命令であるのか?」

と、ラッツの家長がその声に不穏な気配をみなぎらせた。ガズラン=ルティムよりも若いぐらいの家長であるが、けっこうこの人物は苛烈な気性をしているのだ。ガズとラッツの若衆がアイ=ファに嫁入りを願って諍いを起こしそうになったとき、カミナリを落としてそれを諫めたのも、たしかこの人物であるはずだった。

「族長筋など関係ない。だいたい俺たちは、ルウの眷族に過ぎないからな。いいから、後ろに引っ込んでいろ」

と、いい具合に酒の回っているラウ＝レイも、いささか荒っぽい感じになってしまっている。こちらはもう、ラッツの家長よりもさらに直情的な気質であるのだ。そんな二人の若き家長の間に眼光の火花が散り始めると、ダン＝ルティムがおもむろに「よし！」と声をあげた。

「ならばここは、きっちり勝負をして決めようではないか！　そうすれば、おたがいに不満も残らぬであろう？」

「勝負だと？　こんな酔いどれと力比べをさせようというのか？」

「ふん。酒が入っているのは、おたがいさまではないか。俺はいっこうにかまわんぞ」

そうしてラウ＝レイが立ち上がろうとすると、ダン＝ルティムがグローブのような手でその肩を抑えつけた。

「力比べは力比べだが、何も荒っぽい話ではない！　おおい、ダルム＝ルウよ！　例のものをお披露目してくれぬか？」

人の輪から外れたところで父親と酒杯を酌み交わしていたダルム＝ルウが、うろんげに振り返ってきた。

「何だ。しばらくはファの連中と語らうのではなかったのか？」

「そのために、そいつが必要になってしまったのだ！　ラウ＝レイとラッツの家長に、そいつの遊び方を教えてやってくれ！」

ダルム＝ルウはどうでもよさげに肩をすくめてから、壁際のほうに引っ込んでいった。そこから戻ってきたダルム＝ルウの手に携えられていたのは、なんと盤上遊戯の盤である。

「ああ、なるほど。そういうことですか」

「うむ！　何やらルウの家に愉快な遊びがもたらされたという話であったから、俺たちもこの場で習おうと考えていたのだ！」

ルウ家に盤上遊戯の情報がもたらされたのは、昨日のことだ。さっそくバルシャの手ほどきによって、盤と駒が作製されたらしい。ダルム＝ルウが敷物の上に盤を置き、革袋の駒を盤上にぶちまけると、ラウ＝レイとラッツの家長は目を丸くしてそれを見おろした。

「何だこれは？　このようなもので、どうやって勝負をしようというのだ？」

「俺もわからん！　ダルム＝ルウよ、勝負の仕方を教えてくれ！」

ダルム＝ルウが合戦遊びのルールを説明し始めると、周囲の人々も興味深そうにそれを拝聴した。そして、こちらの騒ぎを聞きつけたらしいバードゥ＝フォウが、ダン＝ルティムの肩ごしにひょこりと顔を覗かせる。

「おお、ルウ家からもそいつを持ち込んでいたのか。それでは、俺たちの分も準備するか」

「え？　バードゥ＝フォウたちも、盤と駒を持ってきていたのですか？」

「ああ。きっと喜ぶ男衆も多いと思ったのでな」

盤と駒は、ファの近在の氏族がひと組ずつ作製している。フォウ、ラン、スドラ、ディン、リッドの人々が新たな盤を持ち出すと、そこでも人の輪ができあがった。

「こんなことなら、俺たちも盤と駒を持ってくればよかったな？」

俺がそのように呼びかけると、「うむ？」という不明瞭な声が返ってきた。慌てて振り返ると、るようだった。

アイ＝ファが据わった目つきで俺を見返してくる。心なし、その頬はほんのり赤く染まってい

「ど、どうしたんだ？　果実酒の飲みすぎか？」

「飲みすぎというほど、飲んではいない。……しかし最近は果実酒を口にする機会も少なかったので、いささか回りが早いようだ」

　すると、熱心に説明を聞いていたダン＝ルティムが、笑顔をこちらに向けてきた。

「アイ＝ファはもう酔いが回ってしまったのか？　ならば、しばらく休んでいるがいい！　誰がファの人間と席をともにするか、この盤上遊戯とやらで順番を決めておくからな！」

　順番を決めるも何も、その場にいる人々はのきなみ盤上遊戯に夢中になってしまっていた。

これこそ、本末転倒というものであろう。

　しかし、アイ＝ファが酔いを覚ますには、ちょうどいいブレイクタイムであったに違いない。

俺はアイ＝ファに手を貸して、こっそり壁際まで避難させていただくことにした。

「大丈夫か、アイ＝ファ？　水でももらってこようか？」

「案ずるな。しばらく休めば、酔いもおさまろう」

アイ＝ファはそのように答えていたが、目つきはとろんとしてしまっている。アイ＝ファがこれほど酩酊するのは、バランのおやっさんたちからいただいたママリアの蒸留酒を口にして以来ではないかと思われた。

「何だ、アイ＝ファは酒に弱いのだな。果実酒という酒がどのようなものかは知らないが、飲

み比べをしてもティアが負けることはなさそうだ」

家長たちが騒いでいる間、ずっと静かにしていたティアが、楽しげに笑いながらそのように言った。壁にもたれて座り込んでいたアイ＝ファは、不服そうなお顔でそちらを振り返る。

「酒に強いかどうかなど、狩人の力量には関係ないことだ。お前たちは、酒の強さなどを競っているのか？」

「うむ。ティアの母ハムラは、一族で一番の大酒飲みだったぞ。飲み比べを挑んだものたちが酔い潰れても、一人でがぶがぶと飲み続けていたな」

そう言って、ティアはふっと目を細めた。

「ティアがモルガの山を離れてから、十六日も経ってしまった。きっと同胞は、ティアが魂を返したと考えているだろう。同胞のもとに帰れる日を、ティアは心から待ち望んでいる」

「ふん……何を嘆いても、その身に力が戻らねばどうすることもできぬのであろうが？　ならば、余計なことは考えずに、傷を癒すことに努めるべきであろう。無駄に思い悩んで、心を痛める必要はない」

「うむ、わかっている。アイ＝ファは酔っていても、優しいのだな」

アイ＝ファは大儀そうに、ティアを蹴っ飛ばす真似をした。

そこに、いくつかの人影が忍び寄ってくる。

「お、お休みのところを申し訳ありません。少しだけお時間をいただいてもかまわないでしょうか……？」

「やあ、トゥール＝ディン。今日はお疲れ様。もちろん、まったくかまわないよ」

「そ、そうですか。アスタたちと言葉を交わすには、あちらの勝負に挑まなければいけないのかと思っていました」

トゥール＝ディンはほっとしたように息をつきながら、俺たちの前に膝を折った。そのかたわらに控えていたのは、スフィラ＝ザザとスンの家長である。

「あちらはもう盤上遊戯に夢中みたいだから、大丈夫さ。スフィラ＝ザザもスンの家長も、お疲れ様でした」

スフィラ＝ザザは無言のままうなずき、スンの家長は思い詰めた面持ちで膝を乗り出してきた。

「ファの家長アイ＝ファに、家人アスタ。今日はお疲れ様でした。そして、ありがとうございました。スンの血族を代表して、感謝の言葉を述べさせていただきたく思います」

家長会議の際には普通の口調であったスンの家長が、とても丁寧な口調になっていた。その口調の変化と言葉の内容に驚かされつつ、「感謝の言葉ですか？」と俺は反問する。アイ＝ファも、とてもけげんそうな面持ちであった。

「取り立てて、俺たちがお礼を言われるようなことはないかと思うのですが……」

「いいえ。スンの家が正しい道に戻れたのも、そもそもはファの家あってのことと考えています」

そう言って、スンの家長は深々と頭を垂れた。

「むろん、スンの家を正しき道に戻してくれたのは、三族長とすべての家長たちです。ですが、そのきっかけを与えてくれたのは、やはりファの家であったはずです。あなたがたがこれほどまでに強く、正しくあらねば、スンの家の罪を暴くこともできなかったことでしょう」

「いえ、決してそのようなことは――」

「そして、スンの集落に居残った人間ばかりでなく、スンの家を離れたかつての家人たちも、正しき道を歩むことができているようです。そこにもまた、ファの家の力が及んでいるのでしょう」

スンの家長が、かたわらのトゥール＝ディンを振り返る。トゥール＝ディンはうっすらと涙の浮かんだ目で、それを見つめ返した。

「トゥール＝ディンとその父ゼイ＝ディンは、自分にとってもかけがえのない血族でありました。今は血の縁を絶たれた身ですが……トゥール＝ディンはかまど番として、ゼイ＝ディンは狩人として、それぞれまたとない力を授かることになったのだと聞いています。自分はそれを……心から誇らしく思っています」

「それは、トゥール＝ディンとゼイ＝ディンの力です。二人には、それだけの力がもともと備わっていたのですよ」

「いえ。わたしなどは、アスタの導きに従っていただけです。ゼイ父さんだって、美味なる食事というものに支えられていなかったら、どうなっていたかもわかりません」

そのように述べるトゥール＝ディンの瞳から、こらえかねたように涙がこぼれた。

「わたしたちを家人として迎えてくれたディンの家と同じぐらい、わたしたちはファの家にも感謝しています。わたしたちなんて、ファの家がなかったら……」

「それはきっと、おたがいさまのことなんだよ。俺の商売だって、トゥール＝ディンにはすごく助けられていたんだからさ」

俺は精一杯の気持ちを込めて、トゥール＝ディンに笑いかけた。

「俺たちはそうやって支え合いながら、ここまで進むことができたんだ。俺のほうこそ、心から感謝しているよ」

トゥール＝ディンは顔をくしゃくしゃにすると、嗚咽をこぼしながら俺の胸に取りすがってきた。小さな手で俺の胸もとをつかみ、肩を震わせながら、泣いている。その姿を見下ろしながら、スフィラ＝ザザは小さく息をついた。

「大役を無事に果たすことができて、張り詰めていた気持ちが切れてしまったのでしょう。みだりに男女が触れ合うのは禁忌となりますが、しばらくは容赦を願います」

「ええ、もちろん」と応じつつ、俺は横目でアイ＝ファのほうをうかがった。アイ＝ファは相変わらずとろんとした目つきで、俺たちの姿を見守っている。

「異存はないが、お前まで涙をこぼすのではないぞ、アスタよ」

「うん、わかってる」

俺も何とか、この場では涙腺を制御することができていた。ただ、万感の思いを込めて、トゥール＝ディンのやわらかい髪を撫でる。

（トゥール＝ディンにとっても、今日は区切りの日だったんだろう。去年の今日を境に、トゥ

ール＝ディンは生まれ変わることができたんだからな）

俺だって、日中には二度も泣くことになってしまったのだ。まだ十一歳であるトゥール＝ディンであれば、それ以上に情動を揺さぶられるのが当然であるように思えた。

（こんなに小さな身体で他の女衆を取り仕切って、見事に大役を果たしてみせたんだ。トゥール＝ディンは、本当にすごいよ）

これ以上トゥール＝ディンの心をかき乱してしまわないように、俺は心中でそのように語りかけた。トゥール＝ディンは俺の胸に取りすがったまま、弱々しくしゃくりあげている。トゥール＝ディンが自分から身を起こすまでの数分間、俺はその髪を撫で続けてあげた。

「……な、情けない姿を見せてしまって、どうも申し訳ありません」

やがてトゥール＝ディンは、そのように述べながら身を離した。すかさずスフィラ＝ザザが手ぬぐいを差し出したので、恥ずかしそうにそれで顔を覆ってしまう。

「情けないことなんて、まったくないよ。今日は本当に頑張ったね、トゥール＝ディン」

するとそこに、新たな人影が近づいてくる。誰かと思って振り返ると、ラウ＝レイたちの勝負を見守っていたディンの家長がこれ以上ないぐらい眉を寄せながら、俺たちを見下ろしてきた。

「どうしてトゥールが、涙などをこぼしているのだ？　まさか誰かが、トゥールによからぬ真似を働いたのではなかろうな？」

「い、いいえ、違います！　これはわたしが、勝手に心を乱しただけで……」

トゥール＝ディンは手ぬぐいで半分顔を隠しながら、必死な眼差しで家長を見上げた。ディンの家長は同じ表情のまま、「ふん」と鼻を鳴らす。

「誰かを庇い立てしているのではなかろうな？　……まあいい。話があるので、ちょっとこっちに来るがいい」

「は、はい。そ、それではアスタにアイ＝ファ、失礼いたします」

「うん。また後でね」

もしかしたら、ディンの家長はこの場でトゥール＝ディンにも感謝と謝罪の言葉を伝えるつもりなのかもしれない。そうだとしたら、きっと彼もトゥール＝ディンの涙の意味を思い知ることになるだろう。

スフィラ＝ザザとスンの家長も一緒に腰を上げたので、その場にはまた俺たち三名だけが残される。ラウ＝レイとラッツの家長は大勢の血族に見守られながら、まだ盤上遊戯に取り組んでいる様子だった。

バードゥ＝フォウらが持ち出した盤と駒で、他の場所でも同じような輪ができている。その様子を見回してから、俺はアイ＝ファを振り返った。

「やっぱり合戦遊びっていうのは、森辺の狩人の気性に合うみたいだな。アイ＝ファも酔いが覚めたら、挑んでみたらどうだ？」

「ふん。気が向いたらな」

そのように述べながら、アイ＝ファはいきなり唇をとがらせた。

「……そのようなことよりも、男女がみだりに触れ合うのは大きな禁忌であるのだぞ、アスタよ」

「え？　う、うん。それは許してもらえたんじゃなかったのかな？」

「許していなければ、その場でお前を叩(たた)いていた」

俺のことをじっとりとにらみつけながら、アイ＝ファがにじり寄ってくる。

「お前とトゥール＝ディンの間に邪(よこしま)な気持ちがないことはわかっている。また、お前とトゥール＝ディンが正しく絆を深めていることを、私はとても喜ばしく思っている」

「そ、そうか。それなら、よかったよ」

「しかし、それとこれとは、話が別だ。腹の底がただれるように熱いのだが、私はどのようにしてこの苦しみに耐(た)えればいいのだろうか？」

酔いの回ったアイ＝ファの顔が、目の前にまで迫ってきた。やはりその面は普段よりも赤らんでおり、目もとは若干(じゃっかん)うるんでしまっている。不満でいっぱいのお顔になりながら、アイ＝ファはとても色っぽかった。

「アスタ、お前には、この苦しみを癒すことができるのか？」

「ええ？　ど、どうすればそれを癒すことができるんだろう？」

「それを考えるのは、お前の役目だ」

俺は一瞬(いっしゅん)で決断を下し、えいやっとばかりにアイ＝ファの頭に手を置いてみせた。そうして金褐色(きんかっしょく)の髪を撫でていく内に、極限までとがらされていた唇がじょじょに戻っていく。

「……やればできるではないか」

「お、おほめにあずかり、恐縮です」

俺がほっとして手を下ろすと、とたんに唇がとがらされた。

「……トゥール＝ディンとはもっと長い時間、触れ合っていたはずだ」

「う、うん。だけど、他の人の目もあるからさ。こんな姿を人に見られたら、アイ＝ファもちょっと気まずいんじゃないか？」

アイ＝ファの手が俺の両肩をつかんで、壁に押しつけてきた。いよいよ暴力を行使されるのかと俺が首をすくめると、アイ＝ファは身を引いて、自分も壁にもたれかかる。そうして、俺の肩にころんと頭を乗せてきた。

「では、これで勘弁してやろう。私の気が晴れるまで、動くのではないぞ？」

「はっ、承知いたしました」

アイ＝ファの頬が俺の肩に、アイ＝ファの髪が俺の頬に、それぞれ触れている。それだけで、俺の心臓を高鳴らせるには十分であった。そんな俺たちの正面に座り込んだまま、ティアは「ふむ」と小首を傾げる。

「何だかアイ＝ファは幼子のようだな。とても可愛らしく思う」

「やかましい」と応じつつ、アイ＝ファは動こうとしない。その重みと温もりに幸福な心地をかきたてられつつ、俺は目だけで再び祭祀堂の内部を見回した。

ダン＝ルティムはラウ＝レイのもとから離れて、チム＝スドラと対戦している様子であった。

ヤミル＝レイはラウ＝レイのもとに留まっていたが、盤のほうには目を向けずに、別の男衆と語らっている。あれはたしか、ハヴィラとダナの家長たちであったはずだ。彼らも、かつてはスン家の血族であったのである。

バードゥ＝フォウはギラン＝リリンと対戦しており、その輪にはシュミラルとヴィナ＝ルウが加わっている。シュミラルがしきりに口を動かしているのは、周囲の人々に合戦遊びのルールを説明しているのかもしれなかった。

ドンダ＝ルウはいずれの輪にも加わらず、ディック＝ドムと差し向かいで語らっている。そのそばにはガズラン＝ルティムとモルン＝ルティム、それにグラフ＝ザザの姿もあるので、今後のドムとルティムの交流について語らっているのだろう。何故かしら、リミ＝ルウが後ろからドンダ＝ルウの首もとにからみついているのが、とても可愛らしかった。

ダリ＝サウティとモガ＝サウティは、ラッド＝リッドと誰かの対戦を楽しげに覗き込んでいる。なんとなく、サウティの両名はどちらも合戦遊びでなかなかの強さを発揮するのではないかと思えてならなかった。

レイナ＝ルウとシーラ＝ルウは、ザザの血族の女衆に取り囲まれていた。今日の料理のレシピなどを問い質されているのかもしれない。

その近くで何やら語らっているのは、トゥール＝ディンとディンの家長だ。スフィラ＝ザザの他にレム＝ドムとリッドの女衆も加わって、何かちょっと騒がしくしている様子である。ディンの家長がいくぶんおろおろしているように見えるので、やっぱりトゥール＝ディンを泣かせてしまったのかもしれなかった。

ともあれ、誰もが酒宴を楽しんでいる。昨年のように、氏族の間でおかしな緊張感などが生まれている様子もない。どの氏族もわけへだてなく、縁の薄かった相手と存分に絆を深めているように感じられた。

「……去年のこの時間は、ダリ＝サウティやバードゥ＝フォウなんかと語らってたんだよな」

俺が言うと、アイ＝ファは「うむ」とかすかに頭を動かした。

「他の人たちもたくさん集まって、美味なる食事についての質問責めにあってたんだ。それでも、順番争いになるようなことはなかったけどさ」

「……それだけ、他の氏族との絆も深まったということであろう」

アイ＝ファの声は、ずいぶん眠そうであった。

ただ、そのぶん穏やかに、優しげにも聞こえる。

「その前の年は、私は一人で家長会議に加わっていた。さらにその前の年は、父ギルとともに加わっていた。……それらの家長会議では、ファの人間に声をかけてくる者などはいなかった。せいぜいスン家の人間が悪態をついてくるぐらいであったな」

「ああ、その頃にアイ＝ファはディガと悪縁を結んじゃったんだもんな」

「うむ。あの頃は、迂闊に果実酒を口にすることさえできなかった。スン家のみならず、どの氏族にも弱みを見せる気持ちにはなれなかったのだ」

アイ＝ファの身体が、いっそうの重みをともなって肩に預けられてきた。

「このように幸福な心地で身を置けるようになったのは、お前という家人を迎えることができたおかげだ。私は何度でも、母なる森に感謝の言葉を捧げようと思う」

「うん。俺も同じ気持ちだよ」

「……アスタと出会うことができて、私は幸福だ。そして、アスタの行いが正しいと認められたことを、心から誇らしく思う……」

アイ＝ファの手が、俺の手に重ねられてくる。俺がその温かい指先を握り返しながら「うん」とうなずいたとき、小さな人影がちょこちょこと走り寄ってきた。

「やっとお話が終わったよー！　……あれれ、アイ＝ファは寝ちゃったの？」

「やあ、リミ＝ルウ。アイ＝ファだったら、きちんと起きて――」

そのように言いかけて、俺は口をつぐむことになった。リミ＝ルウの背後には、その父親までもが立ちはだかっていたのである。

「ふん。このように早い時間に眠りこけるとは、ずいぶん面白みのないやつだ」

「あ、いえ、アイ＝ファはお酒が回ってしまったので、ちょっと休んでいただけなのです。なあ、アイ＝ファ？」

俺はそのように呼びかけたが、返事はなかった。代わりに返ってきたのは、とても安らかな寝息ばかりである。

「……申し訳ありません。ついさっきまでは起きていたのですが、どうやら寝入ってしまったようです」

「ふん。べつだん、謝罪をされる筋合いはない」

そのように述べながら、ドンダ＝ルウが身を屈めて俺たちの顔を覗き込んできた。つきあいは長いが、ここまで間近から相対するというのはなかなかないことだ。

「きょ、今日はどうもお疲れ様でした。俺たちの行いが正しいと認めてもらえたのも、最初に力を添えてくださったドンダ＝ルウのおかげです」

「ふん……貴様たちの口車に乗ったのは、俺ではなくガズラン＝ルティムであろうが？」

「はい。だけど、最終的な決断を下したのはドンダ＝ルウであるのですから、感謝せずにはいられません」

「……貴様は自分の右腕を懸けて、自分の正しさを示してみせたのだ。それで俺に礼などを言う必要はあるまい」

低い声で言いながら、ドンダ＝ルウはいっそう顔を近づけてきた。獅子が人間に変じたかのような、誰よりも勇猛で厳つい面相である。ただ、その表情はとても静謐であるように感じられた。

「……この、牙と角の首飾り――」

と、ドンダ＝ルウの頑丈そうな指先が、俺の首飾りにじゃらりと触れてきた。

「――これは、ルウ家の家人から授かったものをそのまま残していると聞いたが、それは真実であるのか？」

「あ、はい。これは俺にとって、大事な思い出の品ですので」

婚儀の祝宴においてダルム＝ルウからも牙を授かり、十一本となった首飾りである。ジザ＝ルウとコタ＝ルウを除くルウ本家のみんなから授かった、思い出の品であった。

ドンダ＝ルウは、「酔狂なやつだ」と息をつく。

「……貴様たちが初めてルウの家に招かれてから、もう一年以上の時が過ぎたということだな」

「はい。一年とひと月ぐらいになるのでしょうね」

「……あの頃の貴様は、本当に忌々しい小僧だった。貴様も、そちらで眠りこけている家長もな」

青い火のようなドンダ＝ルウの瞳が、俺とアイ＝ファの顔を見比べる。

そして──思いも寄らぬことが起きた。ドンダ＝ルウが、ふっと口もとをほころばせたのだ。

それは、難敵を前にしたときの不敵な笑い方ではなく、とても静かで、とても穏やかな微笑であった。

俺が言葉を失っている間に、ドンダ＝ルウはゆらりと身を起こしてしまう。

「今日まで、ご苦労だった。そして明日からも、これまで通りに励むがいい。森辺の民として、森辺の同胞のために力を尽くせ」

「は、はい。ありがとうございます、ドンダ＝ルウ。アイ＝ファにも、必ず伝えておきます」

ドンダ＝ルウはひとつうなずくと、俺たちの前から立ち去っていった。

その代わりに、リミ＝ルウがぴょこんと飛び跳ねてくる。

「ドンダ父さんも今日の会議がどうなるか、ずーっと心配だったみたいだよ！　町での商売を許してもらえて、よかったね！」

「うん。これまで力を貸してくれた、みんなのおかげだよ。リミ＝ルウも、ありがとうね」

「うん！」と元気にうなずいてから、リミ＝ルウはそろそろとアイ＝ファの頭を撫でた。

「アイ＝ファも、ほっとしたんだろうねー。気持ちよさそうに眠っちゃってるー」

「ごめんね。ついさっきまでは起きてたんだけどさ」

「いいよいいよ！　起きたら、いーっぱいおしゃべりしてもらうから！」

リミ＝ルウの姿が、視界から消えた。おそらく、俺とは反対の側からアイ＝ファに寄り添ったのだろう。

ドンダ＝ルウのために場所を空けていたティアが、ずりずりと俺たちの正面にまで戻りながら、可愛らしい顔でにこりと微笑んだ。

「アスタからは見えないだろうから、ティアが教えてやろう。アイ＝ファはとても幸せそうな寝顔をしているぞ」

「そっか。ありがとう」

俺はティアに笑顔を返しつつ、甘い香りのするアイ＝ファの頭にそっと頬をもたせかける。

盤上遊戯の結果によって、こちらに押し寄せてくるのはルウの血族かラッツの血族か。その結果が出るまでは、こうしてアイ＝ファと身を寄せ合える幸福を噛みしめさせてもらうつもりだった。

箸休め　～酒宴の片隅～

　その場の賑わいを見回しながら、ユン＝スドラはとても満たされた心地であった。

　青の月の十日の、家長会議――すでに晩餐も食べ終えて、酒宴を楽しんでいるさなかである。ユン＝スドラ自身は果実酒を口にしていなかったが、この光景だけで心地好く酩酊してしまいそうだった。

　元来、女衆が家長会議の場に参ずることはない。家長会議というのは森辺の民の行く末を定めるための重要な話し合いの場であり、すべての氏族の家長とその供たる狩人にだけ参席が許されるのだ。

　その習わしが破られたのは、昨年のことになる。家長会議の場で美味なる料理を披露するために、ファの家のアスタを筆頭とする数多くのかまど番が招集されることになったのだ。

　ただし、その際に集められたのはいずれもルウの血族の女衆となる。その時代、アスタからかまど仕事の手ほどきを受けていたのは、ルウの血族のみであったのだ。スドラを始めとする小さき氏族の人間は、誰もがスン家の目を恐れてファの家と縁を絶っていたはずであった。

　しかし今ではさまざまな氏族の女衆が、アスタから手ほどきを受けている。それでユン＝スドラも、こうしてかまど仕事のために家長会議の場まで参ずることが許されたのだった。

（アスタたちの行いが、ついに正しいことだと認められた。これからは胸を張って、すべての森辺の同胞とともに同じ道を歩むことができるんだ）

そんな風に考えると、ユン＝スドラの心はいっそう深く満たされていく。

スン家の祭祀堂を埋め尽くした人々も、きっとユン＝スドラと同じ喜びを噛みしめているのだろう。だからこそ、この賑わいが何よりユン＝スドラを幸福な心地にしてくれるのだった。

「……こんなところでひとりで座り込み、何をやっているのだ？」

と、そんな風に声をかけてきたのは、同じスドラの家人であるチム＝スドラであった。ユン＝スドラより一歳だけ年長の、若き狩人である。

「ああ、チム……盤上遊戯の勝負は終わったのですか？」

「うむ。勝負の方法を手ほどきしてやったら、誰もが夢中になってしまったのでな。しばらく俺の出番は巡ってこなそうだ」

そんな風に語りながら、チム＝スドラはユン＝スドラのかたわらに腰を下ろした。

「それで、ユンは何をやっていたのだ？」

「はい。この場の賑わいを眺めながら、幸福な気持ちを噛みしめていました。……今日は、記念すべき日ですものね」

「うむ。ついにファの家の正しさが認められたのだからな」

そう言って、チム＝スドラも幸せそうに目を細めた。

「俺たちがファの家と縁を結んだのは去年の家長会議を終えてすぐのことだったから、これでちょうど一年が経つわけだ。あっという間であったような、とても長い時間であったような……いささか、奇妙な心地だな」

「はい。でも、家長会議の次の日のことは、昨日のことのようにはっきりと覚えています」

家長会議から戻った家長のライエルファム＝スドラは、かつてなかったほどに昂揚していた。ファの家の指し示す道を辿れば、貧しき生活から脱することができるかもしれない――ライエルファム＝スドラは、そんな希望を火のように燃えさからせていたのだった。

スドラはそれまでの間に、何十名という家人を失っている。ユン＝スドラが生まれた後からでも数えきれない人数であったのだから、ライエルファム＝スドラはそれ以上の死を見届けてきたのだろう。そうであるからこそ、ライエルファム＝スドラはファの家の主張に強く共鳴し、彼らと同じ道を歩いていこうと決意することになったのだった。

「それからすぐに、スン家の大罪人がドムの集落から逃げ出したり……その大罪人に、アスタが襲われたり……そちらが終わったかと思ったら、今度はアスタが貴族の娘にさらわれてしまったり……本当にアスタというのは、とてつもない星のもとに生まれているのだろうな」

「はい。だからこそ、これほどまでに大きな役目を果たせるのかもしれません」

ユン＝スドラがそのように答えると、チム＝スドラは優しく微笑んだ。

「ユンとて、今日は大きな役目を果たしたではないか。他の連中が料理の出来栄えに大騒ぎするたび、俺は誇らしい心地であったぞ」

「それもすべてアスタの手ほどきのおかげですし、そもそも仕事を取り仕切ったのはトゥール

＝ディンですよ」

「いや。ユンの働きなくして、今日の結果はなかった。……と、さきほどザザの末妹がそのように語っていたのだ」

「ええ？　スフィラ＝ザザが、そのようなことを？」

「うむ。あれだけ血族びいきの娘がそのように語るからには、確かな話であろう。それで俺は、また誇らしい気持ちを噛みしめることができたのだ」

ユン＝スドラは小さからぬ気恥（きは）ずかしさを覚えながら、視線を巡らせた。

人混みの向こう側で、スフィラ＝ザザはトゥール＝ディンとともに座している。それと向かい合っているのは、ディンの家長であるようだ。そして何故（なぜ）だか、トゥール＝ディンは手ぬぐいで顔を覆っているようであった。

「うむ？　トゥール＝ディンは、泣いているのか？」

ユン＝スドラの視線を追いかけたチム＝スドラが、いぶかしげな声をあげる。

ユン＝スドラは満たされた気持ちのまま、「そのようです」と答えた。

「でもきっと心配はいらないでしょう。この夜に悲しみの涙を流す人間はいないかと思います」

「ああ、そうだな。家長会議のさなかには、アスタも涙を流してしまっていたからな」

「え、そうなのですか？」

「うむ。しかしそれも、不思議なことではないだろう。アスタたちこそ、今日この日のためにさんざん力を尽くしてきたのだからな」

「ああ……そうですね」

そんな話を聞かされると、ユン＝スドラも胸が詰まってしまった。

アスタは数々の苦難を乗り越えて、今日という日を迎えたのだ。その後をひっそりと追いかけていただけのユン＝スドラでさえこれだけ心を満たされているのだから、アスタの心中などは想像することさえ難しいほどであった。

アスタは今でも、朝から晩まで働いている。まあそれは、多くの森辺の民も同様であったのだが――それは生きるための仕事を果たすためである。薪や香草を集めて、水瓶に水をくみ、汚れ物を洗い、ピコの葉を乾かし、薪を割り、赤子や幼子の面倒を見て、ギバの毛皮をなめし、食事や干し肉の準備をする――そうした仕事を果たさなければ真っ当に生きていくこともできないのだから、力を尽くすのは当然の話であった。

しかし、ファの家は事情が違っている。そもそも二人の家人しかいないファの家では、そうまで日常の仕事がかさむこともないのだ。それでアスタはただ生きるためではなく、より幸福に生きるために――そして、その幸福を数多くの同胞と分かち合うために尽力してきたのだった。

かつてザザの家長などは、有り余る富は人を堕落させると主張していたらしい。しかしアスタはどれだけの稼ぎをあげても、堕落するどころの話ではなかった。銅貨がたまれば仕事のために調理器具を買い集め、さまざまな食材で新たな料理を考案し、時には余分にトトスや荷車を買いつけて他の氏族に配分した。アスタが余計に銅貨をつかうといったら――それこそ、アイ＝ファに飾り物を贈るぐらいのものであろう。それもユン＝スドラの知る限りでは、せいぜい一度や二度のことであった。

アスタはずっと森辺の同胞のために、力を尽くしてきた。屋台の商売に励(はげ)むばかりでなく、さまざまな氏族の女衆に手ほどきをしたり、生鮮(せいせん)の肉を売るための筋道を考案したり、時には貴族からの面倒な仕事もこなしたりして、もっとも大きな苦労を負ってくれていたのだ。

それらの苦労が、今日という日に報(むく)われた。

アスタの果たしてきた仕事は決して無駄でなかったと、すべての家長たちに認められることになったのだ。であれば、涙のひとつもこぼしてもまったく不思議なことはなかった。

「なんだ、このような日に家人同士で寄り集まっているのか？」

と、次にやってきたのは家長のライエルファム＝スドラである。

チム＝スドラは笑顔で「お疲(つか)れ様(さま)です」と応じた。

「まさか家長までいらっしゃるとは思いませんでした。そちらも勝負の場を譲(ゆず)ってきたのですか？」

「うむ。多くの人間が、盤上遊戯に夢中になっているな。チムもなかなか愉快なものを森辺にもたらしてくれたではないか」

ライエルファム＝スドラは満足そうに口(くち)の端(はし)を上げながら、ユン＝スドラたちの向かいに腰を下ろした。

「それで、そちらは何を語らっていたのだ？」

「何というほどのことでもありません。ただ、ユンと今日の喜びを分かち合っていたまでです」

「そうか。今日は誰もが、同じ喜びにひたるべきであろうな」

家長会議が始まるまではいくぶん張り詰めた面持ちであったライエルファム＝スドラが、すっかりくつろいだ顔を見せている。それでユン＝スドラは、また新たな喜びを噛みしめることになった。

「家長、本当に……これまでありがとうございました」

ユン＝スドラが思わずそのように告げると、ライエルファム＝スドラはけげんそうに「うむ？」と小首を傾げた。

「ユンに礼を言われる覚えはないぞ。それはいったい、何に対する礼であるのだ？」

「すべてにおいてです。一年前にファの家を信じて、わたしたちに正しい道を示してくださったことも……アスタの身を大罪人から守ってくださったことも……わたしがアスタのおそばに身を置くことを許してくださったことも……何もかも、家長に感謝しています」

「家人を正しく導くことが家長の役割であるのだから、取り立てて礼を言われる筋合いはないな」

そんな風に言ってから、ライエルファム＝スドラはくしゃっと顔に皺を寄せて笑った。

「それなら、俺も言わせてもらおう。今日も素晴らしい晩餐を仕上げてくれて、心から感謝している」

「いえ。さきほどチムにも言いましたが、あれはトゥール＝ディンの手腕ですので……」

「そのトゥール＝ディンがもっとも頼りにしていたのは、ユンの存在であろうからな。どれだけ才覚のあるかまど番でも、トゥール＝ディンはあれほどの若年であるのだ。ザザの末妹ヤルティムの末妹とともに、ユンの存在こそが何よりの支えであったことだろう」

「ええ。とりわけユンは、トゥール＝ディンと毎日ともに働く間柄ですしね。かまど番としての力量だって、トゥール＝ディンに並ぶはずです」

チム＝スドラまでそのように言い出したので、ユン＝スドラはまた羞恥の思いを抱え込むことになった。

「それも家長が、屋台の仕事を手伝うことを許してくれたおかげです。それでわたしは、誰よりも手厚く手ほどきを受けることができるようになったのですから……」

「それはユンが、強く願った結果であろう。スドラの家人の中でもっとも強き思いを抱いていたかまど番は、ユンであったからな」

そう言って、ライエルファム＝スドラは何かを懐かしむように目を細めた。

「あれだけの思いを見せられては、俺も迷うことはなかった。お前は最初から、美味なる料理に大きな感銘を受けていたようだしな。それでこれだけの仕事を果たしてくれたのだから、俺も誇らしく思っている」

「……ありがとうございます」と、ユン＝スドラは頭を垂れた。

そうして顔を上げると、ライエルファム＝スドラもチム＝スドラも優しい目でユン＝スドラを見守っている。これではユン＝スドラまで、涙をこぼしてしまいそうだった。

周囲にはとてつもない熱気がわきかえっているのに、ここだけスドラの家のように温かい空気が満ちている。

今頃は、アスタもアイ＝ファとともに同じ喜びを分かち合っているだろうか。そのように考えると、ユン＝スドラはいっそう幸せな心地であった。

そうしてどれだけ夜が更けても、酒宴の場の賑わいはいっかな衰える様子を見せず――その翌日から、森辺の民は同胞のすべてで同じ道を歩み、同じ喜びを追い求めることに相成ったのだった。

Cooking with wild game.

群像演舞

ひとたびの交錯

ドンダ＝ルウがその奇妙な男の存在を知ったのは、およそ十九年前――ドンダ＝ルウが、二十四歳の頃であった。

場所はスンの集落で、時は青の月の十日。すべての氏族の家長たちが集う、家長会議においてのことである。当時のドンダ＝ルウはいまだ家長ならぬ身であったが、家長にして父親たるドグラン＝ルウがギバ狩りの仕事で足を痛めてしまったため、その代理としてスン家に乗り込むことになったのだった。

「いいか、スン家の連中にどれだけ挑発されようとも、決して我を見失うのではないぞ。いずれあやつらには報いを受けさせてやるが……いまはまだ、そのときではないのだ」

出立前、ドグラン＝ルウはしつこいぐらいにそう繰り返していた。この家長会議から二年ほど前に、ルウ家とスン家の関係には修復し難い亀裂が入ってしまったのだ。ドンダ＝ルウとともに家長会議に出向いた、分家の家長――ドグラン＝ルウの弟たる男衆もその全身から真摯と緊迫の気配をみなぎらせていたし、眷族の家長たちもそれは同様である。スン家の祭祀堂でドンダ＝ルウを囲むように座した眷族の家長たちは、まるでギバを眼前に迎えているかのごとく勇猛なる面持ちになっていた。

「ドンダ＝ルウが出向くのなら、俺もともに出向きたかったぞ！　スン家の連中は、この手でぶちのめさなければ気が済まんからな！」

　出立前、ルティムの長兄たるダン＝ルティムなどはそのように述べていたものである。しかし、ドンダ＝ルウよりも血の気の多いダン＝ルティムがこの場にいたならば、とんでもない騒ぎになっていたかもしれない。スン家の者どもは家長会議が始まるなり、ドンダ＝ルウたちに嘲笑をあびせかけてきたのだった。

「勇猛と名高きルウの家長が、ギバに後れを取るとはな。家長会議におもむけぬほどの手傷を負ったのなら、とっととそこの頼もしい長兄に跡目を継がせればよかろうに」

　そのように述べていたのは、スンの分家の家長たるミギィ＝スンであった。異様にせり出た眉の下で獣のごとき双眸を燃やす、異相の巨漢である。族長ザッツ＝スンのかたわらに座したミギィ＝スンは、乱杭歯を剥き出しにして醜く笑っていた。

「そのようにぶざまな姿をさらしながら家長の座にしがみつこうなどとは、まったく嘆かわしいことだ。お前もそう思わんか、ルウの長兄よ？」

「……ギバ狩りの仕事を果たしていれば、手傷を負うこともある。そのようなことで同胞を悪し様に罵ろうなどと考える人間は、ルウの血族に存在しない」

　ドンダ＝ルウが内心の激情を懸命に押し殺しながら答えると、ミギィ＝スンは「はん！」と口もとをねじ曲げた。

「それはお優しいことだ。勇猛で知られるルウの血筋も、代を重ねるにつれて柔弱の気をおび始めたということか」

「貴様！　いつまでもその口を閉ざさぬ気なら、ルウの子たる俺たちが相手になるぞ！」

レイの家長が怒号をあげながら腰を浮かせると、ルティムの家長が「やめよ」と掣肘した。

「親たるルウの者たちがこらえているのに、子たる我々が騒いで何とする。我らが刀を取るのは、ルウの家長の許しを得てからだ」

レイの家長はぎりぎりと歯を噛み鳴らしながらその場に座りなおし、ルティムの家長は静かだが刃物のように鋭い眼光を上座の族長に突きつけた。

「すべての家長がそろったのだから、会議を始めるがよろしかろう。最初の議題は、何なのだ？」

「ふん。最初の議題か……それはやはり、滅びに瀕している腑抜けどもを叱咤するべきであろうな……」

重々しい地鳴りのような声音で、ザッツ＝スンはそう言った。ミギィ＝スンをも上回る迫力を有する、森辺の族長である。ミギィ＝スンは野獣じみていたが、こちらのザッツ＝スンは野獣そのものだ。このザッツ＝スンは、ドンダ＝ルウがこの世でただひとり父親たるドグラン＝ルウよりも強大な力を感じる狩人であった。

（こやつと顔をあわせるのは、二年ぶりだが……いまだ、俺の力は届かぬか）

ドンダ＝ルウが怒りと無念の激情を胸の中でねじ伏せている中、族長ザッツ＝スンはミギィ＝スンよりも邪悪な顔で笑っていた。

「森辺の民は、わずかずつでも民の数を増やしつつある……しかしその中で、血族を増やせずに滅びに瀕している氏族も多い。リリン、クゥラ、ファの家長よ、立ってその姿をさらすがいい……」

ザッツ＝スンの言葉を受けて、三名の家長が立ち上がった。いずれもドンダ＝ルウと同じか、あるいはそれよりも若く見える狩人たちである。とりわけその中でも、ファの家長などはずいぶんな若年であるようだった。

「貴様たちは眷族もなく、分家の人間を本家に招き入れて、ようよう家の名を残しているという話であったな……そのような生き恥をさらすぐらいであれば、氏を捨てて力のある家の家人になるべきではないのか……？」

「はい。我々もそのように考えて、ガズの家人になる道を選ぶことにいたしました」

クゥラの家長が目を伏せつつ、そのように応じた。きっと、ザッツ＝スンやミギィ＝スンが恐ろしくてたまらないのだろう。ドンダ＝ルウの目から見ても、それは家長の名に値しない狩人であった。

（しかし、残りの二人はずいぶん肝が据わっているようだな）

ドンダ＝ルウがそのように考えていると、ザッツ＝スンが「ふん……」と鼻を鳴らした。

「ようやく自分たちがどれほどの恥をさらしているかを、思い知ったわけか……しかし、何故にガズなのだ……？」

「は……ガズはもっとも近在にあり、水場もともにしているため、かねてより絆を深めていたのです」

「ふん……貴様らの血が、ガズの力を弱めないことを祈るばかりだな……」

そうしてザッツ＝スンは、残りの二名に燃えるような眼光を突きつけた。

「では、貴様たちはどうなのだ……？　まずは、リリンの家長から答えよ……」

「うむ。確かに我々は眷族も分家も失ってしまったが、近在にはルウかサウティの眷族しかない。我々のように力なき氏族がルウやサウティに血の縁を求めるのは、あまりにおこがましいように思えてしまうのだ」

気負うことなく、リリンの家長はそのように答えた。ドンダ＝ルウと同じぐらいの年齢で、すらりとした体躯の狩人である。その表情は涼やかで、ザッツ＝スンをむやみに恐れている様子もなかった。

「いましばらく力を蓄えて、ルウやサウティの眷族に相応しい力を持つことができたら、血の縁を求めたいと願っている。それがかなわなかった場合は……やはり、氏を捨ててでも家人になることを願う他あるまい」

「なるほど……では、リリンの家がルウの眷族となることもありえる、ということか……」

ザッツ＝スンの岩塊じみた顔に、威圧するような笑みが浮かべられる。

しかしリリンの家長は猛風になぶられる一枚布のごとく、それをふわりと受け流した。

「それほどの力を持つことができれば幸いであるが、どうであろうかな。勇猛で知られるルウ家であれば、生半可なことでは眷族となることを許さぬはずだ」

リリンの家がルウの眷族となるのは、これより十数年後のことである。しかしそれは、リリンの家が力をつけたからではなく、この当時から家長であったギラン＝リリンがレイの女衆に心を奪われたためであった。

しかし、そのような行く末を予見できる人間がいようはずもない。ザッツ＝スンはギラン＝リリンの姿を値踏みするようにねめつけながら、また「ふん……」と鼻を鳴らした。

「氏を捨てる覚悟があれば、近在の氏族にこだわる必要もあるまい……家人の数が十名やそこらであれば、家屋を捨てて力のある氏族の集落に移り住めばいいだけのことなのだからな……」

「なるほど。そのような考えもあるのだということを、念頭に置いておこう」

ザッツ＝スンはひとまず満足した様子で、最後の一人に目を向けた。

「では、ファの家長よ……貴様はこの先、どのように血族を導いていく心づもりであるのだ……？」

「俺は取り立てて、何も考えてはいない」

ファの家長は、至極あっさりとそのように言ってのけた。

たちまち、ザッツ＝スンの双眸に激情の炎が渦巻く。

「何も考えてはいないとは、どういうことだ……？　貴様はファの血族を導く立場であろうが……？」

「うむ。しかし俺は、あるがままに生きることを信条にしている。いまでも健やかに生きることはできているので、ことさら新しい道を探そうとは思わない」

他の家長たちが、ざわめき始めた。ファの家長の言葉に驚いたのではなく、ザッツ＝スンの怒りを恐れているのだ。ザッツ＝スンはいまや業火のごとき眼光で、ファの家長の姿をにらみ据えていた。

「そのような生き恥をさらしながら、よくも健やかに生きているなどと言えたものだな……ファの家には、何人の家人が残されているのだ……？」

「俺を含めて、五名だな」

「五名……それでそのように、老いぼれた狩人を引き連れているわけか……」

ファの家長の足もとに座しているのは、髪に白いものが混じり始めた初老の男衆であった。家長会議の供に長老を連れてくる人間もいなくはないが、ファの家の場合は他にめぼしい狩人がいなかっただけなのだろう。

「わずか五名の家人では、血の縁を広げることもできまい……それとも、近在の氏族と婚儀を挙げる予定でもあるというのか……？」

「いや。俺もフォウの家に婚儀の話を持ちかけられたのだが、それは断ることになってしまった」

「……では、ファの氏とともに滅びようという考えであるのか……？」

「俺たちが滅ぶなら、それは母なる森の思し召しであるのであろう。それを嘆いて、無駄にあらがう気にはなれん」

ザッツ＝スンは、巨大な拳で床を殴打することになった。

「貴様のような腑抜けがいるから、我々は町の人間に軽んじられるのだ……！　我々が誇りをもって生きるには、より強き力を持つしかないのだぞ……？」

「ふむ。しかし我々は、森辺の掟を守りながら、ギバ狩りの仕事を果たしている。町の人間がどう思おうと、何も恥じ入る必要はあるまい」

ファの家長は気負う様子もなく、そのように答えた。黒い髪と青い瞳を持つ、取り立てておかしなところのない男衆である。年齢はまだ二十にもなっていないぐらいで、背丈は高くも低くもなく、すらりとしなやかな体格をしており、顔立ちはなかなかに精悍であるが、表情はやわらかい。さきほどのリリンの家長よりも、いっそう内面の読めない面がまえであった。

「なるほどな……貴様には、誇りを取り戻そうという気概もない、ということか……」

と、ザッツ＝スンの声から怒りの響きが消失した。

その黒い双眸には、したたるような侮蔑の念が宿されている。

「ならば、好きにするがいい……貴様のような腰抜けにかまっていても、時間の無駄であるからな……」

「そうか。何か失望させてしまったのなら、謝罪しよう」

ファの家長が目礼して腰を下ろそうとすると、にわかにミギィ＝スンが声をあげた。

「しかし、ファの家にはたいそう美しい女衆がいるそうだな。ならば、他の氏族と血の縁を結ぶことも難しくないのではないか？」

祭祀堂にはこれまでと異なるざわめきがあふれかえり、ルウの血族の間には怒りの情念が燃えあがっていく。しかしミギィ＝スンは周囲の様子など歯牙にかけた様子もなく、下卑た顔つきで言いつのった。

「そのように美しい女衆が飢えて死ぬなどとは、惜しい話だ。どうしてその女衆を、嫁に出そうとしないのだ？」

「ファの家で婚儀を挙げていない女衆は、一人だけだな。その女衆は、もうじき俺と婚儀を挙げることになっている」

「ほう……お前がその女衆を娶るのか。それは、羨ましい話だ」

　ミギィ＝スンは、飢えたムントのように舌なめずりをした。

「ならばいっそ、その女衆を手土産にしてスンの集落に移り住んだらどうだ？　かくいう俺もいまだ婚儀を挙げていないので、美しい嫁を欲していたところだ」

「族長筋たるスン家の人間にそのような申し出をされるのはありがたい限りだが、俺たちはもう約定を交わしてしまったのだ」

「約定を交わしても、身体を重ねてはおるまい？　婚儀の前にそのような真似をするのは、大きな禁忌であるからな」

　いよいよおぞましい欲情をあらわにしながら、ミギィ＝スンはねっとりと微笑んだ。

「……お前たちは、いつ婚儀を挙げるつもりでいるのだ？」

「さて。まだそこまでの話は決まっていない」

「では、俺がそれよりも先にその女衆をいただいてやれば、お前たちは晴れてスン家の家人になれるということだな」

　ドンダ＝ルウは、怒声をあげようとした。

　しかし、それよりも早く、ファの家長が声をあげていた。

「残念ながら、そのような行く末は訪れない。お前がメイ＝ファに指一本でも触れたら、俺がお前を叩き斬ってしまうからな」

「……何だと？」

「メイ＝ファが俺以外の男衆を受け入れることはない。だから、お前がメイ＝ファに触れれば、それは掟を踏みにじることになる。……たとえ冗談でも、そのように汚らわしい言葉は口にせぬことだ」

　ファの家長はまったく心を乱した様子もなく、ミギィ＝スンの巨体を見返している。いっぽうミギィ＝スンは、いよいよ飢えた獣のように歪んだ笑みをたたえた。

「お前のほうこそ、面白い冗談を言うではないか……誰が誰を叩き斬るのだ？」

「俺が、お前をだ。まあ、お前がそのように馬鹿げたことをするわけはないと、俺は信じている」

　そんな風に言ってから、ファの家長はふいに口もとをほころばせた。

「ただ、お前にはよからぬ噂があったからな。万が一のことがあってはならじと思って、忠告しているのだ。魂を返したくなければ、身をつつしんで生きるがいい」

「ほう……お前には、俺をも上回る力が備わっているというのか？」

「うむ。族長ザッツ＝スンにはかなわぬが、お前に後れを取ることはないだろう」

ミギィ＝スンが、猛然と身を起こそうとする。

その瞬間、ドンダ＝ルウは咆哮をあげた。

「いいかげんにしろ！　貴様はどこまで下劣な人間なのだ、ミギィ＝スンよ！　貴様の言葉は、聞いているだけで耳が腐るわ！」

ミギィ＝スンは中腰のまま、醜悪な笑みをドンダ＝ルウのほうに向けてきた。巨大な獣が獲物に飛びかかろうとしているかのような姿である。

「ふふん……ルウの長兄よ、家長のいない場でスン家に刀を向けるつもりか？」

「貴様が許されざる大罪人であるならば、そうする他あるまい。族長ザッツ＝スンとて、異存はないはずだ」

すると、鋭い眼差しでこのやりとりを見守っていたルティムの家長も、「うむ」とうなずいた。

「ミギィ＝スンの言い様は、二年前に大罪を犯したと白状しているも同然に聞こえる。これを斬り捨てたところで、誰にも文句のつけようはあるまい」

ミギィ＝スンは二年前に、ルウに嫁入りをしようとしていたムファの女衆を嬲りものにした、という疑いをかけられていたのだ。その際には証がなかったので罰を与えることもできなかったが、それでルウとスンの絆は完全に断ち切れてしまったのだった。

ルウの血族の狩人たちは、全員が火のような目でミギィ＝スンをにらみ据えている。それに反応して、スンの眷族たるザザやドムの狩人たちが気色ばみ――そこに、ザッツ＝スンの重々しい笑い声が響きわたった。

「誰も彼(かれ)もが、血の気の多いことだ……沈着(ちんちゃく)で知られるルティムの家長までもが、そうまで我を失おうとはな……」

名指しされたルティムの家長は、炯々(けいけい)たる眼差しを族長に突きつけた。

「何を笑っている。おぬしもミギィ＝スンの言葉を聞いたであろうが？」

「うむ……ミギィ＝スンの軽口が過ぎたことは認めよう……しかし、我はミギィ＝スンがそのように悪辣(あくらつ)な人間でないことを、誰よりもよく知っている……」

その面に笑みを浮かべながら、ザッツ＝スンの巨体からも凄(すさ)まじい気迫(きはく)が発散されていた。まるでその巨体が、黒い炎に包まれているかのようである。ドンダ＝ルウはその迫力に気圧(けお)されぬよう、きつく奥歯(おくば)を噛みしめることになった。

「二年前の大罪というのは、ムファの女衆の一件であるな……？　あれは、ミギィ＝スンに罪はなかったということで決着したはずであろう……？」

「ああ。あの女衆はルウを滅ぼすために、俺を利用しようとしたのだ。それを斬り捨ててやったのだから、礼を言われたいぐらいだな」

ミギィ＝スンの悪辣な物言いに、今度はムファの家長が腰を浮かせると、ルティムとミンの家長が左右から腕(うで)をつかみ取る。これでは、二年前の夜の再現であった。

「軽口を叩くのは、ここまでだ……ミギィ＝スンよ、貴様もしばらくは静かにしているがいい……」

ザッツ＝スンの言葉に、ミギィ＝スンは浮かせかけていた腰を下ろした。

「族長の言葉に従います。……貴様も口をつつしむことだな、ファの家長よ」

ファの家長は「うむ」とだけ言って、何事もなかったかのように膝を折る。その姿を見て、レイの家長が舌打ちをした。

「何なのだ、あのとぼけた男衆は。スン家に牙を剥く気概があるのやらないのやら、さっぱりわからんな」

「どの道、滅びかけた氏族ではスン家にあらがいようもない。あのような者は、放っておけ」

マァムの家長はそのように応じていたが、ドンダ＝ルウは何かひっかかるものを感じていた。

ドンダ＝ルウと同等かそれ以上の力を持つミギィ＝スンに対して、あの男衆は平然と自分のほうが強いなどと言ってのけたのだ。それはただの虚勢であったのか、それとも真情からの言葉であったのか、その取りすました横顔からは判別をつけることができなかった。

（おかしなやつだ……ファの家などとは聞いたこともないが、いったい何なのだ、あいつは？）

ドンダ＝ルウがそんな疑念を抱え込む中、家長会議は進められていった。

しかし、それほど実のある内容だとは思えない。ザッツ＝スンが弱き氏族の家長たちをなじり、ジェノスの人間たちの愚鈍さを説く、ただそれだけの場であるように感じられてしまう。

ミギィ＝スンの他にもスン家の人間は複数居並んでいたが、族長ザッツ＝スンの言葉に口をはさむ人間は、そこにもいなかった。

とりわけ、本家の長兄であるズーロ＝スンなどはずっと顔を伏せたまま、父親の言葉を聞き流しているばかりである。ズーロ＝スンはザッツ＝スンどころか、分家の家長に過ぎないミギィ＝スンをも恐れている様子であった。

（あの長兄めは、どうでもいい。厄介なのは、北の一族だ。あいつらさえいなければ、たとえザッツ＝スンとミギィ＝スンがどれだけの力をもっていようと、我々の力がまさるものを……）

そんな思いを胸に、ドンダ＝ルウはいずれ討ち倒すべき敵の姿を目に焼きつけた。ルウの一族は、決してスン家を許さない。大罪を犯したミギィ＝スンも、それを正しく裁こうとしないザッツ＝スンも、ドンダ＝ルウたちにとっては同胞ならぬ敵に過ぎないのだった。

（たとえどれだけの時間がかかっても、俺たちは必ず貴様らを滅ぼしてみせる。束の間の安寧をむさぼっているがいい）

そうして日は暮れて、得るもののない家長会議は終了した。

その後はスン家の女衆の手によって、晩餐の準備が整えられる。ザッツ＝スンたちは眷族の家長らに囲まれながら盛大に果実酒をあおり、ルウの血族は諍いを避けるために離れた場所で煮汁をすすった。それ以外の氏族もスン家の者たちに文句をつけられないように、誰もが小さく縮こまっている様子であった。

「……俺たちとて、リリンやファの家と大差はない。いずれはクゥラのように、氏を捨てる他ないのだろう」

耳をすませば、そんな陰気な声が聞こえてくる。横目で見ると、女衆よりも小さな体躯をした男衆が、眷族の家長と思しき男衆と語らっていた。

「それでもスドラとミーマには、まだそれぞれ十名以上の家人がいます。あきらめるには、早いでしょう」

「うむ……ともかくは、次代の家長を育てあげねばな」

なんとも陰鬱なる様相である。ドンダ＝ルウがそれを振り払うように果実酒の土瓶を傾けたとき、二人の狩人がこちらの輪に近づいてきた。

「失礼する。ルウとムファの家長は、こちらだろうか？」

それは、ファの家長とその供である初老の狩人であった。ミンの家長と語らっていたムファの家長は、うろんげにそちらを振り返る。

「ムファの家長は俺だが、ルウの家長はこの場にいない。家長会議の始まりでそう語られたであろうが？」

「ああ、そうだったな。では、誰が家長の代理であるのだ？」

ドンダ＝ルウが「俺だ」と応じると、ファの家長は目礼をしてその場に膝をついた。

「さっきはおかしな騒ぎに巻き込んでしまい、申し訳なかった。ムファの家長とその親筋たるルウの人間に、詫びておきたいと思ったのだ」

ドンダ＝ルウは、間近からその男衆の姿を検分した。やはり外見上は、おかしなところのない姿である。それほど長身ではないが、引き締まった体躯からは瑞々しい生命力が感じられて、首にはドンダ＝ルウにも負けない数の牙や角を下げている。凛然としたその顔は、まだいくぶん線が細いようにも感じられるが、あと数年もすればさぞかし狩人らしい風貌になるのではないかと思われた。

「俺はファの家の家長で、ギル＝ファという。あのような場で、ルウとムファの話を持ち出すべきではなかった。俺もいささか頭に血をのぼらせてしまっていたので、どうか許してもらいたい」

「ほう……傍目には、落ち着きはらっているように見えたがな」

ドンダ＝ルウがそのように応じると、ギル＝ファはふっと微笑んだ。

「愛する女衆を手にかけるなどと言われて、平静でいられるわけがない。お前たちが騒いでくれたおかげで、俺はその間に頭を冷やすことができたのだ」

「ふん……ルウともスンとも縁のない氏族でも、二年前の一件は取り沙汰されているのか？」

「うむ。俺は近在に住むフォウの人間からその話を聞いた。真実はどうあれ、家人を失ってしまったムファの家長に悔みの言葉を届けたい」

「……真実は、お前たちの間で語られている通りだ。俺はあのミギィ＝スンめに、家人を奪われた」

ムファの家長が憎悪に震える声で言い捨てると、ギル＝ファは「そうか」と半分だけ目を閉ざした。

「ならば俺も、メイ＝ファを守るために何らかの策を講じなければならないのだろうか。いつ訪れるかもわからない災厄に備えて、ギバ狩りの仕事を放り出すわけにもいかないのだが

「……」

「だったら、さっさと婚儀を挙げることだ。婚儀を挙げて髪を落とした女衆をつけ狙うほど、あのけだものめも酔狂ではあるまい」

ドンダ＝ルウがそのように答えると、ギル＝ファは「そうか」と目を見開いた。

「なるほど。それは妙案だ。家に戻ったら、すぐに婚儀の日取りを決めることにしようと思う。助言を感謝するぞ、ルウの長兄よ」

顔立ちは精悍であるのに、やはりどこかつかみどころのないやわらかさが感じられる。特にその青い瞳には、とても澄みわたった光がたたえられていた。

すると、このやりとりを無言で見守っていたルティムの家長が、鉤のように曲がった鼻をひくつかせる。

「ファの家長よ。おぬしの身体からは、何やら甘い香りが感じられるのだが……それはもしや、ギバ寄せの実の香りか？」

「うむ。最近は《贄狩り》を行っていないのに、よくも嗅ぎつけることができるものだな」

《贄狩り》というのは、ギバ寄せの実の香りを自らに纏ってギバを呼び寄せる、きわめて危険な狩りの作法である。ドンダ＝ルウは、ギル＝ファの泰然とした顔をあらためてねめつけた。

「いまだに《贄狩り》などを行っている狩人がいるとはな……貴様、生命が惜しくはないのか？」

「ギバ寄せの実も、正しく使えば危険なことはない。おかげで俺たちも、飢えずに済んでいるのだ」

「……余所の氏族の家人となれば、そうまでしなくとも飢えることはなかろうにな」

「ルウほど力のある氏族であれば、そうかもしれん。しかし小さき氏族では、飢えて死ぬ人間も珍しくはないぞ」

と、そこでギル＝ファは、またふわりと微笑んだ。

「まあ、すべては母なる森の思し召しだ。俺はあるがまま、思いのままに生きて、森に魂を返したいと願っている」

「ふん。それに巻き込まれる家人こそが気の毒だな」

ドンダ＝ルウはそのように答えたが、ギル＝ファのかたわらにある初老の狩人はとても穏やかな眼差しで家長の姿を見守っていた。その首にも、小さき氏族とは思えぬほどの立派な首飾りが掛けられている。

「では、血族の語らいを邪魔してしまい、申し訳なかった。助言、感謝するぞ」

ギル＝ファはそのような言葉を最後に、ドンダ＝ルウの前から消えていく。ルウの眷族の家長たちは、えもいわれぬ表情でその後ろ姿を見送っていた。

「やはり、得体の知れない男衆だな。悪い人間ではなさそうだが……とろけたポイタンのようにつかみどころがないようだ」

レイの家長は肩をすくめて、そのように評していた。ドンダ＝ルウも、同じような気持ちである。

（まあ、この先は言葉を交わす機会もあるまい。……あいつの嫁となる女衆がミギィ＝スンめ

に害されれば、その限りではないがな）
そのように惨たらしい行く末が訪れないことを、ドンダ＝ルウは心中で祈ることにした。

その翌日である。

ドンダ＝ルウが目を覚ますと、もう半数ぐらいの家長が祭祀堂から姿を消していた。長々と居残って、スン家の人間に目をつけられることを恐れているのだろう。ファの家長ギル＝ファの姿も、すでにそこには見当たらなかった。

「我らも、早々に出立するべきであろう。ドグラン＝ルウの姿がないことで、スン家の者たちもいっそう気を大きくしているであろうからな」

ルティムの家長の言葉に従い、ルウの血族の家長たちも祭祀堂を出ることにした。太陽は、ようやくモルガの山から顔を出したばかりのようである。スン本家の家屋の前に立ち並んでいる北の一族の狩人たちを一瞥してから、ドンダ＝ルウたちはスンの集落を後にした。

他にもちらほらと帰路を辿っている人間は見受けられるが、ルウの血族に近づいてこようとする者はいない。正面きってスン家にたてついているルウの血族は、スン家と同じぐらい恐れられることになったのだ。スン家とルウ家に次ぐ力を持つサウティやラッツの血族でさえ、巻き添えになることを恐れて距離を取っているのだった。

（そう考えると……昨日から今日にかけて、俺たちに声をかけてきたのはあのファの家長ただ一人であったわけか）

まあ、ミギィ＝スンを相手に一歩も引かなかったあの男衆であれば、ルウの血族を忌避する理由もないのだろう。それは勇敢であるゆえなのか、はたまた危機感が足りていないだけなのか、何とも判別し難いところであった。

ドンダ＝ルウの周囲では、血の気の多いレイやマァムの家長らが、スン家について取り沙汰している。スンの集落では語りたくとも語れなかった鬱憤を晴らしているのだろう。その度が過ぎそうになると、沈着なるルティムやミンの家長たちがたしなめる。昨日、スン家に向かっていたときと同じ光景が、また繰り広げられているようだった。

そうして長い道のりの、半分と少しぐらいが過ぎた頃である。行く先に、ぽつんと立ち尽くしている男衆の姿が見えた。

「おい。あれは、ファの家長ではないか？」

レイの家長がうろんげに言った通り、それは黒い髪と青い瞳を持つ、ファの家の若き家長であった。

「ああ、待ちくたびれたぞ、ルウの長兄よ。ずいぶんのんびりとした出立であったのだな」

ファの家長ギル＝ファはそのように述べながら、ドンダ＝ルウたちのほうに近づいてきた。

「申し訳ないのだが、少しばかり時間をもらえないだろうか？　家人たちが、ルウの長兄に礼を申し述べたいと言っているのだ」

「礼だと？　貴様たちに礼を言われる覚えはない」

「いや。そちらは昨晩、俺に助言をしてくれたであろう？　それで、明日にでも婚儀を挙げようという話に落ち着いたのだが……これは、お前の助言あってのことだからな。やはり、礼をせずに済ますわけにもいかぬだろう」

つかみどころのない笑みをたたえながら、ギル＝ファはそう言った。

「この道を入った先に、ファの家があるのだ。そんなに時間は取らせんので、どうか立ち寄っていただきたい」

「ふん。だったら、家人たちをこの場に呼び寄せるべきではないのか？」

マァムの家長が文句をつけると、ギル＝ファは「うむ」と申し訳なさそうに微笑(ほほえ)んだ。

「俺もそのように思うのだが、家人の一人が熱を出してしまってな。……それが俺と婚儀を挙げるメイ＝ファという女衆なのだが、あやつはどうにも身体が弱いのだ」

「……礼など不要だ。明日婚儀を挙げようというつもりなら、せいぜい身体を休ませてやるがいい」

「いや、しかしメイ＝ファも礼を言いたいと言い張っているのだ。たぶん、俺がルウの人間に何か非礼な真似でもしたのではないかと危(あや)ぶんでいるのだろうな」

「………………」

「このままお前を帰したら、メイ＝ファは気が休まらずに、いっそう熱を出してしまうかもしれん。どうかお願いできないだろうか？」

ドンダ＝ルウは、深々と溜息(ためいき)をつくことになった。

「俺たちにも、ギバ狩りの仕事が待っているのだからな。ひとこと挨拶(あいさつ)を交わしたら、それで帰らせてもらう」

「ああ、それでかまわない。面倒をかけてしまい、本当に申し訳なく思っている」

そのように述べてから、ギル＝ファは目を細めて微笑んだ。

「申し訳ないついでに、もうひとつ。……メイ＝ファは気が小さいので、このように大勢の狩人を前にしたら、震えあがってしまうかもしれない。供は一人だけにしてもらえるだろうか？」

「注文の多いやつだ。どれだけ俺たちに手間をかけさせれば、気が済むのだ？」

そのように答えながら、ドンダ＝ルウはわずかながらに愉快な気分でもあった。ルウ家の人間にこうまでずけずけとものを言える人間は、そうそういないのである。それでドンダ＝ルウはギル＝ファの言葉を受け入れて、分家の家長だけを引き連れてファの家に向かうことにした。

細い横道を進むと、すぐに小さな家屋が見えてくる。その玄関口には、昨日も見た初老の狩人が待ちかまえていた。

ギル＝ファが手を振ると、初老の狩人はひとつうなずいて戸板に手をかける。そこから、三名の人間が出てきた。年老いた男女と、若い女衆だ。その女衆の姿を目にするなり、ドンダ＝ルウは思わず息を呑むことになった。

確かに、美しい。金褐色の髪を長く垂らしており、切れ長の目には淡い色合いをした碧眼が瞬いている。ちょっと乱暴にしたらすぐに壊れてしまいそうな、優美ではかなげな姿であった。

「メイよ。こちらがさきほど話した、ルウの長兄だ」

老女に支えられながら、その美しき女衆メイ＝ファは弱々しく一礼した。

「お初にお目にかかります……病魔を患ってしまったために、このような姿で申し訳ありません……」

「……だったら、大人しく身を休めることだな」

ぶっきらぼうにドンダ＝ルウが応じると、メイ＝ファは「はい……」と力なく微笑んだ。

「ですが、わたしたちはあなたのおかげで、これからも心安らかに生きていくことができます……スン家の人間に襲われるなんて、そんな恐ろしいこと……想像しただけで、身がすくんでしまいそうなほどです……」

「うむ。俺がずっとそばにあれるなら、何も恐れる必要はないのだがな」

ギル＝ファがメイ＝ファのかたわらまで歩を進めた。ギル＝ファも若かったが、メイ＝ファはそれよりも若いのだろう。しかし、視線を見交わす二人の間には、確かな情愛が感じられた。そして、老いた男女と初老の狩人は、とても穏やかな眼差しで二人の姿を見守っている。そこから感じられるのは、家族の固い絆であった。

（なるほど……このように年老いた人間を抱えていては、他の氏族の人間たちも、なかなか血の縁を結ぼうとは考えられぬことだろう）

ドンダ＝ルウは、ようやくギル＝ファの言動が理解できた気がした。

ファの家は、すでに滅びかけていたのだ。他の氏族と血の縁を結ぶにせよ、氏を捨てて家人になることを願うにせよ、すでに時を逸している。それならば、愛する家族たちと手を取り合い、あるがままの生を生きて、魂を返したい——彼らは、そのように望んだのだろうと思われた。

「あの……家長ギルは、何か礼を失したりはしませんでしたか……？」

と、メイ＝ファがふいにそのようなことを告げてきた。ギル＝ファよりも色の淡い瞳が、すがるようにドンダ＝ルウを見つめている。たいそう落ち着かない心地にさせられながら、ドンダ＝ルウは「ふん」と鼻を鳴らしてみせた。

「取り立てて、非礼な真似をされた覚えはない。しかし、スン家を相手にするときは、もう少し口をつつしむべきだろうな」

「まあ……やっぱりあなたは、何か余計なことを口にしてしまったのですね……？」

メイ＝ファが、責めるようにギル＝ファを見た。しかしその眼差しにも、どこか甘やかなものが感じられる。ギル＝ファは頭をかきながら、薄く笑っていた。

「今後は、気をつけることにしよう。……ルウの長兄よ、あまりメイを心配させないでやってくれ」

「それを心がけるのは、貴様の役割であろうが？　俺の役割は、もう果たされたはずだ」

そう言って、ドンダ＝ルウは身を引いた。

「挨拶は済んだのだから、俺たちは帰らせてもらう。婚儀を終えるまで、せいぜい気を抜かぬことだ」

「うむ。今日と明日だけはギバ狩りの仕事を休んで、メイのそばにあろうと思う。ルウの長兄も、息災にな」

返事をせずに、ドンダ＝ルウはきびすを返した。老いた家人たちの感謝の言葉も聞こえてきたが、ドンダ＝ルウはそれにも答えなかった。

（俺たちも、滅びかけている氏族なんぞにかかずらっている暇はない。最後に残されたわずかな時間を、家族と心安らかに過ごすがいい）

眷族の家長たちのもとに歩を進めながら、ドンダ＝ルウはそのように考えていた。

（ただし……スン家の連中がそんな安息をも脅かそうというのなら……俺たちが刀を取って、始末をつけてやろう）

ドンダ＝ルウはそのように考えたが、ミギィ＝スンの魔手がメイ＝ファにのばされることはなかった。

そして、ギル＝ファとメイ＝ファの間に生まれる子が、今後のドンダ＝ルウにどのような運命の変転をもたらすものか。シムの占星師ならぬドンダ＝ルウに、そのようなことを予見することはできなかったのだった。

あとがき

このたびは本作『異世界料理道』の第三十三巻を手に取っていただき、まことにありがとうございます。

今巻は、宿場町での交流と家長会議の二本柱で構成されております。アスタはすでに森辺来訪一周年を迎えておりますが、家長会議というのもひとつの大きな節目でありますため、自分もアスタと同じぐらい大きな感慨を噛みしめつつ書き進めたことを記憶しております。読者の皆様にもお楽しみいただけたら何よりでございます。

そして群像演舞では、ドンダ＝ルウの若き時代を描いた『ひとたびの交錯』を収録することになりました。実はこちらはもっと話が進んでから書きあげたエピソードであったのですが、内容的にももっとも相応しいだろうと判断して今巻に収録した次第であります。

なおかつこちらのエピソードは、いわゆる辻褄合わせのために生まれた内容でありました。その原因となったのは書籍版の第一巻、アイ＝ファとドンダ＝ルウの再会のシーンです。

「ふん。相変わらず可愛げのない餓鬼だ。そんな尖った目をしてなけりゃあ、母親譲りの別嬪なのになあ」

ドンダ＝ルウはアイ＝ファに向かって、そんな言葉を投げつけておりました。

一見、これといって問題のない台詞です。当時のドンダ＝ルウは荒くれていたなぁという感慨を喚起されるぐらいでありましょう。

ですが、当作を書き進めていく間に、作品内の設定というものがどんどん細かく定められていきました。その中で、森辺の民の生活様式というものもそれなりに細かく設定されたわけですが――そうすると、ドンダ＝ルウの台詞に不自然な要素が生まれてしまったのです。

結論から申しますと、「森辺の民は血族ならぬ相手とはほとんど交流を持たない」という設定になりました。余所の氏族と顔をあわせるのはせいぜい家長会議ぐらいで、それは家長とお供の男衆に限定されるわけですね。

まあ家が近所であったならば水場や薪拾いなどで出くわす可能性もありますが、ファとルウの家は徒歩で一時間がかりの場所にあり、完全に生活圏が別々であるのです。アイ＝ファとジバ＝ルウおよびリミ＝ルウは生活圏から遠く離れた場所まで足をのばしたことで出会うことができましたが、それはイレギュラーな一例でありますため、ドンダ＝ルウとメイ＝ファには当てはめられないことでしょう。

ドンダ＝ルウとメイ＝ファは、いったいどこで顔をあわせたのか？

その辻褄を合わせるために、『ひとたびの交錯』というエピソードが誕生したのです。

傍から見れば些細な齟齬であるかもしれませんが、いったん気づいてしまったならば放置することもできません。それであれこれ頭をひねって、このエピソードを生み出すことに相成りました。

なおかつこれはわかりやすい一例でありますが、当作はこういう経緯で生まれたエピソードが少なくありません。辻褄合わせと言うと外聞が悪いですが、何気なく書いたキャラクターの経歴や過去話などに整合性を持たせようとすることで、あれこれ物語が動くという面があるのです。これもまた、長大な物語の醍醐味のひとつなのではないかと、自分はそのように解釈しております。そしてまた、そういう経緯で生まれたエピソードも、物語に厚みをもたらしてくれるのではないかと期待しております。

あとは補足といたしまして、このエピソードは第十八巻に収録された『没落の系譜』から繋がる内容となります。ミギィ＝スンの悪行に関してはそちらにみっちり記載されておりますので、よろしければご参照くださいませ。

ということで、群像演舞の説明だけであとがきのページのほとんどが費やされてしまいました。

主体はあくまで本編ですので、群像演舞も箸休めもひっくるめてお楽しみいただけたら幸いでございます。

ではでは。本作の出版に関わって下さったすべての皆様と、そしてこの本を手に取って下さったすべての皆様に、重ねて厚く御礼を申し述べさせていただきます。

また次巻でお会いできたら幸いでございます。

二〇二四年四月　ＥＤＡ

家長会議によって無事に屋台を継続することが可能となったアスタ。
その朗報を聞きつけてか、常連たちもアスタの前に顔を出す。
占星師アリシュナも久しぶりに訪れるが、神秘的な雰囲気のままに
ブレスレットを預けて去っていく。訳も分からないアスタだったが、
翌日、ギバの遠鳴きが響いたかと思うと、地面が大きく揺れて——

Author **EDA** Illust. こちも

異世界料理道 VOLUME 34

Cooking with wild game.

《アムスホルンの寝返り》が
アスタたちを襲う第34弾！
2024年
秋ごろ発売予定！

HJ NOVELS
HJN04-33

異世界料理道 33

2024年5月19日　初版発行

著者——EDA

発行者—松下大介
発行所—株式会社ホビージャパン
〒151-0053
東京都渋谷区代々木2-15-8
電話　03(5304)7604（編集）
　　　03(5304)9112（営業）

印刷所——大日本印刷株式会社

装丁——AFTERGLOW／株式会社エストール

定価はカバーに明記してあります。

Printed in Japan

ISBN978-4-7986-3512-5　C0076

ファンレター、作品のご感想お待ちしております
〒151－0053　東京都渋谷区代々木2－15－8
(株)ホビージャパン HJノベルス編集部 気付
EDA 先生／こちも先生